anagramma

414

Della stessa autrice:

Tutta colpa di New York
Una notte d'amore a New York
Mi sposo a New York

Prima edizione: gennaio 2016

Roma, Casella postale 6214

ISBN 978-88-541-8208-0

www.newtoncompton.com

Realizzazione a cura di Pachi Guarini per StudioTi s.r.l., Roma
Stampato nel gennaio 2016 da Puntoweb s.r.l., Ariccia (Roma)
su carta prodotta con cellulose senza cloro gas provenienti
da foreste controllate, nel rispetto delle normative ambientali vigenti

Cassandra Rocca

Ho voglia di innamorarmi

Newton Compton editori

A chi ha bisogno
di sentirsi speciale

Prologo

Agosto, nei pressi di Malibu,
Los Angeles.

È in arrivo una perturbazione molto intensa sulla costa della California. Secondo le previsioni, sulle nostre spiagge potrebbero abbattersi fulmini a volontà e onde di oltre cinque metri. Le ruspe sono già al lavoro per creare barriere in grado di contenere l'acqua e salvare le abitazioni sul mare. Il fronte temporalesco che si è formato al largo di Los Angeles sembra auto-rigenerarsi, spingendosi sempre più vicino alla città. Il sindaco ha esortato gli abitanti a non mettersi in viaggio e a non soffermarsi sulle spiagge.

«E invece qualcuno ha proprio intenzione di farsi un giretto da quelle parti», borbottò Heaven, spegnendo la radio con un gesto seccato.

Da quella mattina, tutti i canali di comunicazione non facevano che parlare della tempesta in arrivo, spaventando la gente. Pioggia di fulmini, mare forza nove, tromba marina… Praticamente una catastrofe naturale!

Anche se sapeva bene che spesso le previsioni esageravano con l'allarmismo, lei era una paranoica ansiosa e quel pomeriggio avrebbe preferito restarsene a casa a lavorare all'inutile articolo sulla chirurgia estetica dei vip, piuttosto che sfidare il maltempo. Ma proprio quando il cielo si era fatto grigio e minaccioso e lei stava per filarsela verso il suo appartamento, si era imbattuta nella sua gallina dalle uova d'oro.

Non aveva potuto fare a meno di seguirla.

Sospirò, continuando a scrutare la strada con occhi attenti.

Il suo impiego alla «L.A. Rumors» dipendeva dall'esito di quell'inseguimento. Se avesse ottenuto lo scoop, la sua vita sarebbe stata più semplice: Cal Parker, il suo capo, aveva promesso una promozione a chiunque gli avesse consegnato Tori Scott e il suo misterioso amante su un piatto d'argento. Era un'occasione che non poteva assolutamente sprecare.

"Pensa che tristezza. La tua carriera dipende da qualcuno che per vivere mette in mostra le tette", bofonchiò la voce della sua coscienza, strappandole una smorfia amareggiata.

La sua iniziale idea di giornalismo era ben diversa da ciò che effettivamente si era ritrovata a fare, ossia scrivere di qualunque sciocchezza le commissionassero inerente al mondo dello show business. Il suo desiderio era sempre stato quello di entrare a far parte di una redazione giornalistica degna di nota… Come la «Star's Magazine», ad esempio, la rivista di arte e spettacolo più in voga del momento. Lì, sotto la direzione di veri professionisti, in un ambiente giovane e allegro, avrebbe potuto curare una sua rubrica, recensire in anteprima spettacoli, libri, mostre, prime cinematografiche e concerti, intervistare le star…

"E invece di darti da fare in tal senso, ti accontenti di

essere l'inutile guardona della vita altrui", sbuffò ancora il suo inconscio.

Aveva ragione. Essere un paparazzo non la faceva sentire propriamente una donna realizzata, né una vera giornalista. Pur con un avanzamento di carriera, il suo lavoro sarebbe rimasto comunque mediocre e la «L.A. Rumors» un cumulo di fogli utili solo a incartare gli avanzi del pesce. Ma per lei rappresentava un trampolino di lancio, un impiego come un altro, una gavetta utile a darle abbastanza esperienza per prepararsi al salto di qualità. E a garantirle, nel frattempo, i soldi necessari a mantenersi.

Schivò un grosso ramo che ostruiva parte della carreggiata e sbuffò. Era stanca di vivere quella vita sottotono, di aspettare, di dipendere sempre dagli altri per ottenere un risultato. Sognava un'esistenza soddisfacente e piena, voleva sentirsi speciale, vivere qualche emozione degna di nota...

"Be', stai rischiando che una tempesta di fulmini si abbatta su quella tua testaccia dura: è un inizio promettente!".

«Non sto rischiando proprio un bel niente!», scattò, infastidita dalle proprie paure. «Una volta messe le mani su questo scoop, nuoterò nel denaro e finalmente il mio nome sarà conosciuto nell'ambiente giornalistico, aprendomi le porte delle redazioni più importanti!».

Crederci sempre, prima di tutto.

Il vento fece ondeggiare violentemente l'automobile, ma lei rimase concentrata sulla strada, senza scomporsi troppo: non c'era nulla di cui preoccuparsi. Aveva un obiettivo ben saldo in testa e nulla le avrebbe fatto cambiare idea.

Un ammasso di rametti e foglie piovve sul parabrezza, quasi a volerla sfidare. Testarda, Heaven azionò i tergicristalli, spazzando via i propri dubbi in aumento con la stessa velocità.

«Non ci sarà nessuna tempesta», si ripeté per l'ennesima volta. «È solo in arrivo un temporale estivo. Tutto qui».

Deglutì e strinse più forte il volante. Il cielo, solitamente azzurro, era plumbeo e nuvole sempre più minacciose si stavano ammassando velocemente all'orizzonte.

Si impose di restare calma e respirare. In fondo non doveva far altro che trovare quella dannata spiaggia, sistemarsi in un posto che non desse troppo nell'occhio e aspettare che la modella facesse un passo falso.

"E se ti fossi sbagliata? Se non fosse la Scott, quella che hai visto salire sulla berlina scura diretta qui?", insinuò la sua coscienza. "Il tuo capo ti licenzierà, ma tu non sarai lì ad accorgertene, perché un'onda di cinque metri ti travolgerà tra poco meno di dieci minuti e...".

Ma insomma, *basta*!

Heaven aumentò l'andatura, ansiosa di arrivare, concludere il lavoro e tornarsene a casa.

Non poteva cedere al panico, aveva *bisogno* di quello scoop. Ne andava del suo orgoglio.

Finalmente trovò il parcheggio e sospirò di sollievo. Un'altra auto era ferma in un angolo, scura e anonima. Esattamente la stessa su cui aveva visto salire la modella dai capelli di fuoco.

Il pesce era nella rete. Aveva avuto ragione.

"Scoop, arrivo!", pensò, scendendo dalla macchina.

Una raffica di vento la spinse contro la fiancata, gettandole la sabbia negli occhi. Caparbia, Heaven si riprese, afferrò il marsupio, la macchina fotografica e si avviò verso la spiaggia.

«Dove ti nascondi, cara la mia Tori?», borbottò guardandosi intorno. Con le onde che si infrangevano sugli scogli e il cielo pieno di nuvoloni neri, l'atmosfera era selvaggia e inquietante. Certo non era il momento più adatto per incontrare un focoso amante misterioso... oppure sì? Be', lei avrebbe preferito un posto più intimo e asciutto, ma si intendeva ben poco di uomini e ancor meno di incontri clandestini. La modella Tori Scott, invece, la più pagata, desiderata e criticata del jet-set americano, sembrava aver accumulato una notevole esperienza in fatto di incontri intimi, e probabilmente sentiva il bisogno di emozioni sempre nuove e particolari. Chiudersi in una stanza d'albergo doveva essere tremendamente noioso per una persona come quella; una spiaggia deserta, con il mare in tempesta a fare da sfondo, invece, poteva rappresentare un rischio eccitante. Le eroine più ardite dei romanzi che amava divorare le avrebbero dato perfettamente ragione.

Ma la vita reale era molto diversa da un libro e nessuno meglio di lei sapeva quanto fosse complicato vivere di avventure, seguire i propri desideri, trovare l'amore vero. Chi era, quindi, per giudicare le scelte di una sconosciuta? Se Tori Scott aveva deciso di tradire il marito poco dopo averlo sposato, cercando diversivi tra le braccia di un giovane misterioso, forse aveva i suoi buoni motivi.

Sempre ammesso che fosse vero.

L'interesse dietro a quella faccenda aveva assunto proporzioni così esagerate da far credere ai più diffidenti che si trattasse di una montatura per rilanciare la popolarità della Scott. Dopo il frettoloso matrimonio con l'integerrimo magnate del petrolio Gerard Williamson, infatti, l'immagine da bomba sexy di Tori era stata ridimensionata molto, facendola diventare quasi noiosa agli occhi del pubblico... Almeno fino alla telefonata anonima durante un talk show, che l'aveva accusata pubblicamente di avere una relazione segreta con un altro uomo.

Era stata tutta una messa in scena per smuovere le acque e far riguadagnare le migliori copertine alla modella? O c'era del vero, in quella velenosa telefonata?

Era un mistero che lei avrebbe potuto svelare. E lo avrebbe fatto quello stesso pomeriggio, tempesta o meno.

Quando aveva visto la Scott aggirarsi per le vetrine di Hollywood Boulevard, non aveva esitato un solo minuto. Era uscita in fretta e furia dal negozio in cui stava curiosando e si era messa all'inseguimento, tallonando l'auto della modella a lungo, a distanza di sicurezza, fino a quando non aveva intuito dov'era diretta: a Malibu, e più precisamente alla spiaggia di El Matador, un angolo di paradiso quasi sempre deserto, pieno di rocce appuntite e grezze, ma di gran fascino. Il maltempo l'aveva rallentata, ma finalmente era giunta a destinazione, pronta per la sua missione.

Solo che adesso, su quella spiaggia, non sembrava esserci anima viva.

Che fine aveva fatto quella benedetta donna?

Heaven si guardò attorno, perplessa, fino a quando non vide alcune imbarcazioni ancorate al largo. Che una scialuppa avesse atteso Tori a riva per portarla su una di esse? Non sembravano esserci alternative.

«La cosa si fa difficile, ma io ho la testa dura», sbuffò tra sé, avviandosi verso gli scogli.

L'acqua era fredda a contatto con le gambe lasciate scoperte dai pantaloncini, ma Heaven non si soffermò su quel dettaglio, né sulle onde sempre più impetuose che si abbattevano sulle rocce attorno a lei. Nessuno l'avrebbe vista, dietro quei massi sporgenti, e con lo zoom potente della sua macchina fotografica avrebbe potuto immortalare, indisturbata, qualche immagine interessante, anche a parecchi metri di distanza. Era la sistemazione migliore che potesse trovare, e un po' d'acqua non l'avrebbe fermata.

Arrampicarsi non fu facile, le sneakers non facevano presa sulle pietre viscide, ma la sua motivazione era più forte della gravità. Con le mani strette all'impugnatura della reflex, si sedette in un angolo e si mise a scrutare i natanti attraverso il mirino.

Tre imbarcazioni a motore, una vela e uno yacht. Puntò istintivamente su quest'ultimo e attese, sperando di scorgere la capigliatura fiammante della Scott.

«Su, avanti, modella dei miei stivali... Affacciati, balla nuda sotto la pioggia, regalami qualcosa di assurdo e scottante, cosicché io possa scattarti un paio di foto e poi andarmene alla velocità della luce», disse tra i denti, l'occhio incollato all'obiettivo.

Aveva preso a tuonare, nel frattempo, e ogni boato faceva vibrare l'aria e tremare il suo cuore. I temporali le mettevano ansia – come mille altre cose, del resto –, per questo sperò di sbrigarsi il più in fretta possibile e tornare al riparo della sua auto. Non aveva la stoffa per fare il paparazzo, non era abbastanza coraggiosa, né paziente, tanto meno disposta a tutto per una notizia di dubbia utilità come la conquista clandestina e passeggera di una modella. Ma se l'unico modo che aveva per dimostrare di valere qualcosa e raggiungere i propri obiettivi era spiare un'ipotetica coppietta, abbarbicata su uno scoglio come una cozza… be', l'avrebbe fatto. Non era più una ragazzina remissiva e timorosa della sua stessa ombra. Aveva dato un taglio netto con il passato – o almeno ci provava –, era cresciuta e aveva tutte le intenzioni di lottare per ottenere ciò che desiderava e diventare una persona di cui andare fieri. A qualunque costo.

Perse la cognizione del tempo e anche la sensibilità a braccia e gambe, costretta com'era in quella posizione. Il vento si era alzato, tiepido e appiccicoso, facendo gonfiare le onde, che adesso la schizzavano a più riprese. Poco dopo arrivò anche la pioggia: dapprima solo una pioggerellina priva di importanza e quasi piacevole, vista la cappa di calore umido che regnava sulla città da diversi giorni, che ben presto divenne un vero e proprio acquazzone, che spinse Heaven a proteggere il più possibile la macchina fotografica, facendole scudo con il corpo e i lembi della camicetta senza maniche.

Bagnata fradicia, e con la visuale spesso nascosta dalla parete d'acqua che si infrangeva ripetutamente sugli scogli davanti a lei, stava quasi per rinunciare. E poi li vide.

Tori Scott emerse dalla cabina dello yacht insieme a un uomo alto e muscoloso con indosso solo un paio di bermuda, un cappellino da baseball blu e bianco e un paio di occhiali scuri. I capelli ramati di lei brillavano sotto la pioggia, rendendola perfettamente riconoscibile, ma lui restava vago: quegli occhiali mascheravano parte dei suoi lineamenti e l'ombra della visiera completava la mimetizzazione.

In ogni caso non era suo marito, dal momento che Williamson era in Medio Oriente.

“Ci siamo”, pensò, regolando al massimo lo zoom. Restò concentrata sulla coppia, anche quando la pioggia aumentò d’intensità, e finalmente la sua determinazione venne premiata: Tori e l’uomo misterioso si abbracciarono e baciarono, credendosi soli e al riparo da occhi indiscreti.

«È fatta!», esclamò, non appena i due si separarono. Si sarebbe messa a ballare sul posto, se non fosse stata circondata dall’acqua.

E a tal proposito... Ma quanto si era alzato il livello del mare, in quei pochi minuti?

La spiaggia non si vedeva quasi più e le pietre più basse, che poco prima le avevano fatto da sentiero, erano ormai sommerse. Solo alcuni scogli, tra cui quello su cui si era arrampicata, emergevano da quella grigia distesa schiumosa, ma non avrebbero tardato a essere raggiunti dalle onde altissime che si stavano formando al largo.

Era ora di squagliarsela.

Riportò fuggevolmente il mirino sulla coppia, per accertarsi che non stesse indugiando in ulteriori atteggiamenti espliciti, ma fece appena in tempo ad accorgersi che i due stavano rientrando velocemente in cabina. Che l’avessero vista? No, non era possibile da quella distanza. Molto probabilmente i due piccioncini erano ansiosi di abbandonarsi alla loro passione clandestina in un posto più asciutto e discreto...

“Oppure sfuggire alla tempesta del secolo”, pensò, quando un fulmine cadde sull’acqua a un centinaio di metri da lei.

«Oh. Mio. Dio», mormorò, non appena i suoi occhi registrarono lo spettacolo che aveva davanti.

Il cielo era tetro e minaccioso, illuminato da continui lampi; una parete d'acqua sembrava correre lateralmente verso est e una tromba marina si stava formando a velocità sostenuta, spaventosa eppure ammaliante nella sua terrificante bellezza. Sembrava lo scenario di un film di fantascienza!

Le imbarcazioni stavano rientrando in tutta fretta verso la costa, colte di sorpresa dal repentino mutare del tempo... Oppure sufficientemente sazie di scoop?

Quel dubbio la colse, spaventandola.

Forse non era l'unica fotografa appostata nei paraggi. Le altre barche potevano essere state noleggiate dalla concorrenza!

Doveva correre, e non solo per sfuggire alla furia degli elementi. Solo uno di loro avrebbe avuto l'esclusiva sulla Scott, e quel qualcuno doveva essere *lei.*

Scivolò sulle pietre bagnate, nella fretta di tornare sulla terraferma, e ondeggiò pericolosamente. Mare e cielo sembravano esser diventati un unico sfondo minaccioso e onde altissime si infrangevano intorno a lei, inzuppandola sempre di più. La paura e la fretta la resero maldestra e un piede slittò sul masso su cui stava cercando di salire. Il dolore alla caviglia fu lancinante, e le mani occupate a tenere al riparo la reflex non le permisero di bilanciare meglio il corpo.

Il risultato fu disastroso.

Cadde rovinosamente in acqua, strusciando il fianco sinistro sul bordo frastagliato dello scoglio e mandando in fumo tutto quanto: le foto, l'attrezzatura e i sogni di gloria.

Riemerse tossendo e con una gran voglia di piangere, mentre guardava la sua macchina fotografica, pagata con mille sacrifici, penderle dal collo sotto il pelo dell'acqua salmastra.

Era proprio una buona a nulla. Un vero fallimento!

Batté i pugni sulla superficie liquida, mentre un singhiozzo le si formava in gola. La caviglia pulsava dolorosamente e così anche il fianco, ma era un problema da poco conto se pensava a come aveva appena buttato all'aria la sua unica possibilità di fare carriera.

"Il tuo problema è il posto di lavoro? Non il fatto che sei in mezzo all'oceano, o che hai schivato per un pelo uno scoglio che poteva aprirti la testa in due come una noce di cocco?", sbraitò la solita voce nella sua testa.

Non ebbe nemmeno il coraggio di replicare.

Provò a risalire su uno degli scogli, ma la caviglia le faceva troppo male e arrampicarsi era impossibile. Per fortuna non era lontana dalla riva e avrebbe potuto nuotare fino a lì.

Digrignando i denti nel sentire il lungo obiettivo della reflex sbatterle contro il fianco contuso, quasi pensò di liberarsene. Ma la flebile speranza che le foto potessero ancora essere recuperate le impedì di sfilarsela dal collo.

Nuotò a lungo, con forza, finché non si accorse, con costernazione, di essersi addirittura allontanata dalla riva a causa del risucchio potente del mare. A quel punto, la possibilità di morire annegata divenne plausibile.

Come risposta a quel pensiero pessimista, un'onda la coprì interamente. Tirò fuori la testa dall'acqua, in cerca d'aria, e iniziò a tremare. Il vento e l'oceano erano troppo forti, e lei era davvero stanca.

Forse era arrivato il momento di mollare.

Mentre le onde la sballottavano di qua e di là, pensò alla vita vissuta fino a quel momento, alla sua infanzia priva di divertimenti, all'adolescenza soffocata dall'ansia di essere matura e responsabile, alla severità di suo padre e alla casa che aveva lasciato in cerca di indipendenza.

Che buffo. Aveva pensato che sarebbe stata libera e felice, una volta detto addio alla vecchia Heaven così perbene, ingenua e noiosa, ma purtroppo non era bastato trasferirsi in città. Era senz'altro più in gamba e autosufficiente, ma ancora sola, fifona e per nulla realizzata.

Che si lasciava alle spalle? Cosa aveva conquistato nel corso dei suoi ventisette anni? Non aveva una casa tutta sua, ma un appartamento in affitto così piccolo da far venire la claustrofobia; non aveva un amico fidato, né un patrimonio, nessuna carriera, nessun amore. Niente di niente. Il suo nome sarebbe stato dimenticato non appena il mare fosse tornato calmo. E al diavolo il suo desiderio di lasciare un segno nel mondo.

Smise di lottare contro la corrente e guardò il cielo scuro. La pioggia le ticchettava in faccia come colpi di mitraglia; il cordino della reflex le stringeva la gola, rischiando di soffocarla, e il sale le stava bruciando occhi e gola. Quasi le venne da ridere davanti all'unico pensiero che salì spontaneo alla sua mente.

"Che fine di merda...".

«Ehi, tu! Resisti!».

Quella voce le giunse ovattata per via dell'acqua nelle orecchie e del mare che rombava forte. Poi, una presenza ingombrante le si avvicinò, costringendola a reagire.

Una barca si stava fermando a poca distanza da lei.

L'immobilità a cui si era lasciata andare svanì. Rimettendosi in posizione eretta, Heaven prese a lottare contro le onde furiose che cercavano di trascinarla via.

Non le erano mai piaciute le barche, ma all'improvviso quello scafo bianco con scritto *Fairytale* sul fianco divenne la cosa più bella che avesse mai visto. Equivaleva a un principe azzurro su un cavallo bianco!

Una figura umana, indubbiamente maschile, si sporse dal parapetto con l'intenzione di afferrarla. Heaven alzò le braccia e il viso verso il suo salvatore, bagnato fradicio e apparentemente preoccupato. I polmoni le bruciavano, rendendole difficoltosa la respirazione, ed era così stanca da non essere sicura di riuscire ad afferrare quelle mani protese. Per questo si sforzò almeno di metterlo a fuoco: voleva vedere il volto dell'eroe che aveva ritardato il proprio rientro al molo solo per salvare *lei*.

Quando ci riuscì, pensò a un brutto scherzo del destino.

No, non era possibile. In quei quattro anni non lo aveva mai più visto, se non una volta, di sfuggita, su una rivista. Eppure…

«Heaven?!».

Lo sguardo allibito sul volto dell'uomo sciolse ogni dubbio residuo.

«Tu?!», esclamò, incredula.

Rimasero a fissarsi, interdetti, tra le onde sempre più alte e i fulmini in caduta libera sulla linea dell'orizzonte. Poi lui si sporse di più.

«Afferra le mie mani!», le gridò.

«Certo, Dio, che hai davvero un gran senso dell'umorismo», sbottò Heaven. Un'onda la trascinò sott'acqua per un attimo, costringendola a utilizzare gli ultimi residui di forza per riemergere.

«Aggrappati a me, muoviti!», gridò l'uomo sulla barca.

«Ci sto provando!».

«Non abbastanza! Una volta nuotavi meglio di così, *Sirenetta…*».

Quel nomignolo la infastidì. Riportava a galla dettagli di una notte che da anni cercava di dimenticare.

«Non è il momento per rivangare ricordi sgradevoli», scattò, attaccandosi allo scafo per riprendere fiato.

A quel commento, lui ritirò le braccia. «Oh, davvero? Sono quasi tentato di mollarti dove sei».

Heaven guardò l'uomo e la sua barca solida, poi la riva ormai distante e lo scenario ostile che la circondava. Non sarebbe mai riuscita a raggiungere la spiaggia, era sfinita. Ma pur di non farsi aiutare da *lui…*

Due mani l'afferrarono per i capelli e poi per le braccia, decidendo al posto suo e sollevandola con incredibile forza fino a quando non caddero entrambi sulla passerella di legno. Tutto ondeggiava in modo sinistro e i loro respiri erano così affannati da sovrastare l'ululato del vento.

«Mi hai quasi fatto lo scalpo», gemette Heaven, portandosi una mano al cuoio capelluto con una smorfia dolorante.

«Figurati, non c'è di che», sbottò lui, alzandosi e lasciandola lì, stesa a terra.

Un fulmine cadde a poca distanza dalla barca, seguito da un fragore terribile.

Fu l'ultima cosa che Heaven udì, prima di perdere i sensi.

Capitolo 1

Quattro anni prima.

«Io scommetto che ce la fa».

«Io scommetto contro. Una volta forse, ma non adesso».

«Ti sbagli! Una volta era troppo perbene, ma dopo quel che ha passato potrebbe farcela».

«Per me sta ancora soffrendo».

Le voci volevano essere sussurrate e gentili, ma l'enorme quantità di alcol che quei tre avevano ingerito vanificò i loro sforzi.

David Cooper si lasciò andare contro lo schienale della sedia, la bottiglia di birra stretta in mano, l'aria annoiata. «Piantatela di parlare come se io non ci fossi».

«Dài, amico, non volevamo farti arrabbiare».

«Siete troppo stupidi per farmi arrabbiare. Ditemi cosa state tramando».

Robert Harris, moro ed elegante ma con un atteggiamento aggressivo, si sporse verso di lui. «Abbiamo una missione umanitaria da portare a termine: provare a portarci a letto una ragazza», disse con un ghigno da ubriaco, dandogli di gomito. «È una vera sfida, perciò ci stavamo chiedendo chi di noi potrebbe riuscirci!».

«Tu no di sicuro, puzzi di alcol lontano un miglio! Ti svuoterebbe addosso la fiaschetta di acquasanta che tiene sempre nella borsa», sbuffò Peter Raynolds, aspirando un lungo tiro dalla sua Lucky Strike.

«Nemmeno tu, con quella sigaretta in bocca. Non sai che i vizi sono banditi dal suo Dio?», disse Edward Hamilton, con aria saccente, addentando un grosso hamburger.

«Allora non abbiamo scampo», bofonchiò Robert. «Ma forse Coop potrebbe…».

Tre paia d'occhi si fissarono su di lui. David smise di bere e inarcò le sopracciglia.

«Cos'è che potrei fare?»

«La vedi quella ragazza al tavolo d'angolo? È la figlia del reverendo Taylor, una santarellina come poche. Se tu riuscissi a portartela a letto, ti regalerei mia madre!», sghignazzò Peter.

«E io ti lascerei le chiavi della mia Lexus, con il pieno di benzina», rise Robert, dandosi delle pacche sul ventre piatto.

«Ma non siamo sicuri che tu sia pronto a gettarti nella mischia. Non dopo… be', sai a cosa mi riferisco», disse Edward, senza alzare lo sguardo dal piatto.

Certo che lo sapeva. Non gli permettevano di dimenticarlo nemmeno per un istante, maledizione.

Senza replicare, si voltò a guardare distrattamente la ragazza in questione. «Non so se è l'alcol a farmi un brutto scherzo, ma io ne vedo due a quel tavolo», disse, cercando di buttarla sul ridere. In realtà non era neanche lontanamente ubriaco, gli alcolici gli avevano solo svuotato un po' la testa, ma non abbastanza.

«Chiaramente parliamo di quella vestita da suora», ridacchiò Peter, sputando una nuvola di fumo su Edward, che per ripicca gli lanciò una patatina.

«Che ha di speciale?»

«Nessuno è mai riuscito a infilarsi nelle sue mutandine!», esclamò Robert.

«Ehi, aspetta, ma non ha un fidanzato da tipo un secolo?», chiese Edward.

«Ma chi, quella mezza sega di Will?». Robert scosse la testa. «Credimi, darla in pasto a uno di noi è il miglior regalo che potremmo farle. Quello non sa nemmeno se ce l'ha l'arnese».

Mentre i suoi compagni di bevute continuavano a ridere e fare supposizioni sulla vita sessuale della signorina Taylor, David prese a studiarla, solo blandamente incuriosito.

Non sembrava un granché. Minuta, capelli scuri, pelle chiara. Indossava un vestitino nero dall'aria vintage, castigatissimo e coperto da un cardigan bianco, e ai piedi portava semplici ballerine. Sedeva rigida sulla sedia e continuava a fissare la porta, come se si aspettasse di veder entrare il demonio da un momento all'altro, prendendo di tanto in tanto un sorso di Coca-Cola da un bicchiere privo di ghiaccio. Aveva i capelli raccolti strettamente in una treccia e portava gli occhiali. Più noiosa di così.

La ragazza che era con lei, invece, era più appariscente e ansiosa di mostrarlo. Continuava a sistemare lo scollo a V della sua maglietta rossa, nella speranza che risultasse più provocante, e a torcersi una ciocca di capelli chiari tra le dita, guardandosi intorno per cercare di cogliere al volo qualche sguardo affascinato. Per un attimo incrociò il suo e accennò un sorriso ammiccante in risposta, ma David non era interessato. Ne aveva abbastanza di tipe come quella.

A dire il vero, da qualche tempo mal sopportava il genere femminile in toto. Le chiacchiere dei suoi vecchi compagni di scuola erano preferibili alle rotture di palle che solo le donne sapevano portare nella vita di un uomo, per questo era tornato a frequentarli. Discorsi grezzi, leggeri e inutili erano la distrazione perfetta per chi, come lui, non aveva nessuna voglia di pensare.

«Ce li vedete quei due a fare sesso?», stava dicendo Robert. Impostò la voce in un falsetto inquietante e proseguì: «Oh, William, cosa stai facendo?! Non puoi toccarmi *laggiù*, Dio non vuole! Dobbiamo essere sposati prima di fornicare!».

Tutti risero sguaiatamente e perfino David si lasciò sfuggire un sorriso, continuando a sorseggiare la sua birra.

«Perciò, pensate che Grayson non abbia mai superato la seconda base con la piccola Taylor?», chiese Peter, passandosi una mano tra i capelli biondissimi.

«Se la ragazza è bigotta solo un terzo di suo padre, la risposta è no», rispose Robert, stringendosi nelle spalle. «Ma la sorella mi pare ben più sveglia».

«Oh, puoi ben dirlo! Grace Taylor è *decisamente* meno bigotta», confermò Peter, con un gemito di piacere al ricordo di ciò che, con tutta probabilità, aveva fatto con la biondina. Abbassò una mano sotto il tavolo, dandosi una sistemata al cavallo dei calzoni, poi socchiuse gli occhi. «Anzi, quasi quasi provo a farmi un altro giro. Sono senza una donna da un paio di settimane, ormai, e lei sta studiando medicina. Avrei un paio di punti da farmi *visitare*».

«Forse dovremmo lasciarla a Dave», disse Edward, terminando il suo spuntino. «In fondo deve riprendersi dalla storia di Victoria, ha diritto a un po' di divertimento facile».

«Già, begli amici che siamo! Gli abbiamo proposto la preda più difficile senza tener conto del suo cuore spezzato. Non ha bisogno di un'altra palla al piede che lo allontani da noi, ma di sesso divertente e disinibito!», concordò Robert.

«Lasciamo che sia lui a scegliere», propose Peter. Poi si rivolse a David. «Allora, Coop: vuoi provarci con l'acqua cheta o con la gattina selvatica?»

«Sto bene così, ragazzi. Non ho bisogno di niente», sorrise David, scuotendo la testa. «E per la cronaca, il mio cuore non è affatto spezzato. Al momento preferisco solo non pensare alle ragazze, tutto qui».

«Ed è sacrosanto. Ma forse dovresti rendere la pariglia a quella stronza». Robert stappò l'ennesima birra e bevve avidamente.

L'entusiasmo scemò a quelle parole, la triste realtà tornata prepotentemente a galla.

«Scusa, Dave, non volevamo riportarti alla mente brutti ricordi», mormorò Edward, il più serio del gruppo.

David afferrò un'altra birra, sforzandosi di sorridere. «Vi ho detto che sto bene, piantatela di tirare in ballo quella storia. È acqua passata».

«Se fosse successo a me, non vorrei più avere a che fare con una donna per un bel pezzo», sospirò Peter. Poi, con una smorfia, cambiò idea. «Anzi, no, per dispetto me le farei tutte!».

«Certo, ma tu hai la stessa profondità d'animo di una pozzanghera», sbottò Edward. «David, invece, è sempre stato il più tenero fra noi, e avrà bisogno di riprendersi prima di tornare a pensare al sesso».

Stufo marcio di essere compatito, David scolò il resto della birra e posò la bottiglia vuota sul tavolo, con un gesto secco. Gli occhi degli amici si puntarono su di lui, preoccupati, e questo lo innervosì il doppio.

Era uscito per divertirsi e distrarsi dalla cappa di silenzio che regnava in casa sua dopo quanto era accaduto. Non sopportava più gli sguardi compassionevoli dei suoi genitori, né le occhiate mortificate degli amici che gli erano rimasti vicini. Non era colpa di nessuno, solo sua. Aveva voluto credere in una vana illusione e si era sbagliato: fine della storia. Adesso doveva pagarne le conseguenze, lo sapeva, ma non aveva nessuna intenzione di farsi compatire.

Si raddrizzò sulla sedia sfregandosi le mani. «Chi è che devo provare a sedurre?», chiese, fingendo un entusiasmo che non provava. Tutto, pur di mettere a tacere quei tre e tornare a sorridere per delle sciocchezze.

Un coro di grida entusiaste e fischi di incoraggiamento accolse la sua decisione, attirando diversi sguardi. David li zittì velocemente, cercando di non farsi sentire dalle due ragazze in fondo al locale. «Cretini, se fate così ci scoprono subito!».

«Hai ragione, pianifichiamo la scommessa senza dare

nell'occhio», sussurrò Robert, con aria da complottista. «Io continuo a pensare che la più grande delle Taylor sia una sfida maggiore. Grace ti si getterebbe addosso ancor prima che tu abbia avuto il tempo di dirle "ciao"!».

David lanciò un'altra occhiata in direzione della ragazza con la treccia, e si strinse nelle spalle. «Ok. Cosa ci giochiamo?»

«Soldi, naturalmente. Sono in ritardo con l'affitto», disse Edward. «E siccome tu sei sempre stato un bravo ragazzo, tutto scuola, casa e fedeltà, punterò tutto ciò che ho nel portafogli sulla tua sconfitta. Ingannare quel povero angioletto del paradiso non rientra nel tuo stile, mollerai il colpo prima di arrivare al dunque, non appena la guarderai negli occhi. Sento già la vittoria in tasca».

David fece spallucce. «Vedremo. Quanto tempo ho?»

«Che diamine, solo stanotte!», esclamò Robert. «Io domani devo partire per San Francisco».

«Nessuno può convincere una ragazza come quella in poche ore! Non è nemmeno ubriaca, ha bevuto mezza Coca!».

Peter estrasse il portafogli dalla tasca dei pantaloni e mise sul tavolo il blocchetto degli assegni. «Sta già accampando scuse, punto cinquecento dollari sul *no.* Chi mi presta una penna?»

«Andate al diavolo», sbuffò David, guardando oltre le spalle degli amici per studiare la preda. Vide ancora Grace Taylor occhieggiare il loro tavolo, e distolse lo sguardo. «Levatemi di torno la sorella, se volete che mi dia da fare».

«Ci penso io». Robert si alzò, malfermo sulle gambe. Poi, ondeggiando violentemente, tornò a sedersi con un tonfo. «O forse no. Meglio che stasera vi guardi e basta. Punterò i miei soldi sulla vittoria dello stallone Cooper!».

Edward batté sul tempo Peter e si alzò. «Tu hai già avuto il piacere, ora tocca a me», gli intimò, sollevando il colletto della camicia e tirando indietro il ciuffo castano che gli scendeva sbarazzino sulla fronte. Un attimo dopo era già sparito in direzione del tavolo ad angolo.

David bevve un altro sorso di Bud e aspettò che il suo amico facesse il suo dovere. Quando finalmente il ragazzo e la biondina si allontanarono per ballare sulla pista, si alzò, pronto ad andare in scena.

Attese qualche minuto per non dare nell'occhio, poi scivolò sulla sedia che Grace Taylor aveva lasciato vuota, spaventando la ragazza rimasta sola.

«Ciao», le disse, sfoggiando il suo sorriso più seducente.

Lei lo guardò con diffidenza. «Quella sedia è occupata, mia sorella si è solo allontanata un momento».

David lanciò una breve occhiata in direzione di Grace ed Edward, avvinghiati sulla pista da ballo, e tornò a concentrarsi sullo scricciolo che aveva di fronte. «Non credo, sai? Il mio amico mi pare piuttosto interessato a protrarre il momento il più a lungo possibile».

La ragazza inarcò un sopracciglio, dietro gli occhiali dalla montatura nera. «E ti ha mandato a tenermi impegnata?»

«No, sono venuto di mia spontanea volontà. Ti osservo da un po' e... mi incuriosisci».

«Certo, come no», la sentì borbottare, una nota di sarcasmo nella voce e gli occhi grandi colmi di derisione. David iniziò a capire perché i suoi amici la reputassero una preda impossibile. La freddezza che grondava era alquanto scoraggiante.

Tentò ancora.

«Ti spiace se resto a farti compagnia?»

«Un po', ma non credo di potertelo impedire».

«Posso offrirti qualcosa da bere?»

«No, grazie».

«Vuoi ballare?»

«Preferirei evitarlo».

David abbozzò un sorrisetto storto. «Se il tuo modo per scoraggiare i corteggiatori è questo, sappi che mi hai appena lanciato un guanto di sfida. E io amo le sfide».

«Tu saresti un "corteggiatore"?», chiese lei, più allibita che ironica.

«Lo trovi così incredibile?»

«No. Lo trovo impossibile».

«Per quale motivo?»

«Non credo di essere il tuo tipo».

«E da cosa lo avresti dedotto?».

Dopo un momento di silenzio, la ragazza distolse lo sguardo. «Senti, lasciami in pace, ok? Non sono single».

David guardò in direzione dei suoi amici, che scuotevano la testa con aria rassegnata.

Forse avevano ragione, non era pronto a ricominciare con una donna, e non era il tipo da abbordare sconosciute in un pub, soprattutto se le sconosciute in questione non gli interessavano. Tuttavia, non voleva nemmeno fare la figura dell'idiota e confermare l'idea dei suoi amici.

Non stava soffrendo ancora per la sua ex fidanzata. Era lei a soffrire per lui, ora. Nelle ultime settimane si era presentata spesso a casa sua, cercando di convincerlo a perdonarla, a darle una seconda opportunità. Ma David non le aveva creduto: per anni aveva chiuso un occhio su tutti i suoi capricci, e non aveva più intenzione di farlo.

Le donne erano volubili e complicate. Ecco perché non era interessato a corteggiare nessuna.

Ma per vincere una scommessa e mettere a tacere i suoi amici poteva sempre fingere.

Allungò una mano per afferrare gentilmente il mento della ragazza e la costrinse a guardarlo.

«Il tuo ragazzo è qui?», le chiese.

«No, ma...».

«Come ha potuto lasciarti tutta sola in un posto come questo?»

«Non sono sola».

David ignorò la sua logica risposta e con le dita scese a sfiorarle il collo in una lieve carezza. «Io impazzirei di gelosia al solo immaginare perfetti sconosciuti pronti a provarci con ciò che è mio», disse, suadente. «Ti starei appiccicato come un guanto».

«Oh, ti prego», sbuffò lei, gelida. «Speri davvero che io ci creda?».

Lui non rispose, intento a osservare le proprie dita abbronzate scorrere lungo la gola chiara della ragazza. Aveva una bella pelle, liscia, morbida, priva di imperfezioni, ed emanava un fresco profumo di cocco e vaniglia, probabilmente la fragranza del suo bagnoschiuma. David lo avvertiva chiaramente, nonostante gli effluvi di fritto, alcol e sudore che saturavano il pub.

Sapeva d'estate.

La sentì deglutire e intuì che era a disagio. Faceva la

dura, ma forse non era poi così indifferente al suo approccio da rimorchiatore seriale.

Non riuscì a definire se la cosa lo lusingasse o lo infastidisse. Sapere di colpire una donna avrebbe dovuto renderlo orgoglioso, ma la femmina in questione era fidanzata, eppure non disdegnava le sue carezze.

L'ennesima infedele.

"Dio me ne scampi, ho già dato", pensò.

L'immagine di un'altra donna si sovrappose a quella che aveva di fronte, distruggendo qualunque sprazzo residuo di buonumore.

Victoria era stata la sua fidanzata storica fin dai tempi del college, la preda ambita da tutti i maschi della scuola. Insieme erano invincibili, inseparabili come i "Brangelina", tanto che i suoi amici li avevano ribattezzati i "Datoria". Un rapporto durato sei anni, tra alti e bassi, e culminato in una proposta di matrimonio.

David si era reso conto troppo tardi che chiedere a Vicky di sposarlo non era stata una mossa intelligente. Erano troppo giovani per un passo simile, lui troppo sciocco e lei troppo innamorata di se stessa. Ma David era stato convinto che la sua voglia di impegnarsi sarebbe bastata per entrambi.

Nonostante la risposta affermativa, e dopo un iniziale entusiasmo all'idea di imbarcarsi in tutti i preparativi per le nozze, Victoria era diventata strana, scontrosa, fredda, e le liti fra loro erano fiorite dal nulla, per ogni sciocchezza. Niente, però, gli aveva fatto credere che lei avesse cambiato idea sul matrimonio. Niente, fino a quando non aveva detto "*no*" sull'altare, lasciandolo impalato davanti a centoquindici invitati sconvolti, per fuggire con Mark Harper, il suo migliore amico nonché testimone di nozze.

Quel momento era impresso a fuoco nella sua mente. Il brusio dei presenti inebetiti, gli sguardi di dispiacere che seguivano la sposa fin sulla porta della chiesa, per poi posarsi sull'imbecille rimasto immobile sull'altare...

«La solita volubilità delle donne!», aveva esclamato, sarcastico, prima di rifugiarsi in sacrestia, dove i suoi genitori lo avevano raggiunto immediatamente.

Aveva detto loro che stava bene, che era stato meglio così, e poi era uscito dalla chiesa con aria impassibile, a testa alta, per non mostrarsi sconfitto davanti alla gente. Ma dentro al cuore si era sentito tradito, umiliato, ferito nel profondo, e aveva impiegato parecchio tempo a ritrovare la voglia di voltare pagina.

Da allora erano passati tre mesi e lui stava lentamente risalendo la china. Adesso sapeva quanto fosse stato inutile andare a caccia d'amore, e non aveva nessuna intenzione di ripetere lo stesso sbaglio, di ricominciare da capo con menate come il romanticismo o i progetti di coppia. Il "finché morte non ci separi" era una frase da film, da favole piene di principesse e tizi in calzamaglia, ma nella vita reale un matrimonio durava tutta la vita solo per inerzia. *Se* durava.

«L'amore è come un blackout momentaneo del cervello», diceva spesso suo padre. E quale persona sana di mente avrebbe voluto vivere per sempre, consapevolmente, in una condizione simile?

Tornò a concentrarsi sulla piccola Taylor, che lo fissava in silenzio. Aveva le labbra socchiuse, una bocca piena e rosea, molto invitante, e gli occhi spalancati dietro le lenti. Anche nella fioca luce del locale, David riusciva a cogliere la perfetta sfumatura d'azzurro di quelle iridi incredibili, che ricordavano il mare al largo nelle giornate di sole. Erano davvero impressionanti. E stranamente dolci, a dispetto del suo atteggiamento socievole come una statua di marmo.

Non sapeva bene che ci faceva lì con lei, ma non aveva importanza. La sua mano continuava a sfiorare la vena azzurrina che le attraversava il collo, quasi contro la propria volontà. E lei non faceva nulla per fermarlo.

"Pronta a farsi sedurre dal primo venuto, come tutte", pensò, con un sorriso amaro.

E se la ragazzina aveva voglia di giocare, lui era pronto ad accontentarla.

Capitolo 2

"Stai calma... Respira... Non allarmarti. È solo uno sbruffone come tanti, si stuferà presto e se ne andrà".

Heaven si ripeteva quelle parole come un mantra, cercando di non muoversi. Conosceva quelle tecniche di abbordaggio, le aveva viste usare troppo spesso per non riconoscerle, sia nella vita reale che nei film. Anche se, naturalmente, nessuno le aveva mai usate con lei.

Si scostò, interrompendo il contatto con la mano abbronzata e dalle dita lunghe che le aveva infiammato la pelle con un semplice tocco, e fece vagare gli occhi sul viso del ragazzo dai riccioli castani che aveva di fronte.

Era bellissimo. Un volto virile eppure buono, il classico bravo ragazzo dallo sguardo malizioso capace di infuocare i cuori più sciocchi. E il suo era il Re degli Sciocchi.

"Lo è solo perché sei vulnerabile, in questi giorni", si giustificò. Ed era la verità. Se non fosse stata appena scaricata dal suo fidanzato, le avance fasulle di quel tipo non l'avrebbero nemmeno sfiorata.

Sì, gli aveva detto di essere impegnata, ma in realtà era solo lei a sentirsi tale. William le aveva chiesto una "pausa di riflessione" proprio all'inizio delle vacanze estive, e questo, secondo sua sorella Grace, equivaleva a una rottura definitiva. A suo parere, invece, era un modo come un altro per andare a divertirsi con la coscienza pulita e senza obblighi verso la scomoda e noiosa fidanzata che non poteva accompagnarlo e che, con tutta probabilità, lo avrebbe comunque aspettato in silenzio, pronta a riprenderselo al suo ritorno se lui lo avesse desiderato.

Entrambe le ipotesi erano deprimenti.

Ecco perché aveva accettato di uscire, quella sera: per distrarsi e cercare di essere diversa da ciò che era sempre stata, almeno per una volta. Ma non ci stava riuscendo troppo bene.

Grace si divertiva anche solo a farsi guardare dalla gente: approfittare della mancanza del padre per fare qualcosa di proibito era una tentazione troppo forte, per la sua sorellina, sempre ansiosa di cogliere l'attimo e godersi la vita. Heaven, invece, non riusciva a godersi nemmeno una banale serata, e si limitava a fare da soprammobile in quel pub pieno di chiasso, in mezzo a gente che non aveva nulla a che vedere con lei.

Nel profondo sapeva di essere ben diversa dal rigido involucro che mostrava agli altri, ma anni di severa educazione, di regole e obblighi morali dettati dalla sua famiglia avevano inibito ogni suo istinto, soffocato la sua vera natura. E quello era il risultato: una ragazza sobria, educata, piena di virtù, ma depressa, insignificante, incapace di divertirsi. E, ora, anche single.

Quella realtà la innervosì e il suo malumore si concentrò sulla causa indiretta di tanti pensieri. Fissò il suo *corteggiatore*, che la osservava con attenzione quasi maniacale, e si sistemò sulla sedia.

«Che hai da guardare?», gli chiese, astiosa.

«Vuoi la verità? Non lo so».

«Se questo è il tuo modo di abbordare una ragazza, non è un granché».

«Quando mi sono impegnato con frasi da manuale non mi hai creduto, penso che adesso punterò sulla sincerità».

«Be', meglio così», sospirò Heaven. Certo, avrebbe preferito sentirsi dire cose carine, una volta tanto, ma era abbastanza razionale da comprendere quanto fosse improbabile riceverle da un tipo come quello.

«Io sono David. E tu?», chiese lui, porgendole la mano.

«Heaven», rispose, stringendola brevemente. Lo vide sgranare gli occhi, sul punto di ridere, e fece una smorfia. «Vedo che sai chi è mio padre», biascicò. «Hanno tutti la stessa reazione nello scoprire il mio nome. Pensano che solo un uomo di chiesa avrebbe potuto chiamare la figlia in questo modo».

Per tutta risposta, David sorrise. E che sorriso! Aperto, malizioso, tutto un baluginio di denti bianchissimi e perfetti. Aveva perfino le fossette!

Heaven sentì uno strano ronzio alle orecchie. Il suo cuore batteva più veloce del normale, il che era preoccupante. Sembrava che la sola presenza di quel tale fosse riuscita a smuovere tutto il suo essere, sopito da tempo.

«In effetti è singolare. Ma è bello, ti si addice», disse lui.

«Come puoi dirlo? Potrei essere più il tipo da Lilith, per quel che ne sai».

«Il demone dall'incredibile fame sessuale?». David socchiuse gli occhi in modo alquanto diabolico, chinandosi nella sua direzione. «Mi stai lanciando dei messaggi subliminali?»

«Cosa?! No!», esclamò lei, il volto in fiamme. Sentì il calore risalirle lungo il collo e il sangue scorrere come un fiume in piena: se lui avesse avuto ancora una mano sulla sua giugulare, l'avrebbe sentito in diretta.

Dio, che figura pietosa stava facendo!

Si sistemò gli occhiali sul naso, cercando di non guardarlo. «Volevo solo dire che non mi conosci, non puoi sapere che tipo sono e quale nome sia più adatto a me».

«Un ragazzo certe cose le capisce. Tua sorella è più il tipo da Lilith. Tu, invece, sei tutta un'altra storia».

Heaven si appoggiò allo schienale, incrociando le braccia al petto. «Sentiamo, allora. Che tipo di persona credi che io sia?»

«Una brava ragazza, responsabile, che non ama mettersi in mostra e non dà troppa confidenza agli sconosciuti. Una che va dritta in paradiso, insomma. Ma mi hanno detto chi è tuo padre, lo ammetto, quindi per alcune cose parto avvantaggiato... o forse prevenuto».

«E nonostante la noia evidente della mia persona, sei comunque qui a corteggiarmi?»

«Le brave ragazze sono sottovalutate. Ce ne dovrebbero essere di più, in giro, perché è a quelle che mirano i bravi ragazzi come me», ammiccò.

«Tu sei un santo quanto io una pornostar», bofonchiò Heaven, addentando distrattamente l'unghia del pollice.

David rise, una risata calda che le rimbombò dentro. «Mi piaci. Sento che potremmo divertirci molto, insieme», le disse, facendole l'occhiolino.

Heaven rimase interdetta, a corto di parole.

Accidenti, perché non sapeva flirtare? Sarebbe stato divertente saper rispondere a una personalità come quella di David con altrettanta sicurezza, essere una ragazza diversa, almeno per una sera. Si voltò verso sua sorella, in cerca di aiuto – o di ispirazione –, ma Grace aveva ben altro per la testa in quel momento. Stava appiccicata al suo compagno di ballo con quasi tutto il corpo, e le loro movenze erano inequivocabili, così come gli sguardi affamati che si rivolgevano.

Perbacco! Quei due non si vergognavano nemmeno un po' a mettere in piazza la loro lussuria, di fronte a tutti i clienti del pub?

"Sembri tuo padre! Vuoi andare da loro e metterli in guardia sul peccato che commettono strusciandosi senza essere sposati?", la redarguì una voce nella sua testa.

Cielo, aveva ragione. Era una bigotta!

Distolse in fretta lo sguardo, a disagio. Grace non faceva niente di male, era maggiorenne e vaccinata, aveva già avuto esperienze con gli uomini e sapeva bene fin dove spingersi e quando fermarsi. Il vero problema era lei, che non sarebbe mai stata tanto disinibita, non avrebbe mai avuto il coraggio di mettersi in gioco del tutto, esprimere un'emozione così intima davanti alla gente.

"Se è per questo, neanche in privato...".

Afferrò la sua Coca-Cola e bevve avidamente, per darsi un contegno. D'un tratto rimpianse di non aver ordinato un super alcolico: forse si sarebbe divertita di più, allentando la propria rigidità mentale. Ma per tutta la sera era stata terrorizzata all'idea di veder entrare suo padre dalla porta, pronto a trascinarle via per un orecchio, e così si era limitata a un blando analcolico. E poi, doveva guidare...

"La parola NOIOSA lampeggia a caratteri cubitali sulla tua fronte. La vedi? Si riflette negli occhi grigi del bellone che hai davanti", sbuffò il suo inconscio.

«Tutto bene?», chiese David, gentilmente, chinandosi per cercare il suo sguardo.

«Senti, lascia stare. Stai sprecando il tuo tempo con me», sospirò, ansiosa di liberarsi di lui. Faceva affiorare troppi pensieri scomodi nella sua mente, e non aveva alcuna voglia di analizzarli.

«Come puoi dirlo?»

«Sembri un tipo abituato a ben altre esperienze, probabilmente del genere che mio padre condannerebbe all'istante. Non potresti nemmeno entrare in casa mia, figuriamoci frequentarmi... sempre ammesso che sia quello che cerchi».

«Tuo padre è davvero così superficiale?»

«Forse ci vede lungo».

«E tu non fai un passo senza prima sentire ciò che dice lui?».

Heaven rifletté un momento. Aveva anche solo mai preso in considerazione l'idea di sfidare seriamente suo padre, di mostrarsi agli altri sotto una luce diversa, di far uscire la sua vera natura? Forse. Ma non aveva avuto il coraggio di farlo davvero. Cresciuta al riparo di una campana di vetro, non sarebbe sopravvissuta un solo minuto se lasciata alla propria mercé.

Non sapeva come girava il mondo e tendeva a fidarsi di chi aveva più esperienza di lei. A volte desiderava avere un carattere più forte, lasciarsi andare alle emozioni e seguire il suo istinto, ma finiva sempre per rinunciare in partenza. Per questo invidiava le ragazze coraggiose e audaci come Grace, in grado di cavarsela in qualunque situazione.

Lei non era in grado di fare nulla, da sola. Ma non aveva nessuna intenzione di farlo capire a quel fusto dai denti splendenti.

Si strinse nelle spalle, fingendosi annoiata. «Pensi che mio padre sarebbe felice di sapermi in un disco-pub, seduta al tavolino con uno come te? Ovviamente no, ma lo faccio lo stesso. Questo, però, non significa che devo esagerare con le stupidaggini».

«Capisco. Quindi sei una cattiva ragazza… ma con cognizione di causa!», scherzò lui.

Irritata dal suo tono vagamente compassionevole e dalla propria dabbenaggine, Heaven si alzò, rassettando il vestito che indossava e che d'un tratto, paragonato alle mise ben più provocanti di almeno metà della clientela femminile presente, le parve uscito dritto dall'armadio di sua nonna. «Vado a prendere qualcosa da bere. Ne vuoi?».

David la scrutò per un istante, divertito, poi si strinse nelle spalle. «Quello che prendi tu andrà bene. Ma solo se offro io».

Heaven annuì e si allontanò in direzione del bar.

A pochi passi dal bancone, si maledisse per quell'idea malsana. Che diavolo poteva ordinare, che andasse bene anche per un ragazzo come quello? Se avesse preso un'altra Coca-Cola, lui l'avrebbe reputata una sfigata, e al diavolo la sua intenzione di mostrare l'esatto contrario.

Ma insomma, che aveva di sbagliato? Perché Grace

sapeva vivere e lei no? Aveva ventitré anni eppure non sapeva come ci si comportava in una serata di svago, in un posto come quello. Tanto meno in compagnia di un ragazzo attraente come il peccato. Si sentiva fuori posto, quasi appartenesse a un altro mondo, a un'altra generazione.

«Che ti servo, piccola?», chiese il barista, riportandola al presente.

«Vorrei qualcosa di alcolico, ma niente di troppo forte. Per due».

«Birra?».

Heaven fece una smorfia. «Qualcosa di un po' meno noioso?»

«Mojito?».

Con un sospiro, lei annuì. Lo avrebbe bevuto lentamente e avrebbe mangiato anche qualche stuzzichino per ammortizzare l'effetto dell'alcol nel suo stomaco vuoto.

Quando tornò al tavolo, David era ancora al suo posto, e lei non seppe se sentirsi compiaciuta o terrorizzata. Nonostante la sua totale mancanza di esperienza nel flirtare e il suo aspetto poco interessante, quello schianto di ragazzo non aveva approfittato della sua assenza per scappare a gambe levate. Al contrario, non appena la vide le rivolse un sorriso assassino e approvò silenziosamente la sua scelta alcolica.

Intenzionata a calmarsi, Heaven si sedette e, dimenticando i suoi buoni propositi, diede un lungo sorso alla bevanda che profumava di menta. Per poco non andò a fuoco, quando il rum bianco passò attraverso il suo esofago vergine, ma riuscì a non tossire come una scema, anche se sapeva di avere gli occhi pieni di lacrime.

«Non ti piace?», le chiese David mescolando il liquido chiaro con la cannuccia, la bocca piegata in un sorrisetto beffardo.

Aveva già sottolineato quanto fossero belle le sue labbra? Piene, ben disegnate, tutte da mordicchiare…

Agli occhi lucidi si aggiunsero le chiazze rosse sugli zigomi, mentre il pensiero di lei che mordeva quelle labbra faceva presa nel suo cervello.

Doveva smetterla, *immediatamente*, o si sarebbe riempita di macchie su tutto il viso!

«Mi è andato un granello di zucchero di traverso, niente di grave», mentì.

«Tiralo via», consigliò lui, leccando lo zucchero grezzo che guarniva il bordo del bicchiere. E fissandola intensamente. Quel gesto risultò talmente allusivo da farla avvampare.

Oh, Signore!

Heaven si sentì fremere e per un attimo temette di vedere i propri occhiali appannarsi. Faceva realmente un caldo terribile, lì dentro, o lo sentiva soltanto lei? Ma soprattutto, David si rendeva conto dell'effetto che le stava facendo?

Provò un moto di vergogna al solo pensiero.

Grace si materializzò accanto al tavolino proprio in quel momento, stemperando la tensione. Heaven gliene fu grata, anche se una parte di sé prese a temere che, una volta vista bene la sorella, David si dimenticasse dell'apparente curiosità che provava nei suoi confronti per approfondire la conoscenza dell'affascinante bionda. Era successo così spesso, in passato, che non ne sarebbe rimasta stupita.

«Tesoro, è un problema per te tornare a casa da sola? Io ed Eddy andiamo a farci un giretto», disse Grace, un sorriso malizioso sulle labbra rosse. La mano maschile vicinissima al suo sedere era un chiaro indizio su che tipo di "giretto" avevano intenzione di fare insieme.

«Non c'è problema, ti aspetto», rispose Heaven, ingenuamente.

Grace scosse la testa, intenerita, mentre Eddy sghignazzava. David si chinò sul tavolo, poggiando una mano sulla sua.

«Andate pure, ci penso io a riaccompagnarla a casa sana e salva», lo sentì dire alla coppia.

Heaven fece per protestare, ma Grace si chinò sul suo orecchio. «Ricordati perché siamo uscite: per divertirci, soprattutto tu. Quel cretino di Will ti ha mollato, ma il tipo che hai rimorchiato stasera è mille volte meglio! Eddy dice che è anche un bravo ragazzo, quindi rilassati, non avere paura... e non essere così rigida! Ci vediamo domattina».

Quando i due si furono allontanati, al tavolo piombò un silenzio teso. Un istante dopo, David cercò il suo sguardo.

«Non era previsto, se ti può consolare».

«Non è questo il punto. Non mi va che mia sorella resti fuori tutta la notte».

«Se non sbaglio, è maggiorenne».

«Avere ventidue anni non la mette al sicuro da ogni pericolo».

«Mi sembra abbastanza sveglia da cavarsela da sola. E comunque, Edward è un bravo ragazzo».

«Questo è quello che dici tu. Ma io come posso esserne certa? E se fosse uno stupratore?»

«Ti assicuro che non lo è. Dei miei amici, è il più responsabile. Non era nemmeno ubriaco».

«Ho visto come guardava mia sorella, le sue intenzioni non sono da santificare».

«Nemmeno quelle di Grace!», rise David. «E tu non sei sua madre. Perché non ti rilassi?».

Heaven sospirò. Aveva ragione lui, non era la madre di Grace e non era la prima volta che sua sorella usciva da sola. Di sicuro era molto più in grado di lei di gestire situazioni del genere.

Odiava essere paranoica, ma proprio non riusciva a farne a meno. I troppi sermoni di suo padre sui pericoli del mondo e la cattiveria della gente avevano lasciato il segno.

«Non sei costretta a restare qui con me», precisò David, con uno sguardo gentile. «In qualunque momento tu voglia andartene, basta che me lo dici e io ti chiamo un taxi».

Le parve di vedere un lampo di sincerità in quelle iridi grigie; forse era davvero un bravo ragazzo. E poi, anche se la metteva terribilmente a disagio, Heaven non si sentiva minacciata da lui. Non in senso negativo, per lo meno. Perché non godersi quel momento, allora?

Grace aveva ragione, erano uscite proprio per evitare che lei restasse a casa a disperarsi per ciò che le aveva detto William e per dimostrare, a lui e a se stessa, che la sua vita poteva andare avanti come e meglio di prima.

"Guardatemi: il mio ragazzo se n'è andato da due giorni e sto già chiacchierando con un tipo da sballo!", pensò, sollevando il mento.

Pausa di riflessione, un corno! Andarsene con gli amici

a Tijuana – il regno della perdizione! –, all'inizio delle vacanze estive, equivaleva a infrangere il voto di castità con ragazze che nemmeno ci pensavano ad arrivare illibate al matrimonio.

Proprio così: lei e William non avevano mai fatto sesso. Il reverendo Ben Taylor aveva inculcato nella testa delle figlie l'importanza di giungere vergini al matrimonio ed Heaven aveva preso alla lettera quelle parole. Forse era un po' vecchio stile, come concetto, e non tutti lo capivano, ma stava tornando di moda negli ultimi tempi. Aveva da poco letto un articolo che parlava di una donna ricorsa alla chirurgia per tornare vergine!

"Nasconditi dietro tutte queste balle, se preferisci, ma la verità è un'altra e la conosci bene", sbuffò la sua coscienza.

Ok, sì. Era frigida. O, almeno, questo era ciò che William le aveva fatto velatamente capire in quei due anni di relazione. Non che non ci avessero provato a fare sesso, solo che... lei non ci riusciva. Punto. E così si era trincerata dietro la scusa della sacralità della prima notte di nozze tanto decantata da suo padre, dicendo al fidanzato che, una volta sposati, si sarebbe sicuramente sciolta.

Come poteva biasimare William per averla mollata in tronco?

«Sei ancora con me?», chiese David, riportandola al presente.

«Sì», rispose Heaven, imbronciata.

Lui sorrise, quasi dolcemente. «Sicura che tu e Grace siate davvero sorelle?», scherzò. «Siete come la notte e il giorno».

«Effettivamente c'è chi insinua qualcosa del genere»,

sospirò Heaven, con una smorfia. David inarcò le sopracciglia, perplesso, e lei si affrettò a spiegare. «Poco dopo la nascita di Grace, mia madre ha avviato una relazione con il nostro giardiniere, con il quale è poi scappata. Una volta scoperta questa cosa, le voci nel quartiere si sono sbizzarrite e la poca somiglianza tra me e Grace ha fatto il resto. Ma in realtà siamo davvero sorelle: mio padre se ne è assicurato». Azzardò un'occhiata in direzione del ragazzo, chiedendosi cosa pensasse ora di lei e della sua famiglia, dopo quelle confidenze scabrose. Non vedendo espressioni scioccate sul suo volto, si rilassò. «In ogni caso hai ragione, io e Grace non potremmo essere più diverse. Abbiamo vissuto nello stesso posto, ricevuto la stessa educazione, sopportato le stesse problematiche. Eppure, mia sorella se la cava alla grande in qualunque cosa faccia, mentre io ho paura anche solo di muovere un passo da sola».

«Ti sei mai chiesta perché?»

«Non tutte le ciambelle riescono col buco, suppongo», sbuffò. «Io sono la primogenita, l'esperimento. Con il tempo, i miei genitori devono aver perfezionato la loro tecnica e il secondo tentativo è riuscito meglio». Bevve un altro sorso del suo cocktail, che questa volta le bruciò lo stomaco in modo piacevole, e si strinse nelle spalle. «Raccontami qualcosa di te, piuttosto. Da buona figlia di un pastore, nonché modello di virtù, non posso dare confidenza agli sconosciuti».

David giocherellò con la cannuccia. «Che cosa vuoi sapere?»

«Nome completo, età, studi effettuati, lavoro, informazioni sulla tua famiglia – precedenti penali compresi

–, fede religiosa, aspirazioni nella vita...». Heaven lesse l'incredulità negli occhi del ragazzo e sorrise. «Mio padre chiede queste cose a chi entra in casa nostra».

«D'accordo, vediamo... Mi chiamo David Jason Cooper e sono nato ventisei anni fa, a San Diego. Mi sono laureato all'istituto d'arte e adesso mi divido fra concorsi ed esposizioni, in attesa di sfondare nel campo artistico. Mio padre è un avvocato, mia madre un architetto, entrambi incensurati e sposati da quasi trent'anni. Dicono che il loro segreto per un rapporto così lungo è vedersi solo un paio d'ore al giorno, ma negli ultimi anni sono scesi a un'oretta scarsa. La verità è che non sono fatti per stare insieme, ma fingono di andare d'amore e d'accordo per me. Oppure sono solo buoni cristiani e credono nella sacralità dei voti pronunciati davanti a Dio: "nella buona e nella cattiva sorte, finché morte non ci separi"». Si chinò verso di lei e le fece l'occhiolino. «Questo dovrebbe colpire favorevolmente tuo padre, giusto?». Heaven si limitò a sorridere e lui continuò. «Sono figlio unico, sono credente ma non osservante e non ho precedenti penali... a parte quel piccolo furto d'auto quando sono diventato maggiorenne...». Heaven per poco non si strozzò con il mojito, a quelle parole, ma David ridacchiò. «Sto scherzando: la mia fedina penale è splendente».

«Che genere di artista sei?»

«Ti faccio vedere». David fermò una cameriera e si fece prestare una penna, poi afferrò la tovaglietta di carta su cui erano poggiati gli stuzzichini, la voltò e prese a tracciare alcune linee.

Heaven lo scrutò, incuriosita. Poco dopo, il suo viso la

osservava dal foglio. «Sono proprio io!», esclamò, incredula. «Sei bravissimo».

«Hai un viso che si presta bene», minimizzò lui aggiungendo dettagli, quasi distrattamente.

Sullo sfondo del disegno apparve una chiesa, un signore magrissimo vestito di nero con l'indice rivolto al cielo – che non somigliava minimamente a suo padre, ma che rendeva bene l'idea del severo predicatore – e un furgoncino hippie, al volante del quale c'era proprio David, un braccio fuori dal finestrino, pronto a trascinare via una Heaven con i capelli sciolti e un abitino ai limiti dell'indecenza.

«Quel vestito non lo indosserei mai», bofonchiò, mordicchiando la cannuccia.

Lui sorrise, malizioso. «Peccato. Non ti farebbe male scoprirti un po' di più».

«Potrei andare in giro con tutta la mercanzia esposta, atteggiarmi da diva e truccarmi come un pagliaccio, ma a che servirebbe? Oltre a dare un'impressione di me totalmente fuorviante, ad attirare un interesse maschile del tutto superficiale e a farmi sentire tremendamente a disagio?», scattò Heaven.

David la osservò per un lungo istante, poi posò la penna e incrociò le braccia sul tavolo, serio. «Sai che ti dico? Hai ragione, certe cose sono sopravvalutate. Il mondo è pieno di ragazze bellissime, perfette nei loro look artificiali; ma la mattina presto, quando si svegliano tra le nostre braccia dopo averci ammaliato con le loro grazie, senza l'aiuto del trucco, degli abiti succinti e delle pettinature elaborate a migliorare la loro immagine, è sul carattere che devono puntare, se vogliono lasciare il segno.

Un bel faccino e una minigonna non potranno trattenerci per sempre». Si avvicinò ancora e sorrise, sincero. «Tu non perdi tempo dietro a stupidi espedienti, punti tutto sulla sostanza. E questo mi piace».

"Cuore mio, resta con me, non mi abbandonare".

Heaven non disse una sola parola, la lingua attaccata al palato. Ricambiò lo sguardo di quel dio greco in jeans e maglietta e sentì qualcosa nascere in lei.

Qualcosa di sconosciuto, portentoso e inquietante, ma terribilmente magnetico.

Qualcosa che poteva solo spingerla incontro a un mare di guai.

Capitolo 3

«Adesso tocca a te», disse David, tornando a rimestare il suo cocktail.

«Ehm… Che… cosa?», balbettò lei. Era arrossita di nuovo, una sfumatura rosata che lo inteneriva. Era successo diverse volte durante la serata, segno evidente di quanto fosse poco avvezza al corteggiamento, vero o falso che fosse. In un altro stato d'animo, senza il cuore avvizzito dalle recenti vicissitudini, David l'avrebbe trovata perfino dolce.

Un po' si era ricreduto su di lei, doveva ammetterlo. Sì, quel vestito sembrava un copridivano e i capelli legati, gli occhiali e il trucco quasi inesistente non invogliavano un ragazzo a fare approcci più spinti, ma era intelligente, sarcastica e arguta nonostante la timidezza, e aveva la battuta pronta. Sapeva scherzare sulle proprie mancanze, sulla sua famiglia singolare, enfatizzava i propri difetti quasi con rassegnazione.

E aveva degli occhi davvero grandi… Ci si poteva quasi specchiare dentro.

I capelli non erano scuri come aveva pensato all'inizio, i faretti sul soffitto illuminavano una sfumatura più chiara alla radice. Certo, giudicarne la tonalità reale era praticamente impossibile, castigati com'erano dentro quella treccia, ma erano lunghi e folti. Per un attimo fu tentato di sciogliere l'elastico e togliersi ogni curiosità, ma questo lo avrebbe portato a voler scoprire altre doti nascoste.

"E non è forse questo che devi fare, per vincere la scommessa? Scoprire questa ragazza, *letteralmente*?", gli ricordò una vocina. La scacciò, sentendo una fitta di colpevolezza, e tornò a concentrarsi sul presente.

«Tocca a te darmi le tue generalità», disse, riprendendo il discorso. «Mio padre non ti farebbe mai il terzo grado, ma mia madre è curiosa di natura e io le somiglio molto».

«Oh. Be', mi chiamo Heaven Taylor e al contrario di te non ho un secondo nome, anche se ho rischiato grosso. Papà voleva chiamarmi Heaven Mercy, ma mia madre si è opposta. Almeno di una cosa dovrò esserle grata». Storse il naso, e le grinze che si formarono alla sua attaccatura la resero adorabile. «Te lo immagini? "Paradiso misericordioso" o "Cielo clemente"... A scuola si sarebbero divertiti un casino».

Gli venne da ridere, al pensiero, ma si trattenne, ascoltandola con sincero interesse.

«Sono nata poco prima di Natale, ventitré anni fa. Dieci giorni di anticipo che hanno sconfortato mio padre: le previsioni mi volevano nata lo stesso giorno di Gesù. Ma che vuoi farci, io sono timida... non gli avrei mai rubato la scena».

Stavolta, David non riuscì a trattenersi e rise. L'alcol doveva averle sciolto un po' la lingua, e il risultato era sbalorditivo. Anche il suo modo di stare seduta sulla sedia era cambiato, più rilassato, meno rigido. Si chiese quanto ancora avrebbe potuto trasformarsi, bevendo un altro di quei cocktail.

«Vivo sulle alture di Pasadena, in una villetta borghese, e studio per diventare giornalista... ma non so ancora se mi sarà concesso esercitare davvero la professione. Mio padre trova che ficcare il naso negli affari altrui sia di cattivo gusto: quando gli ho comunicato la mia decisione di proseguire gli studi in quella direzione mi ha tenuto il muso per una settimana».

«Deve essere dura convivere con un carattere come il suo».

Heaven si strinse nelle spalle. «È un uomo che si è sempre fatto in quattro per mostrarsi a tutti come un cittadino modello, ma da quando sua moglie lo ha tradito e umiliato davanti a tutti è peggiorato, diventando rigido e integerrimo, sia con se stesso che con noi. Vive nel terrore che una delle sue figlie finisca per dare scandalo come la sua ex moglie».

«Direi che con te può stare tranquillo».

«Già». Heaven arricciò il naso, quasi contrariata all'idea. «A volte mi spiace di non aver ereditato qualcosa di Violet, anche solo parte della sua bellezza o l'intraprendenza. Pare, invece, che tutta la fortuna sia andata a Grace. Occhi a parte».

«Dunque sono un regalo di tua madre?», chiese David, fissando quelle iridi blu intenso quasi con interesse artistico. «Sono stupefacenti».

«Be', hanno comunque qualche diottria in meno dei suoi». Heaven liquidò l'argomento con un cenno della mano, a disagio, poi riprese il racconto. «Per tornare alla tua domanda, sì: è difficile convivere con mio padre. È sempre stato un tipo tosto, ligio alle regole, ma da quando io e Grace siamo diventate grandi, i maschi se ne sono accorti e lui è diventato una sorta di carceriere. Lo fa per evitare che cadiamo in tentazioni pericolose e che gli altri ci giudichino alla luce degli errori di mia madre. Tutto sommato è comprensibile, anche se sfiancante».

«Hai una vita... *appassionante*», sorrise lui, appoggiandosi allo schienale della sedia.

«Così appassionante che potrei scrivere un libro dell'orrore sulla mia famiglia. E chissà, magari un giorno lo farò», rispose Heaven con noncuranza.

«Vorresti diventare una scrittrice?».

Lei parve imbarazzata. «Mi piace scrivere, ma in realtà non so se ne sono davvero portata. È solo una delle mille fantasie che accarezzo di tanto in tanto. Del resto, senza sogni la mia vita sarebbe decisamente triste».

«E quali altre fantasie hai?»

«Per lo più sciocchezze. Dovendo restringere il campo, mi accontenterei di una casa grande, magari sul mare, un lavoro interessante e, naturalmente, Cade Harrison che mi ami e mi veneri alla follia. Una vita da favola, insomma. Quale donna non la vorrebbe?»

«Sembrano tutte cose fattibili... attore di Hollywood a parte, che credo sia felicemente sposato. Ma, se non sbaglio, tu il principe azzurro lo hai già trovato».

Heaven distolse lo sguardo. «Sì... più o meno».

«Mmm, la cosa si fa interessante. Prima hai detto di essere impegnata, adesso sei scesa a un criptico "più o meno"».

«Siamo stati insieme per due anni... fino a pochi giorni fa, quando mi ha detto la fatidica frase».

«Ossia?»

«"Ho bisogno di riflettere, la nostra è una storia molto impegnativa e non so se sono pronto. Tu sei una ragazza splendida, il problema sono io..." e bla, bla, bla». Sospirò, sconsolata.

«E tu gli hai creduto?», sbuffò David, finendo il suo mojito.

«Dal momento che mi fate tutti la stessa domanda, suppongo di dover rispondere di no. Ma perché dirmi che deve "riflettere"? Se non mi voleva più tra i piedi, non avrebbe avuto più senso dirmi "Arrivederci e grazie"?»

«Non tutti hanno le palle per farlo, credimi», disse lui, serrando la mascella. La sua ex le aveva tirate fuori in chiesa, ad esempio. Un pelo tardi.

«E tu? Perché non hai una ragazza?»

«Dai per scontato che io non ce l'abbia?».

Heaven si incupì. «Perché provarci con un'estranea, peraltro non troppo attraente, se hai già una fidanzata?»

«Bastardaggine, noia, deliri di onnipotenza, spirito d'altruismo...».

«Se sei qui perché sei uno stronzo annoiato, va bene, lo avevo già messo in preventivo. Ma se è solo per fare un favore alla sfigata di turno, puoi anche andartene al diavolo», scattò lei, alzandosi in piedi.

«Wow, che caratterino!». Ridacchiando, David le afferrò un braccio, trascinandola di nuovo sulla sedia. Poi si portò una mano al petto, l'aria solenne. «Non sono impegnato da diverso tempo. E tu sei *davvero* carina. Lo giuro».

Blandita, ma solo in parte, lei continuò a guardarlo di traverso, ma non disse altro e finì il suo cocktail.

«Ne vuoi un altro?», le chiese David, restio a mettere fine alla serata. La compagnia di quella ragazza era stata un'ottima distrazione, più di quella dei suoi amici – che oltretutto aveva completamente dimenticato, negli ultimi minuti. Lanciò una veloce occhiata al suo precedente tavolo e vide solo Robert, la testa sulle braccia conserte, probabilmente in preda al sonno dell'ubriaco. Peter era seduto poco più in là, insieme a una brunetta mezza svestita.

«Vuoi farmi ubriacare per poi portarmi a letto?».

A quelle parole, David si voltò di scatto, stranito e con la coscienza che rimordeva, ma Heaven agitò una mano, come a voler cancellare la sua domanda.

«Che idiozia, non so come mi sia venuta in mente! Se avessi voluto portarti a letto qualcuna, stasera, avresti avuto solo l'imbarazzo della scelta. E senza nemmeno bisogno di far ubriacare la tua vittima».

Rilasciando il fiato, David ammiccò. «Grazie del complimento».

«Non è un granché, penso tu sappia benissimo di essere attraente».

«E un tipo così attraente cosa dovrebbe fare per conquistare una brava ragazza come te, a parte spingerti a bere ancora?»

«Farmi ubriacare non equivarrebbe a conquistarmi. Annulleresti soltanto le mie inibizioni, e probabilmente domani ti odierei. Per colpirmi davvero dovresti mostrare un carattere all'altezza della tua faccia. Allora saresti perfetto, altrimenti… solo un bell'involucro».

Quante belle parole. Le pensava veramente? Se così era, non aveva mai conosciuto una ragazza più profonda. Le altre con cui era uscito, Victoria compresa, erano sempre state ben felici di esibirlo come un piccolo trofeo, per via del suo aspetto e per le attenzioni che sapeva regalare. Ma del suo carattere, del suo cuore, se ne erano sempre infischiate.

E poi era risaputo che le donne preferivano i cattivi ragazzi, forse era questo ad averlo fregato in passato. Il suo ex migliore amico, nonché mancato testimone di nozze, aveva più vizi che virtù, anche se sapeva mascherarli dietro a tanti bei discorsi. Eppure Vicky aveva mollato tutto, per seguirlo.

Ecco perché non credette del tutto ad Heaven. Le belle parole non servivano a nulla, senza fatti.

«Vuoi un altro drink o no?», chiese, nuovamente irrequieto.

Lei parve accorgersene e scosse la testa. La spessa treccia andò a fermarsi sul seno sinistro, attirando la sua attenzione.

Non era messa poi così male, a forme. Non le metteva in mostra, ma c'erano eccome.

«No, grazie. È quasi mezzanotte, è meglio che adesso torni a casa», disse lei, ignara della direzione presa dai suoi pensieri.

«Ti chiamo un taxi».

«Non è necessario, ho la macchina».

«Sta forse per trasformarsi in una zucca?».

Lei ridacchiò. «L'auto di mio padre somiglia già a una zucca. È di una terribile sfumatura di arancione!». Si alzò e parve ondeggiare leggermente. David si alzò con lei.

«Ti gira la testa?», le chiese, comprensivo.

«Solo una vertigine, sto bene».

«Non avresti dovuto prendere quel cocktail alcolico, dal momento che sapevi di dover guidare».

«Non era poi così forte, dopo il primo sorso».

«Per un'astemia, qualunque alcolico è forte».

Heaven inarcò un sopracciglio. «Chi ti dice che io sia astemia?». Non gli diede il tempo di rispondere e si chinò per prendere la borsa a tracolla. «Oh, lascia stare, è la verità. Ma non volevo che mi considerassi più patetica del necessario. E comunque, è stata un'esperienza divertente. Ora capisco perché tante persone bevono: la sensazione di testa leggera è piacevole, anche se illusoria e del tutto momentanea».

«Purtroppo, bere non risolve i problemi. Anzi, a volte li peggiora».

«Sono solo un po' allegra, mica sbronza. L'aria fresca mi terrà concentrata sulla strada».

David scosse la testa. «Ho promesso a tua sorella che saresti tornata a casa sana e salva. Lascia che ti accompagni, guiderò io».

«Anche tu hai bevuto. Forse più di me». Heaven sospirò. «Senti, perché non facciamo due passi? Camminare ci farà bene. Verrò dopo a prendere la macchina».

David annuì. «Fammi solo salutare un amico», aggiunse, avviandosi poi al tavolino di Peter.

Non appena lo vide, il volto del ragazzo si illuminò. «Ci hai preso gusto, eh? Mi sa che ho fatto una cazzata a scommettere contro di te».

«Puoi tenerti i soldi. Piuttosto, assicurati che Robert arrivi a casa tutto intero».

«Sarà fatto, *paparino*!», scherzò Peter.

David lo raggelò con uno sguardo, prima di tornare da Heaven, che nel mentre aveva saldato il conto.

«Non dovevo offrire io?»

«Ti sdebiterai facendomi da guardia del corpo fino a quando non sarò di nuovo lucida, visto che non vuoi farmi guidare».

«Sarà un piacere, per me, e non un debito da pagare», le disse all'orecchio con voce carezzevole. Sorrise nel vederla imbarazzata per l'improvvisa vicinanza. Era divertente stuzzicarla, non ci aveva mai provato con una ragazza così timida e inesperta. Ci stava davvero prendendo gusto.

Uscirono all'aria aperta, godendosi il fresco di quella tiepida serata di metà luglio. La vita pulsava sul pontile di Santa Monica; le luci e i colori delle insegne al neon e delle giostre del piccolo Luna Park illuminavano a giorno la zona, la musica che usciva dai negozi si spandeva tutt'intorno e l'odore del mare spiccava su quello di cibo fritto e zucchero filato.

David lasciò il passo ad Heaven, guardandola fare lo slalom tra la folla. Una volta lasciato indietro gran parte del caos, la affiancò, le mani in tasca, studiandola di sottecchi.

Era minuta, gli arrivava appena al mento, e camminava a testa china, facendo attenzione a dove metteva i piedi. Era tipico delle persone introverse e con poca autostima, sembravano sempre sfuggire l'attenzione della gente.

«Stai cercando di passare inosservata?», le chiese.

Heaven alzò lo sguardo. «No, perché?»

«Cammini a testa bassa e a passo svelto, come chi è ansioso di allontanarsi senza dare nell'occhio. Hai paura che ci vedano insieme?»

«Oh, no, niente affatto. Non vengo mai qui, nessuno

mi riconoscerebbe», disse lei, rallentando il passo. «È che non sono abituata ad andarmene in giro dopo il tramonto, da sola, in mezzo a tanti sconosciuti che si divertono. Suppongo che la cosa mi inquieti un pochino».

«Non sei sola, sei con me. Non può succederti nulla di male».

Lei cercò di reprimere un sorriso, mordendosi il labbo inferiore. «Smettila con questo atteggiamento da cavaliere errante, non serve. Soprattutto se lo fai per cercare di rimorchiarmi».

«Vuoi dire che non ho alcuna speranza con te, o che sei già irrimediabilmente cotta senza bisogno di ulteriori sollecitazioni?», scherzò, dandole una leggera spallata.

«Che spaccone», borbottò lei. Ma il suo tono era divertito, non irritato.

«Non hai risposto», continuò a stuzzicarla.

«Né ho intenzione di farlo».

«Questo fa intuire che ti piaccio ma che ti imbarazza troppo ammetterlo».

«O forse che sono troppo educata per dirti che non sei il mio tipo, e abbastanza fifona da non voler offendere il tuo orgoglio spingendoti a mollarmi qui da sola», ribatté lei.

«E se promettessi di non abbandonarti, qualunque fosse la verità, me la diresti?»

«No».

«Per quale motivo?».

Heaven si volse a guardarlo, un bel sorriso malizioso stampato sul viso pulito. «Mi fa sentire potente tenere per me un'informazione che un curioso come te desidera avere».

Era carina sul serio, in modo totalmente diverso da com'era abituato a giudicare le donne. Non aveva neanche la metà della sensualità prorompente di Victoria, né l'argutezza nel flirtare delle altre ragazze che aveva frequentato, ma era piacevole stare con lei. Un vero balsamo per un cuore ferito.

Si scambiarono un sorriso e in quel momento David sentì nascere una certa complicità fra loro, una sensazione che non aveva mai provato. Di solito si sentiva attratto fisicamente da una donna e sperava di poter instaurare un rapporto duraturo, nel tempo, ma era raro che provasse affinità mentale con qualcuna, soprattutto al primo incontro.

Improvvisamente ebbe voglia di sapere tutto il possibile su Heaven Taylor.

«Come va la tua sbronza?», le chiese mentre si avvicinavano alla spiaggia.

«Possiamo tornare indietro, se non ti va di...».

«Mi stavo solo chiedendo quanto tempo ho ancora a disposizione per spingerti a confessarmi tutti i tuoi segreti», la interruppe.

«Io non ho segreti. Sono una ragazza davvero noiosissima, anche un bambino ha una vita più attiva della mia».

«Però esci di nascosto e stai fuori fino a tarda notte... Sono curioso di sapere come hai fatto. Io sono sempre stato una frana a imbastire storie credibili per sfuggire al controllo di mia madre».

Lei ridacchiò, vagamente imbarazzata. «Papà è dai nonni, starà fuori tutto il week end».

«Allora mentivi! Non hai sfidato le ire paterne per andare a bere in un luogo pieno di peccatori!».

«Beccata», sospirò lei, lanciandogli un'occhiata quasi mortificata. «Mio padre non avrebbe mai permesso a me e Grace di uscire dopo l'ora di cena, da sole, dirette in un posto simile. Io posso uscire solo insieme a Will, e quasi mai dopo la mezzanotte».

«Come Cenerentola».

«Esatto: la mia vita somiglia molto alla prima parte delle favole, durante la quale la principessa di turno è sempre povera e sfortunata; ma non si avvicina nemmeno per sbaglio alla parte avventurosa, e sembra non avviarsi mai verso una fine idilliaca. Il principe è già scappato a gambe levate, del resto», bofonchiò, con una smorfia acida.

L'arrivo in spiaggia interruppe il loro discorso e per un attimo rimasero in silenzio a guardarsi intorno.

Il mare era maestoso, sovrastato da una splendida luna piena contornata di stelle, e punteggiato dalle luci del molo in lontananza; poche persone si intravedevano qua e là, il suono di una chitarra si mescolava al rumore delle onde che baciavano la battigia e il vento era piacevolmente tiepido.

«Non vengo in spiaggia da un sacco di tempo», mormorò Heaven sfilandosi le scarpe per immergere i piedi nella sabbia fine, e respirando a pieni polmoni. «Avevo dimenticato quanto il mare è capace di schiarirti le idee».

Aveva ragione, l'oceano di notte aveva un potere calmante senza eguali. Perfino lui sentì la tensione abbandonarlo lentamente, lasciandogli un piacevole senso di serenità.

«È una bella serata», sorrise lei, voltandosi a guardarlo. «Grazie per averla condivisa con me».

«È stato un piacere», le rispose David, sincero.

Urla e risate attirarono la loro attenzione verso un punto imprecisato a poca distanza, dove alcuni ragazzi si erano appena buttati in acqua. Heaven scosse la testa.

«Vorrei avere il loro stesso coraggio. Probabilmente si stanno divertendo di più in questo momento di quanto non mi sia mai divertita io in tutta la mia vita».

«Per fare il bagno di mezzanotte non ci vuole coraggio. Il massimo del pericolo che corri è di buscarti un raffreddore».

«Lo hai mai fatto?». Sembrava meravigliata.

David annuì. «Due volte. Una con gli amici, quando mi sono laureato: folle ma divertente. E l'altra...». Si bloccò. Lo aveva fatto con Victoria, la stessa sera in cui le aveva chiesto di sposarlo.

Heaven parve capire che i suoi pensieri non avevano preso una bella piega. «Scusa, non volevo riportarti alla mente brutti ricordi».

«Stavo solo cercando di ricordare la seconda volta, ma mi sfugge. Evidentemente non era nulla di importante», mentì, senza molta convinzione.

«Dovresti farlo di nuovo», disse lei, mentre si sedeva compostamente a riva. «Per esorcizzare quel *vuoto* con qualcosa di più divertente».

«Posso farlo anche subito. Ma solo se lo fai con me», le propose.

La vide sgranare gli occhi. «Neanche per idea! È buio, l'acqua è fredda e io non ho il costume».

«Ti farà bene, hai anche tu il tuo vuoto da esorcizzare». Le porse una mano. «Non vorrai mica farmi credere che una ragazza ribelle come te ha paura di fare il bagno di mezzanotte?»

«Ormai dovresti aver capito che chiacchiero e basta. Sono una fifona di prima categoria, a malapena so cosa significa la parola "osare". Non ho mai fatto niente del genere in vita mia, e probabilmente mai lo farò».

«Vieni qui», sorrise David, afferrandola per le mani e tirandola in piedi, fino ad averla di fronte.

«No, ti prego, io non…».

La ridusse al silenzio sfilandole gli occhiali e infilandoli nella borsa, che poi posò a terra accanto alle scarpe. Vedere quel volto alla luce della luna, senza l'ostacolo delle lenti, lo colpì favorevolmente. Non era un cambiamento esagerato, eppure faceva una gran differenza: il suo sguardo era mille volte più profondo.

«Hai davvero così bisogno degli occhiali?», mormorò, sfiorandole la guancia con il dorso di un dito.

«Io… sono leggermente miope, ma non così tanto da… Cioè, insomma, li metto per guidare, o quando ho mal di testa, e… Stasera ne avevo bisogno, ecco».

Stava balbettando di nuovo. Una leggera carezza sulla guancia l'aveva ridotta a un ammasso gelatinoso di carne e ossa.

Soddisfatto di avere quel potere su di lei, la zittì del tutto mettendo mano al cardigan, che le sfilò dalle braccia esili. Heaven deglutì vistosamente e David si chiese come avrebbe reagito se l'avesse baciata. Il pensiero lo sfiorò, stuzzicante, ma cercò di trattenersi.

Quella situazione era partita da una scommessa che nel corso della serata aveva dimenticato. Il senso di noia mista a rabbia che lo aveva spinto a dar retta ai suoi amici, era stato sostituito da un barlume di interesse vero nei confronti di quella ragazza così atipica. Lo aveva fatto rilassare, ridere, sentire bene, e non aveva nessuna fretta di porre fine a quei momenti. Ma il giorno dopo lui sarebbe tornato a concentrarsi sul proprio futuro – che non comprendeva una relazione stabile – e la piccola Heaven Taylor non aveva bisogno di una meteora priva di importanza nella sua vita.

Era appena stata mollata dal suo fidanzato. Doveva tenerne conto.

Un tuffo nell'acqua gelida gli avrebbe schiarito le idee, perciò fece un passo indietro e si sfilò le scarpe e la maglietta, sotto lo sguardo quasi scioccato di Heaven. Poi mise mano alla cintura dei jeans.

«Forza, spogliati», le intimò, con un ghigno.

«David, non mi sembra responsabile».

«Te l'ho detto, non è pericoloso. Il mare è una tavola, stanotte».

«Ma io non...». Lo sguardo di Heaven venne catturato dai ragazzi precedentemente entrati in acqua, che ne stavano uscendo fra grasse risate. «Oh, cielo! Sono nudi!», gemette lei, posandosi una mano sugli occhi.

David ridacchiò. «Sarebbe la scelta più logica, ma ti concedo di tenere addosso la biancheria, date le circostanze». Allungò una mano sul fianco del suo vestito, provando a far scorrere verso il basso la cerniera, ma lei lo bloccò, lo sguardo spaventato. Temeva lui o l'improvviso e inusuale desiderio di cedere a una piccola follia?

«Io non sono quel tipo di persona. Non faccio il bagno di mezzanotte in mutande, insieme a uno sconosciuto!», protestò Heaven. Ma sembrava stesse parlando più a se stessa che a lui, e non riuscì a convincerlo.

«Se la metti così...». Con uno scatto improvviso, David la sollevò da terra e si avviò verso l'acqua, strappandole un gridolino soffocato.

«No, ti prego, mettimi giù!».

«Sei troppo legata ai tuoi schemi mentali per permettere a te stessa di divertirti. Bisogna forzarti la mano».

«Magari a me piace essere così terribilmente noiosa, che ne sai?», obiettò lei, seccata.

«Non avresti accettato di restare con me al pub, non avresti ordinato un cocktail alcolico per dimostrarmi di essere intraprendente, e non mi avresti detto che invidi quei ragazzi».

«Morirò di freddo!».

«Siamo in estate».

«Dovrò tornare a casa con il vestito bagnato...».

«Allora toglilo. Io non aspetto altro».

Lei sbuffò. «Lo dici solo per convincermi».

«Ti assicuro di no», le rispose, guardandola negli occhi. Ed era vero. La curiosità nei suoi confronti aveva ormai raggiunto picchi estremi.

David entrò in acqua fino a quando questa non gli lambì i fianchi, sperando che il freddo placasse certi istinti subdoli. Ma il corpo morbido di Heaven era piacevole da tenere stretto, così come sentire le sue braccia attorno alle spalle e il suo profumo avvolgente.

La strinse contro il petto, quasi senza accorgersene, e la sentì trattenere il fiato.

«Perché mai dovrei piacerti?», sussurrò lei, guardandolo negli occhi.

David ricambiò lo sguardo. «E chi lo sa?».

Il sorriso di Heaven sbocciò come un fiore, a quelle parole, splendente come la luna che le illuminava il viso.

«Ok, buttami in acqua», gli disse, l'espressione a metà tra il convinto e il terrorizzato. «Ma non farmi annegare e non...».

Con una risata, David la lanciò a un metro di distanza, vedendola affondare e riemergere poco dopo, tossicchiando.

«Ehi, non ero pronta!», esclamò, rimettendosi faticosamente in piedi.

«Non dovevi esserlo», rispose lui, per poi tuffarsi a sua volta. Riemerse accanto a lei, agguantandola per la vita. «L'acqua è una meraviglia».

«È fredda!».

«Ti scalderai, muovendoti. Dài, facciamo una gara». Senza darle il tempo di protestare, partì verso il largo con lunghe bracciate, sperando che lei cogliesse la sfida. Poco dopo, si sentì tirare una gamba e perse il ritmo, mentre una figura appena visibile gli passava accanto, sotto il pelo dell'acqua scura.

Nuotava come una sirena e la cosa lo sorprese: chissà perché, si era quasi aspettato che sapesse a malapena stare a galla. Heaven Taylor era una ragazza vissuta sotto la stretta sorveglianza di un unico genitore, soggiogata da un'educazione troppo rigida e severa, ma questo non faceva di lei una bigotta noiosa, al contrario: era come una terra incontaminata, tutta da scoprire.

Sentendosi stranamente euforico, si lasciò andare al divertimento della gara e la seguì.

Si spinsero lontano, finché i loro muscoli non iniziarono a protestare, poi tornarono verso riva, dove si schizzarono a vicenda, ridendo come ragazzini.

Di nuovo sulla terraferma, si lasciarono andare lunghi distesi sulla sabbia, ansimanti ma felici.

«È stato fantastico! Non so come ho fatto a vivere fino a ora senza provare una cosa del genere», esclamò lei, le braccia allargate e il viso rivolto al cielo.

«Sapevo che ti sarebbe piaciuto. Diamine, nuoti come la Sirenetta, altro che Cenerentola!».

«Ho imparato da bambina, nella piscina dei miei nonni. Stare in acqua mi piaceva da impazzire, erano gli unici momenti in cui mi sentivo davvero libera».

«Perché accetti di vivere come una prigioniera? Non ci sarebbe niente di male a divertirsi un po', uscire, conoscere gente e godersi la tua età».

Lei si mise seduta. «Lo so… Ma non è facile. Mio padre è un tipo che non accetta un punto di vista diverso dal suo, anzi: non lo capisce proprio. Ha una mentalità molto ristretta e ha quasi sessant'anni, ormai è difficile che smetta di essere ciò che è sempre stato», disse, sciogliendo l'elastico che le teneva i capelli legati, per poi prendere a scuoterli con le dita. «Diciamo che mi sento con le spalle al muro: se mi ribellassi, mostrandomi diversa da ciò che lui crede e spera che io sia, papà ci resterebbe malissimo e mi allontanerebbe, come fa con tutto ciò che non capisce. È il suo modo di difendersi dalla sofferenza. E io non voglio deluderlo, voglio dimostrargli che sono una brava figlia». Sospirò, rassegnata. «Quando cresci con la consapevolezza di essere stata abbandonata da tua madre come un calzino vecchio, e per questo educata in modo rigido da un uomo ferito, hai poche possibilità: o ti ribelli fin da subito, fregandotene del giudizio altrui, o finisci per lasciarti addomesticare nella speranza che la tua buona condotta ti valga un po' di affetto».

David la guardò, intenerito e affascinato. Il vestito bagnato le stava appiccicato addosso, delineando ogni curva del suo corpo; la pelle riluceva di gocce brillanti e i capelli, finalmente liberi, le ricadevano su una spalla, lunghi e arricciati dall'umidità. L'aria seducente e del tutto inconsapevole che aveva in quel momento lo attirava come una calamita ma, allo stesso tempo, il suo lato etereo, malinconico e quasi intoccabile lo teneva a distanza.

«Non posso credere che tu sia del tutto addomesticata; quando ti lasci andare, i tuoi occhi brillano di vita. Sarebbe un dannato spreco lasciar spegnere quella luce», mormorò.

«Mi sento perennemente a cavallo tra il mio bisogno di essere irreprensibile e perfetta e la voglia di essere più intraprendente e trasgressiva. Forse nemmeno vorrei far prevalere un lato piuttosto che un altro: qualunque scelta dovessi fare, scontenterei qualcuno. Non ho mai incontrato una persona che mi accettasse per ciò che sono, paranoie comprese, senza volermi diversa».

«Nemmeno il tuo fidanzato?».

Heaven smise di districare i capelli e allungò le gambe davanti a sé, coprendole con l'abito fradicio. «Will mi ha lasciata perché sono troppo cerebrale, sempre frenata, sempre attenta a fare la cosa giusta e a valutare ogni rischio. Una parte di me lo capisce, davvero: è stato fin troppo paziente. L'altra, invece, lo odia per non averci provato di più, per essersi arreso così presto e non aver saputo guardare oltre le mie paure», disse, amara.

«Cosa volevi fare, uscendo di nascosto, stasera? Distrarre la mente dalla delusione legata al tuo ragazzo o provare il brivido della trasgressione?», le chiese.

«Forse entrambe le cose, ma dubito di esserci riuscita».

David la studiò, curioso. «Sei molto innamorata di lui?».

Lei parve riflettere attentamente su quella domanda. «È l'unico amore che conosco».

«Non hai mai provato niente per nessun altro?»

«No».

«Quindi non hai nemmeno termini di paragone...», disse David, mentre un'idea cominciava a far presa nella sua mente. Un'idea che gli sembrava più appetibile secondo dopo secondo.

Heaven inarcò un sopracciglio nel vederlo avvicinarsi. «Be', no...».

«Allora è il caso di rimediare», mormorò lui, affondando una mano tra i suoi capelli per tirarla a sé e poggiare le labbra sulle sue.

Capitolo 4

Avvenne tutto troppo velocemente per potervi resistere, e allo stesso tempo il mondo sembrò fermarsi. La mano di David le stringeva la nuca, il respiro le sfiorava la pelle umida del viso e il suo profumo speziato le dava alla testa, così come il suo sapore.

Sapeva di sale, menta, rum e di qualcosa di più intimo e seducente, qualcosa che le parve incredibilmente familiare e allo stesso tempo oscuro, misterioso e allettante.

Il cuore di Heaven batteva a tonfi sordi e irregolari, mentre la bocca di David seguiva ogni curva della sua. La lingua le sfiorò le labbra per poi penetrarle, e il suo corpo sussultò per la sorpresa a quella delicata ma decisa invasione.

Una parte del suo cervello pensò che era assurdo provare un'emozione tanto forte per un perfetto sconosciuto, soprattutto vista la recente fine del suo rapporto d'amore, e il senso di colpa la colse, facendola sentire sbagliata, ingiusta.

Per un attimo si tirò indietro, aprendo gli occhi. Sentì subito freddo, ma il calore nello sguardo infuocato di David divampò in lei come un incendio.

Lui era lì, e aspettava solo una sua decisione.

Si ritrovò, suo malgrado, ad avvicinarsi di nuovo, ansiosa di sentire ancora le labbra di David contro le sue, di partecipare a quella dolce follia. Solo una pazza avrebbe potuto rinunciare a quelle emozioni dirompenti, dopo averle cercate e desiderate per tanto tempo.

David gliele stava offrendo su un piatto d'argento e lei era affamata.

Aprì di più la bocca, timida e audace al tempo stesso, e David ne approfittò per baciarla più a fondo. Il corpo atletico e parzialmente nudo si strinse contro il suo abito fradicio, ed Heaven provò l'improvviso e sorprendente desiderio di non avere niente addosso a dividerla dalla pelle umida e calda di lui. Quel pensiero fece scorrere più veloce il suo sangue.

Mai nessun bacio le aveva fatto quell'effetto. Aveva come la sensazione che quella bocca fosse stata creata apposta per incastrarsi con la sua, che quelle mani fossero perfette per sfiorare la sua pelle. Non aveva mai provato il desiderio vero, reale e pulsante di lasciarsi andare del tutto.

Fino a quel momento.

Con un piccolo gemito, sollevò le braccia e gli circondò il collo, stringendolo più vicino. David non perse tempo e la cinse in vita con il braccio libero, tirandole leggermente i capelli per inclinarle la testa e assaggiarla con maggior facilità. I loro respiri si fusero ed Heaven pensò che sarebbe svenuta, sia per la gioia che per la mancanza di ossigeno, se lui non si fosse fermato… Oppure, proprio se lo avesse fatto.

Dopo quello che parve un tempo interminabile, David staccò le labbra dalle sue, sfiorandole il naso con il proprio. Per un momento non disse nulla, limitandosi a guardarla negli occhi, poi si tirò indietro, con un pesante sospiro, passandosi una mano tra i riccioli umidi.

«Forse è meglio se torniamo indietro».

Heaven lasciò ricadere le braccia, incapace di pronunciare una sola parola. Sentiva le labbra gonfie, il cuore in gola e una sensazione di calore doloroso al basso ventre. Se quello era solo un piccolo assaggio della passione che poteva esistere tra un uomo e una donna, allora poteva dirsi assolutamente certa di non averla mai sperimentata prima, men che meno con il suo ex fidanzato.

Distolse lo sguardo da quel corpo sodo e perfetto, e annuì. «Sì, andiamo», mormorò, infilando il cardigan e le scarpe, mentre David si rivestiva in silenzio.

Mezzanotte era passata, la magia era finita. Si tornava alla triste realtà.

Improvvisamente ebbe voglia di piangere, di riportare indietro le lancette dell'orologio e non baciare quel ragazzo. Perché se per lui non aveva avuto alcun significato – e la fretta di andar via poteva esserne solo un chiaro indizio –, per lei quel bacio era stato tutto, e la paura di non poter più provare niente di simile la riempiva di tristezza.

Finché non aveva conosciuto David Cooper, si era accontentata di una vita banale e insipida, di un fidanzato che non le suscitava quasi nulla, di giornate tutte uguali e prive di emozioni. Ma a partire dalla mattina seguente, quando quell'incredibile notte sarebbe stata solo un bel ricordo, avrebbe saputo in ogni dannatissimo istante che cosa si stava perdendo. E quella consapevolezza l'avrebbe lentamente spenta.

Una volta rivestiti, si incamminarono verso il parcheggio, silenziosi. Heaven si strinse le braccia attorno al corpo, infreddolita nonostante l'aria tiepida d'estate, mentre David avanzava al suo fianco a capo chino, le mani in tasca. Il cameratismo che c'era stato fra loro sembrava sparito e questo le dispiacque.

Perché era tanto distante, adesso? Si era seduto al suo tavolo, più di un'ora prima, intenzionato ad abbordarla – o così le aveva fatto credere – e si era comportato da perfetto corteggiatore per tutto il tempo. L'aveva guardata con interesse sempre maggiore, l'aveva baciata con grande passione. E subito dopo era cambiato.

Forse non gli era piaciuto baciarla?

Avvampò per la vergogna. Nonostante gli anni passati con Will, sapeva di non essere una donna di mondo, esperta in *quelle* questioni. Poteva averlo deluso con la sua timidezza, o peggio…

Ebbe voglia di seppellirsi sotto la sabbia per non riemergere mai più.

«Ti accompagno e poi chiamo un taxi», disse lui, quando arrivarono davanti alla sua auto.

«Posso tornare a casa da sola. Sto bene».

«Ho detto a tua sorella che mi sarei occupato personalmente di farti arrivare sana e salva, e non cambierò idea. Ora: possiamo fare il viaggio insieme, oppure chiamo un taxi e ti seguo fino a casa. Decidi tu», le disse.

Perplessa e un po' infastidita dal suo tono, Heaven pensò di mandarlo al diavolo e salire in auto, ma non riuscì a tirar fuori le parole adatte. Si limitò ad aprire la portiera e salire, aspettando che lui facesse altrettanto prima di mettere in moto.

Si immise sulla statale che portava a Pasadena, e cercò di rilassarsi, cosa impossibile dal momento che nell'auto regnava il silenzio più totale.

Che diavolo aveva fatto di così sbagliato per immusonirlo in quel modo? E perché, se voleva che la serata finisse presto, David non l'aveva lasciata al parcheggio?

Non era una bambina, santo cielo!

«Sei sempre così protettivo, o è una cosa che riservi solo a quelle come me?», chiese, d'istinto.

«È una cosa che riservo solo a te», rispose lui, senza staccare gli occhi dalla strada.

Heaven si irrigidì. «Pensi che io non sappia badare a me stessa?»

«Penso che la tua ingenuità potrebbe metterti nei guai».

«In quali guai?».

David le lanciò un'occhiata seria. «Io non sono un santo, Heaven».

«Adesso vuoi farmi credere che sei un tipo poco raccomandabile? Dopo aver passato l'intera serata a convincermi che sei un bravo ragazzo?»

«Magari il mio scopo era proprio questo. Irretirti, spingerti a fidarti di me, e poi approfittarmi del tuo buon cuore». Lei impallidì appena, e la cosa gli strappò una smorfia. «Vedi? Non ti era nemmeno passato per la testa. Sei troppo ingenua per vedere il marcio in una persona».

Heaven strinse le mani sul volante, gli occhi fissi sulla strada. «Che bel discorso... Non è che ti ha assoldato mio padre per mettermi alla prova?». Lo vide scuotere la testa con la coda dell'occhio, ma non rispose, infastidendola ancor di più. «Per tua informazione, non sono così sprovveduta», borbottò, irritata all'idea di apparire come la stupida del villaggio.

«E allora cosa ti ha spinto a fidarti di me?»

«Non lo so», mentì.

E invece sì che lo sapeva. Aveva sentito immediatamente qualcosa, una spinta verso di lui, una sorta di familiarità, come di fronte a un'anima affine. Questo, più della sua avvenenza e della voglia di sentirsi apprezzata per una sera, l'aveva convinta a lasciarsi andare. Ma non aveva nessuna intenzione di dirglielo.

«Be', la prossima volta stai più attenta», disse David, secco.

Adesso era lui quello arrabbiato?!

Per evitare di sbottare come un'isterica, dimostrandogli di essere davvero una ragazzina, Heaven accese la radio e la sintonizzò su un programma di musica rock, che occupò il silenzio per tutto il tragitto.

Quando l'auto si fermò nel vialetto di casa sua, Heaven spense il motore e scese, aspettando che lui facesse lo stesso.

«Bene, sono arrivata tutta intera. Ora puoi andare... o aspetti di vedermi entrare e sentire il catenaccio della porta che scorre?»

«Sei arrabbiata perché sono stato protettivo nei tuoi confronti?», chiese David, perplesso.

«Non sono arrabbiata», mentì.

«Va bene, diciamo che sei di nuovo scostante come durante i nostri primi cinque minuti di conversazione».

«È stata la mia aria disponibile e solare a spingerti ad avvicinarmi? Non direi. Perciò di che ti lamenti?».

David rimase in silenzio per un momento, poi sospirò.

«Non importa». Mise le mani in tasca e abbozzò un sorriso. «Grazie per la bella serata e… buonanotte».

«Già, anche a te», borbottò lei, stringendo le chiavi. Attese un decimo di secondo, sperando con tutta se stessa che lui dicesse o facesse qualcosa per trattenerla, per cancellare il malumore che si era impossessato di loro negli ultimi minuti, che le dimostrasse che l'impressione avuta su di lui era giusta e quel bacio era stato significativo per entrambi.

Ma David non disse una sola parola, perciò non le rimase che fare un passo indietro, salire i tre gradini che la separavano dalla porta, e infilare la chiave nella toppa.

Stava quasi per entrare quando le parole che aveva trattenuto le esplosero nel petto.

«Senti, io non so cosa ti è preso, né cosa ti ha spinto a venire da me, stasera», sbottò, voltandosi e facendolo fermare nell'atto di dirigersi al cancello. Probabilmente era il momento meno adatto per tirare fuori un coraggio che non sapeva nemmeno di possedere, ma non riuscì a evitarlo. «So che me ne stavo seduta a quel tavolino, persa nel mio malumore post-rottura con William, e poi sei arrivato tu e mi hai fatta sentire… meno sola. Mi sono momentaneamente illusa di non essere poi così male, se un tipo come te, bellissimo e sicuramente più esperto della vita, mi aveva notata. Ho pensato, per un attimo, di avere qualcosa di speciale. E tu non hai fatto altro che alimentare questa mia sciocca idea, con le tue parole, i tuoi gesti, e quel bacio…». Si passò una mano sulla fronte, evitando di guardarlo negli occhi. Non voleva leggergli in volto la derisione, non prima di aver detto tutto ciò che pensava. «Mi sei sembrato partecipe, in spiaggia.

Ma forse mi sbagliavo, dal momento che subito dopo sei voluto andare via e non mi hai praticamente più rivolto la parola. So di non essere un granché in queste cose, ma...».

«Smettila», sbottò lui, annullando la distanza tra loro e posando le labbra sulle sue.

Al diavolo, non era riuscito a trattenersi. Vedere quel viso così triste e abbattuto, apprezzare il suo coraggio nell'esprimere ciò che provava e poi sentirla sminuirsi in quel modo, avevano fatto scattare qualcosa in lui.

Davvero non capiva? Non aveva sentito con quanta passione l'aveva baciata, in spiaggia? Non immaginava cosa sarebbe successo, se avesse continuato a giocare con lei in quel modo?

Era davvero così inesperta o solo stupida?

Visto il modo in cui rispondeva al suo bacio, l'inesperienza passava assolutamente in secondo piano. Forse si era pentita di non aver mai fatto sesso con il suo fidanzato, e adesso che era sola voleva rimediare alla situazione...

E lui era più che disponibile, accidenti. Non ci sarebbe stato nulla di male a concludere la serata in camera da letto: erano entrambi adulti e consenzienti. E poi era ciò che si aspettavano da lui i suoi amici...

Scacciò quel pensiero, che non aveva niente a che vedere con ciò che provava in quel momento, e la strinse più forte contro il proprio corpo che iniziava a risvegliarsi.

Da quando era stato piantato in asso da Victoria non aveva avuto molta voglia di intrattenersi con le donne, ma forse era arrivato il momento di passare oltre e ricominciare ad avere una vita sessuale attiva. E se la piccola ma appassionata Heaven Taylor lo aveva scelto come cavia personale, perché non accontentarla?

"Perché lei, probabilmente, non sa fino in fondo che cosa sta facendo", lo redarguì la sua coscienza, costringendolo a rallentare il ritmo con cui la stava divorando.

Quella ragazza era come una bambina innocente, santo Dio, non poteva paragonarla a Victoria, né sfogare su di lei i suoi bassi istinti.

Con uno sforzo si staccò dalla sua bocca, inspirando a pieni polmoni per riprendere il controllo. «Che cosa vuoi, Heaven?», sussurrò.

Lei immerse gli occhi nei suoi: erano pieni di mille domande ma anche di un'evidente determinazione. «So quello che *non* voglio, e cioè che tu vada via così».

«Se restassi, le cose potrebbero sfuggirci di mano».

«Mi hai consigliato di non essere troppo rigida, giusto? Bene, inizierò questa notte».

David tornò a baciarla, suo malgrado. Non sapeva cosa avesse quella ragazza per attrarlo in quel modo, e forse nemmeno gli importava.

«Fammi entrare», mormorò, mordicchiandole il labbro inferiore, la voce carica di passione.

Heaven respirava a scatti, eccitata e forse anche un po' spaventata, ma indietreggiò fino ad aprire la porta con la schiena e David non le permise di allontanarsi, seguendola passo passo. Non appena la porta fu chiusa, riprese a baciarla, avviandosi alla cieca verso una qualunque superficie orizzontale della casa.

Le sfilò il cardigan e le accarezzò la schiena attraverso il tessuto umido del vestito, poi scese a baciarle il collo.

La dolcezza della sua pelle creava un intrigante contrasto con il sale che il bagno in mare le aveva lasciato addosso, e il profumo che continuava ad aleggiarle intorno si amalgamava perfettamente a quel sapore, rafforzando la sua prima impressione: era estate. Pura, calda e vibrante.

La desiderava da impazzire.

Scorse un divano e lo trovò perfetto per ciò che aveva in mente. Vi posò un ginocchio, invitandola a sedersi, ma a quel punto la sentì irrigidirsi.

Con pazienza cercò di controllarsi. «Non dobbiamo continuare, se non vuoi».

«Io… non l'ho mai fatto, e quello che provo mi spaventa a morte», mormorò Heaven.

Con i capelli sciolti sulle spalle, le labbra gonfie di baci e gli occhi lucidi di passione, era incantevole. Aveva la pelle sfumata di rosa, visibile anche nella luce soffusa del salotto, e teneva la sua maglietta stretta fra le dita sottili. Se per difesa o per tenerlo vicino, non avrebbe saputo dirlo.

«Spaventa tutti, anche dopo la prima volta», le disse, cercando di sorridere e scostandole i capelli dal volto. Le posò un bacio sul collo, soddisfatto nel sentirla rilassarsi e inclinare la testa, come per offrirsi a lui. «È qualcosa che ti fa sentire esposto e vulnerabile, come se ti regalassi a un'altra persona e le concedessi il potere assoluto sul tuo corpo. Non è facile… ma ne vale la pena». E l'idea che lei gli stesse per regalare se stessa lo inebriava.

«E se non ti piacessi?».

David avrebbe riso di quella domanda appena sussurrata, se non avesse avvertito la nota ansiosa nella sua voce. «Non esiste questo pericolo. Dovrei essere io ad aver paura di non soddisfarti».

Heaven parve scandalizzata. «Non penso sia possibile. Tu mi fai letteralmente girare la testa».

«Allora non ci saranno problemi». David si sedette sul divano, attirandola sulle proprie ginocchia. Continuò a tenerle una mano, mentre l'altra si posava sulla sua coscia nuda. Non fece nessun gesto audace né si spinse in carezze di alcun tipo, lasciò solo la mano sulla sua pelle, sentendola bruciare.

«Non avrai rimpianti?», le chiese.

«Io no, e tu?»

«Ne avrei molti se ti lasciassi andare adesso».

«Allora non farlo». Heaven si chinò su di lui, baciandolo con impeto.

Non appena le loro labbra entrarono in contatto, David mandò all'aria anche il più piccolo barlume di razionalità. Che senso poteva avere lottare contro qualcosa che desideravano entrambi? Heaven provava il suo stesso bisogno urgente, glielo aveva letto in faccia, sentito nella voce. Era sicuramente avventato provare emozioni simili dopo così poco tempo passato insieme, ma non riusciva a smettere di desiderarla.

Lasciò che le sue mani iniziassero una lenta esplorazione di quel corpo esile, mentre le labbra continuavano a cercarsi, stuzzicarsi, mordersi piano. Ogni bacio, ogni carezza, ogni respiro accresceva la sua smania di avere di più, e per Heaven sembrava lo stesso.

Lei gli circondò il collo con le braccia, lasciandosi andare al piacere che sapeva suscitarle, e quando David insinuò le mani sotto il suo vestito, accarezzando piano ogni centimetro di pelle, Heaven lo ricambiò facendo esattamente la stessa cosa, sfiorandogli il petto e la schiena al di sotto della maglietta.

Le catturò la bocca in un bacio pieno di fuoco, unendo la lingua alla sua, mentre con le mani la plasmava contro di sé. Assecondando quel bisogno di stare vicini, Heaven si sistemò a cavalcioni su di lui, e le loro bocche si fecero sempre più fameliche, le carezze più audaci, stordendo i loro sensi.

David cercò di rallentare il proprio respiro, per godere di quelle sensazioni il più a lungo possibile, ma Heaven gli stava facendo perdere la testa con le sue carezze e i suoi movimenti lenti, incerti e, proprio per questo, sensuali. Ansioso di sentire la sua pelle contro la propria, le sfilò il vestito, posando immediatamente le mani sulla sua schiena liscia. Heaven si inarcò appena, sfiorandogli il petto con il seno, e David la strinse più forte, aumentando il contatto, mentre le labbra lasciavano una scia di fuoco sulla gola bianca e sulle spalle. Heaven immerse le dita tra i suoi capelli, gettando indietro la testa per facilitargli il percorso, e gli allacciò le gambe attorno ai fianchi, rischiando di farlo impazzire per quell'intima vicinanza.

Con un unico movimento David si alzò in piedi tenendola ancora aggrappata a sé. «Dov'è la tua camera?», le chiese.

«Al piano di sopra», mormorò, il volto nascosto sul suo collo.

«Giusto per rendere le cose più difficili», borbottò lui, avviandosi alle scale. Heaven ridacchiò, un suono che gli fece correre lunghi brividi di piacere sulla schiena.

«Mio padre può sentire ogni movimento, da e verso la mia camera, senza nemmeno alzarsi dal letto. È una posizione strategica».

Alzando gli occhi al cielo, David salì rapidamente e aprì la porta che lei gli indicò, ritrovandosi in una stanza tutta bianca e in perfetto ordine. Si avvicinò al letto, dove la lasciò cadere prima di sdraiarsi su di lei. Il chiarore della luna filtrava attraverso le imposte chiuse, e lui le prese il viso tra le mani, cercando di cogliere la sua espressione: era rilassata e ansiosa di continuare, e quelle emozioni erano così in sintonia con ciò che provava lui che non perse tempo. Le rubò un bacio languido e pieno di dolcezza, per poi scendere con le labbra e la lingua lungo la mascella e la gola, fino a quando non raggiunse il seno. Mentre ne sfiorava i contorni con dita leggere, si chinò a baciare quella pelle setosa, strappandole un ansito di piacere che la portò a strattonargli la cintura dei jeans, bisognosa di non avere nessun ostacolo tra loro.

David si staccò un istante per accontentarla, liberarsi dei vestiti e prelevare un preservativo dal portafogli, poi fu di nuovo su di lei. Con gesti rapidi ma misurati le sfilò la biancheria, poi tornò a baciarla, senza darle il tempo di pensare. Era egoista, forse, ma la voleva troppo per permetterle di realizzare la situazione.

«David...», gemette lei, attirandolo più vicino, ebbra di desiderio. Per tutta risposta, si allungò sopra di lei, continuando ad accarezzarla. Quando, al massimo della sopportazione, le sollevò i fianchi con un braccio, preparandosi a invaderla, la sentì trasalire appena.

Con un ultimo sforzo coraggioso, puntellò una mano

sul materasso, guardandola. «Voglio essere certo che tu sia sicura di ciò che stai facendo. Hai aspettato molto, non voglio forzarti a fare nulla».

Lei rimase un momento in silenzio, strappandogli quasi un gemito di disperazione. Se si fosse tirata indietro, probabilmente sarebbe morto.

Invece Heaven gli prese il viso tra le mani e gli sorrise. «Forse stavo aspettando te», sussurrò.

Con il cuore impazzito, David entrò in lei.

Non sarebbe mai riuscita a descrivere quel momento. Troppe emozioni le vibravano dentro: gioia, incredulità, piacere, dolore, appartenenza. Nascose il viso sul collo di David, assecondando i movimenti di quel corpo statuario, così forte eppure incredibilmente delicato, finché non sentì svanire ogni pensiero razionale.

Stringendolo a sé, lasciò che la sua mente si svuotasse. Era spaventoso e stupefacente non avere controllo sul proprio corpo, ma non ebbe nemmeno la forza di appurare quella scoperta. Sentiva solo un gran calore pervaderla, una pressione sempre maggiore spingerla a farsi il più vicina possibile a David, in attesa di… qualcosa.

Lasciando che fossero solo i reciproci istinti a dettare legge, si mossero insieme, sempre più smaniosi, fino a quando non percepirono il loro piccolo mondo frantumarsi come cristallo all'apice del piacere. Ricaddero tra le lenzuola esausti, accaldati e con i respiri affannosi, senza smettere di sfiorarsi e stringersi.

«Dio…», sussurrò Heaven.

«Sembra assurdo, ma l'ho visto anch'io», ansimò David, strappandole una risata.

A svegliarla fu il sole che filtrava dalle feritoie, lame di luce che si allargavano sulle lenzuola aggrovigliate e sui loro corpi nudi e avvinghiati.

La prima cosa che pensò fu che aveva dolori sparsi un po' ovunque. La seconda, che non era mai stata tanto felice in vita sua.

Con un enorme sorriso si volse a guardare David, addormentato al suo fianco.

Era così bello, così... perfetto. Nel sonno, i suoi lineamenti sembravano quelli di una statua classica, così definiti e levigati. Aveva un corpo fantastico, sportivo e abbronzato, e la propria pelle chiara spiccava contro quella dorata e ricoperta di leggera peluria.

Avrebbe tanto voluto non alzarsi mai più, restare con lui in quel letto per sempre, a guardarlo dormire, a ricoprirlo di baci, per poi fare l'amore come quella notte. E di nuovo daccapo.

La sua prima volta...

Era stata magica. Diversa da come l'aveva immaginata, e il merito non poteva che essere di David. Con Will non erano mai arrivati tanto lontano, si erano sempre fermati prima di superare il confine. Non si era mai sentita del tutto a suo agio con lui, aveva avuto paura, si era vergognata, nonostante stessero insieme da tanto tempo. Con David, invece, non aveva avuto nessun timore, nessuna remora, solo rapidi dubbi che lui aveva minimizzato con dolcezza.

Questo poteva significare solo una cosa: era lui la sua anima gemella, quella che ogni donna avrebbe dovuto incontrare per compiere un passo così importante.

Donare se stessa a un ragazzo non avrebbe mai dovuto essere un atto meccanico, fatto per adeguarsi alla massa e non sentirsi diversi, ma un bisogno concreto di unirsi alla persona giusta, un momento di bellezza allo stato puro, da tenere stretto al cuore, tra i ricordi, per sempre.

Nell'udire il telefono suonare al piano di sotto, scivolò velocemente fuori dal letto e dalla stanza, facendo attenzione a non svegliare David. Voleva liquidare in fretta chiunque fosse e tornare di sopra, per svegliarlo a suon di baci.

Naturalmente, era suo padre.

Heaven rispose piano, fingendosi ancora assonnata e per questo poco incline alle chiacchiere, ma lui, naturalmente, non le credette. Sembrava avere davvero un informatore ai piani alti, fiutava il peccato come un cane i tartufi.

«Qualcosa non va?», le chiese.

«No, perché?»

«Tua sorella?»

«Dorme ancora. Ieri sera abbiamo guardato la televisione fino a tardi», mentì, incrociando le dita dietro la schiena.

«Che brutta abitudine. La televisione brucia anche le menti più brillanti».

«Che avremmo dovuto fare? Il sabato sera le persone normali escono con gli amici», sbottò, mentre il senso di colpa la rendeva più nervosa.

«Certo, a ubriacarsi e a gozzovigliare, tutti stipati in un localino di pessimo gusto».

«Guarda che non tutti i ragazzi della mia età sono debosciati come pensi, c'è anche chi si diverte in modo sobrio».

«Casi davvero eccezionali».

«Che non avrò mai il piacere di conoscere, dal momento che, per evitare cattive compagnie, devo stare chiusa in casa», sbuffò Heaven.

«Puoi sempre decidere di vivere la tua vita come meglio credi, Heaven. La scelta è solo tua».

"Fuori da casa mia, però". Non lo disse, ma il messaggio le arrivò forte e chiaro.

«Scusami, non volevo offenderti», sospirò, chiudendo gli occhi.

Anche il padre sembrò sospirare, al di là del telefono. «Ricordati che ogni mia azione è fatta pensando solo al tuo benessere e a quello di tua sorella. Voglio che diventiate due persone ineccepibili, che la gente possa ammirare. Perdere tempo dietro inutili passatempi o persone di dubbia utilità, non è ciò che considero fondamentale per la vostra crescita».

«Il problema è che cresciute lo siamo da un pezzo, papà. Non sarebbe il caso di darci un po' di fiducia?».

Dopo un momento di silenzio, capace di dire più di mille parole, il genitore la salutò. «Sarò a casa per cena».

Heaven riattaccò, improvvisamente malinconica. Non era felice di aver mentito a suo padre, così come non era ansiosa di sfidarlo. Ma non voleva nemmeno piegarsi ai suoi desideri, non più. Soprattutto dopo quella notte…

Il pensiero corse a David, ancora addormentato nel suo letto.

Suo padre sarebbe tornato quella sera: l'idillio stava per finire. Doveva godersi ogni minuto a disposizione, senza farsi rovinare il buonumore dal pensiero nefasto di come frequentare quello splendido ragazzo da lì in poi. Se il reverendo avesse deciso che David Cooper non era di suo gradimento, le avrebbe reso le cose difficili, fino a spingerla a scegliere: o la sua famiglia o un perfetto estraneo. A quel punto che avrebbe fatto?

Stava per risalire in camera da letto, pensierosa, quando bussarono alla porta. Perplessa, andò velocemente in bagno e infilò un accappatoio. Forse era Grace, di ritorno dalla sua notte brava. Avrebbero dovuto concordare insieme una versione che non facesse acqua da tutte le parti, pensò, mentre si avviava alla porta, o il loro acutissimo padre le avrebbe smascherate in pochi istanti. Aveva ormai acquisito una vasta esperienza nel fabbricare scuse credibili per occultare le bravate della sorella minore, ma adesso che anche lei aveva la coscienza sporca avrebbe dovuto impegnarsi il doppio per non tradirsi.

Guardò attraverso lo spioncino e si gelò all'istante. Decisamente *non* era sua sorella ad attendere dietro la porta.

Che diavolo ci faceva lì, William? Non doveva essere a Tijuana con i suoi amici?

La mente vagò, rapida e colpevole, ai vestiti gettati alla rinfusa sul pavimento del salotto, per non parlare dell'uomo nudo che dormiva nella sua camera da letto…

"Di che ti preoccupi? Lui ti ha mollata, giusto?", disse la sua coscienza.

"Pausa di riflessione non significa storia chiusa", la redarguì la ragione.

Cielo, aveva combinato un bel casino! Ventitré anni passati a comportarsi bene, da perfetta figlia, fidanzata e cristiana, e in una notte aveva mandato tutto all'aria.

William bussò di nuovo, e questa volta Heaven non poté esimersi dall'aprire la porta.

Lui avrebbe capito cos'era successo? O soltanto lei aveva la netta impressione che la sua pelle fosse marchiata a fuoco dalle labbra di David?

L'aria affranta del suo ex ragazzo per un attimo la intenerì. Aveva gli abiti stazzonati, il viso stanco e gli occhi cerchiati: ben lontano dal damerino sempre elegante e lindo che era abituata a vedere quasi ogni giorno.

«Credevo di farcela, ma no. Non ci riesco», le disse senza preamboli, alzando i dolci occhi nocciola su di lei.

«Che vuoi dire?»

«So di averti detto che non ero pronto, che la nostra storia mi sembrava troppo impegnativa, ma non è così. Forse ero solo frustrato, o stanco...». William avanzò nell'ingresso, chiudendosi la porta alle spalle. Le prese le mani tra le sue e sorrise. «Mi sei mancata».

«Ma... E la tua pausa di riflessione?», balbettò Heaven. Sentiva lo stomaco tremare, di ansia e colpevolezza, all'idea di aver frainteso, di aver sbagliato e quindi tradito la fiducia di qualcuno che le era sempre stato accanto in quegli anni.

«Due giorni d'inferno. Ci ho provato, ma alla fine non me la sono sentita. Mi sembrava assurdo essere lì a divertirmi mentre tu...». Esitò, a disagio, e si passò una mano tra i capelli scuri. «Be', non che io mi sia divertito molto, in effetti. In ogni caso, stamattina presto ho preso un aereo e sono venuto qui per chiederti una cosa importante». Sotto il suo sguardo sbigottito, William si inginocchiò, estraendo dalla tasca dei pantaloni una scatoletta blu, che aprì a mostrare un anello di fidanzamento.

«Vuoi sposarmi, Heaven?»

«Mio Dio», mormorò lei, con voce strozzata.

William prese il suo shock per emozione e, sorridendo, le infilò l'anello al dito, per poi alzarsi e baciarla con dolcezza.

Un attimo dopo si allontanò di un passo, l'espressione confusa, ed Heaven capì, prima ancora di vederlo, ciò che William stava guardando alle sue spalle.

La voce che seguì le tolse il respiro.

«Non volevo disturbarvi, anzi. Se mi fate passare me ne vado, così potete riprendere da dove vi ho interrotti».

Voltandosi, Heaven vide David appoggiato alla parete, le caviglie incrociate, le braccia strette al petto. Sembrava rilassato e indifferente. Alla luce del giorno era più affascinante che mai, anche con indosso gli abiti sgualciti e ancora umidi, ma in quel momento lui non sembrava pensare la stessa cosa di lei. Il suo sguardo era glaciale.

«David...», provò a chiamarlo, ma la voce di William si sovrappose alla sua.

«Tu chi sei?»

«Un amico di Grace. Ieri sera abbiamo festeggiato un po' e io ero troppo ubriaco per tornare a casa, così Heaven mi ha permesso di restare. È stata molto... *disponibile*. Suppongo lo sia spesso», disse David, beffardo.

William annuì, perplesso, mentre Heaven sentiva girare la testa per il velato insulto.

Non sapeva che fare, che dire. Forse stava sognando. Sì, doveva essere così, perché quella situazione, in effetti, era decisamente irreale per essere capitata a lei.

David si staccò dal suo angolo e andò verso la porta. «Grazie per l'ospitalità», le disse con gelida calma, prima di aprire la porta. Quando uscì, Heaven sentì sprofondare il cuore.

«Avete dato una festa qui?», chiese William ignaro, tra l'incredulo e il divertito. «Dovevi essere davvero fuori di te…».

«Torno subito», rispose lei distratta, correndo fuori.

Raggiunse David al cancello. «Aspetta!», lo pregò fermandosi davanti a lui.

David la squadrò da cima a fondo, soffermandosi un istante sull'anello che brillava alla luce del sole, e che le pesava sul dito come un masso. «Non ti scusare, Heaven».

«Non avevo davvero idea che lui… che noi…».

David rise piano, una risata sinistra che le fece serpeggiare un brivido freddo sulla pelle. «Davvero, lascia perdere. Ci siamo divertiti, niente di più. Io ho aiutato te a toglierti un peso, e tu hai aiutato me a passare una serata alternativa. Siamo pari».

«Non capisco una parola di quello che stai dicendo», sbottò Heaven, stringendosi le braccia. Iniziava a sentirsi esposta, in accappatoio in mezzo alla strada, alla mercé dei suoi vicini curiosi e delle auto che passavano.

Sua madre era stata vista nelle stesse condizioni insieme al suo amante, circa vent'anni prima, e il pettegolezzo si era diffuso a macchia d'olio. Se una voce analoga fosse giunta a suo padre…

Be', in quel momento non aveva importanza, sentiva solo il bisogno di chiarire le cose con David; perché, a dispetto della razionalità, sentiva che ciò che era successo tra loro era importante.

Ma poi lui parlò, con un tono di voce privo di inflessione, spazzando via ogni illusione.

«Non ci sarebbe stato comunque niente, tra noi. Io non voglio legami, mentre tu sei chiaramente una ragazza da storia seria. La vita giusta per te ti sta aspettando su quella porta», lo sentì dire, indicando William che li osservava da lontano.

Non ci sarebbe stato comunque niente, tra noi…

Tuffarsi di testa in un mare di pietre avrebbe fatto meno male.

Una Lexus grigio antracite si fermò davanti a loro e il viso familiare di un ragazzo emerse dal finestrino, l'aria sbalordita.

«Che mi venga un colpo! Te la sei fatta davvero?!», esclamò questi, incredulo, facendo passare lo sguardo da lei a David. Un altro volto si aggiunse al primo, egualmente stupito e, subito dopo, rassegnato.

«Merda… Ho perso cinquecento dollari», sbottò.

David si avvicinò alla macchina degli amici. «E mi avete appena risparmiato anche i soldi del taxi», disse, aprendo la portiera posteriore.

Heaven fece un passo avanti, confusa e tremante. «David, ma cosa…?».

Lui non rispose e salì in auto. A parlare fu il ragazzo alla guida della Lexus, che lei riconobbe come uno dei figli di Glenda Harris, fedelissima alla congregazione di suo padre. Suo fratello, Calvin, era uno degli amici con cui William era partito per le vacanze.

«Dài, piccola Taylor, era ora che ti liberassi dell'impiccio», le disse, con un occhiolino divertito. «Il tuo adorato fidanzatino non sarebbe stato in grado di trattarti con il dovuto riguardo, ma Coop… Credimi, ti abbiamo fatto un favore a mandartelo».

Qualcuno, forse David, intimò all'amico di andare, e questi ingranò la marcia, facendole un cenno di saluto.

«Tranquilla, non lo diremo a nessuno! E Grayson non ci farà caso, visto quel che ha combinato a Tijuana in questi due giorni!», le gridò dietro l'altro ragazzo, la testa bionda ancora fuori dal finestrino. Poi la macchina prese velocità e sparì, lasciandola sola e sconvolta davanti al cancello.

Non seppe per quanto tempo rimase ferma lì, il cuore in frantumi, le guance accese di rabbia e vergogna. Si riscosse solo quando William la chiamò dalla porta, probabilmente stufo di aspettare.

Alzò lo sguardo su di lui e le sembrò di scorgere un lampo di incertezza sul suo bel volto.

Grayson non ci farà caso, visto quel che ha combinato a Tijuana in questi due giorni!, aveva detto l'amico di Harris, mentre spariva insieme alla Lexus.

William era incerto per quello? Era tornato a casa per chiederle di sposarlo, consapevole di aver fatto qualche stupidaggine insieme ai suoi amici?

"E tu chi sei per giudicarlo?".

Lei non era migliore. Non aveva nemmeno aspettato che il "cadavere" del suo ragazzo fosse freddo, prima di farsi imbambolare da un altro e concedergli tutto quel che di prezioso aveva al mondo: se stessa.

Si era lasciata andare con David, pensando fosse la persona giusta…

Te la sei fatta davvero?!

Merda… Ho perso cinquecento dollari…

Dài, piccola Taylor, era ora che ti liberassi dell'impiccio. Il tuo adorato fidanzatino non sarebbe stato in grado di trattarti con il dovuto riguardo, ma Coop... Credici, ti abbiamo fatto un favore a mandartelo...

Aveva dato via se stessa per una sordida scommessa.

Un conato le salì alla gola, ma lo trattenne, così come trattenne le lacrime che salirono a inondarle gli occhi, mentre la testa veniva nuovamente invasa di parole...

Ci siamo divertiti, niente di più. Io ho aiutato te a toglierti un peso, e tu hai aiutato me a passare una serata alternativa. Siamo pari.

Tornò velocemente in casa, sorpassando William. Quando lui fece per toccarla, si divincolò e gli rivolse uno sguardo freddo.

«Vattene, Will».

«Heaven, non so cosa ti ha detto quel cretino di Harris, ma ti giuro che io non...».

Lei rise, una risata stridula dettata dall'isterismo. «Non so cosa hai fatto a Tijuana, e sai una cosa? Non mi interessa! Avevi ragione a pensare che non fossimo pronti, che la nostra storia fosse troppo impegnativa. Non ho perso il sonno senza di te, anzi. Ho appena capito che non ho nessuna intenzione di impegnarmi, né con te né con nessun altro! Perciò puoi riprenderti l'anello, l'aereo e tornartene in vacanza. Senza tornare più!».

«Ma Heaven...».

Per tutta risposta, lei gli sbatté l'anello in mano e gli chiuse la porta in faccia, poi tornò lentamente di sopra, come in trance.

Alla vista delle lenzuola spiegazzate, sentì gli occhi inumidirsi. Le tirò via in un impeto di furia e corse fuori dalla stanza, decisa a buttarle via. Lo stesso fece con il vestito della sera prima, le scarpe, il cardigan e la biancheria. Una volta sbarazzatasi di ogni ricordo legato a quella notte, si infilò sotto l'acqua bollente della doccia, accucciata a terra con le ginocchia strette al petto, e lì rimase, singhiozzante, fino a quando non si sentì totalmente svuotata.

Quanto era stupido.

Avrebbe dovuto essere vigile e attento a chi concedeva la propria fiducia, dopo quello che aveva passato, e invece si era lasciato raggirare come un cretino.

La sua ex fidanzata lo mollava all'altare, scappando con il suo migliore amico, e lui che faceva? Per distrarre la mente si faceva infinocchiare da una sempliciotta con gli occhiali e l'aria da santarellina.

I suoi amici continuavano a lodarlo per aver fatto centro con la "piccola Taylor", e lui annuiva, un sorriso tirato sulle labbra, ma la mascella gli doleva a furia di digrignare i denti.

Aveva vinto la scommessa, e avrebbe dovuto andarne fiero. Invece si sentiva… usato.

Le donne erano tutte uguali, ormai avrebbe dovuto saperlo. Che si mostrassero capricciose e disinibite, o simulassero bontà e timidezza, alla fine non facevano che sfruttare i poveri malcapitati, istupiditi dalle loro doti recitative. Victoria lo aveva raggirato per sei anni, sfruttando il proprio aspetto e l'affetto nato dal loro lungo legame, e ancora adesso recitava la parte della Maddalena pentita, cercando di riconquistarlo e facendolo sentire vagamente in colpa per le sue lacrime.

Ma Heaven… lei lo aveva rimbambito in una sola notte, un vero record. Gli aveva fatto credere di essere una brava ragazza, un'inesperta verginella, vulnerabile per la fine della sua relazione… e dopo poche ore gli era quasi saltata addosso.

“Che c’è di male? Ha aspettato tanto e ha deciso di farlo con il primo estraneo disponibile. Di che ti lamenti?”, si chiese.

Era stata una notte fantastica, avrebbe dovuto esserne soddisfatto, godersi l’euforia degli amici e dimenticare tutto in fretta, voltando pagina. Nessuno avrebbe sofferto a causa di quel che era successo: William Grayson si era dato alla pazza gioia, durante il suo week end a Tijuana – o almeno era ciò che aveva intuito dai discorsi dei suoi amici –, e nemmeno Heaven era rimasta con le mani in mano. Quei due si meritavano a vicenda, e forse sarebbero stati felici insieme.

Ma il pensiero non faceva che rinfocolare la sua rabbia.

Ancora una volta aveva voluto credere che fosse possibile incontrare una bella persona. E si era sbagliato. Si era illuso che Heaven fosse diversa, che fosse davvero dolce e timida, che ogni parola pronunciata dalle sue labbra e le emozioni contenute nei suoi immensi occhi blu fossero reali. Si era crogiolato nella falsa sensazione di potere che gli aveva dato il farla rabbrividire con una carezza, farla tremare con un bacio.

Forse stavo aspettando te, gli aveva sussurrato un attimo prima che entrasse in lei. E David le aveva creduto. Per un attimo infinitesimale si era sentito speciale.

Che imbecille.

L’amore era utopia, da un pezzo aveva deciso di smettere di cercarlo. Non sapeva che gli era preso quella notte, ma di una cosa era certo: d’ora in avanti ci avrebbe pensato bene prima di fidarsi ancora di una donna.

Capitolo 5

In qualche punto al largo di Los Angeles.
Quattro anni dopo.

Sentiva la testa ovattata e non aveva idea di dove fosse. Era distesa su qualcosa di morbido e confortevole, forse una di quelle amache ricoperte di cuscini che tanto le piacevano da bambina e dalle quali non sarebbe mai voluta scendere, ma non aveva la forza di aprire gli occhi e accertarsene. E forse nemmeno le importava. La sensazione di essere cullata dolcemente era piacevole e il calore che si posava lieve sulla pelle era davvero un toccasana, dopo tanto freddo. L'aria era tiepida, forse un po' troppo umida, e un sentore di acqua e sale, unito a una fragranza più intima e speziata, le riempiva le narici.

Nonostante tutto, si sentiva bene, protetta. Al sicuro.

«Apri gli occhi, Heaven».

Quella voce sembrò provenire da lontano, eppure si inserì perfettamente nello scenario. Era roca, calda, e nel pronunciare il suo nome le suscitò brividi di piacere lungo il corpo.

"Voglio restare qui per sempre", pensò, stiracchiandosi languidamente. Non riusciva a ricordare una sola cosa più bella della sensazione di pace che stava provando in quel momento.

Avvertì un calore umido pioverle sulle labbra, ma non aprì gli occhi: sapeva a chi apparteneva la lingua che le stava lambendo la pelle. Si muoveva con passione sul suo volto, sul naso, la bocca, le orecchie, gli occhi…

Era focoso, il suo uomo dalla voce suadente!

Gemette piano e un sorriso nacque sulle sue labbra. Il bacio proseguì, instancabile, spingendola a sollevare le braccia per stringere a sé quell'essere eccitante. Era caldo, asciutto e… villoso, forse più di quanto ricordasse. Ma che importava? Era così felice di riaverlo di nuovo tra le braccia! Avrebbe voluto sentire ancora quella voce profonda sussurrare il suo nome, o qualche frase eccitante, invece lui non sembrava intenzionato a parlare, si limitava a leccarla su tutto il viso, quasi in modo irruento…

Una risata divertita incrinò la poesia. Perché rideva? E come ci riusciva, più che altro, se aveva la bocca occupata su di lei?

Contrariata, Heaven aprì gli occhi, che bruciavano come tizzoni, e provò a mettere a fuoco qualcosa.

Le sue mani stringevano un corpo caldo ma decisamente troppo piccolo per appartenere a un uomo, e due occhi tondi e neri spiccavano su un muso scuro chiazzato di bianco, guardandola con estrema attenzione.

Con un piccolo ansito di sorpresa, Heaven si mise a sedere di scatto, facendo scivolare via l'animale che le stava sdraiato addosso e che balzò giù da quello che sembrava uno stretto letto.

Sant'Iddio, si stava facendo baciare da un cane?!

«Ah, ti sei svegliata… Peccato, iniziava a farsi interessante».

Dunque *lui* era lì davvero, non lo aveva sognato. La sua voce dolorosamente familiare, divertita e ironica, proveniva da un punto imprecisato vicino a lei.

Heaven si guardò intorno fino a posare lo sguardo sull'uomo che, contro la sua stessa volontà, popolava ancora i suoi sogni.

Stava seduto su un sedile imbottito, le gambe allungate davanti a sé, i capelli umidi e il torso nudo, cosparso di peluria sottile. Bello come un dio del mare, la fissava con sarcasmo a stento contenuto.

David Cooper era tornato nella sua vita. Com'era possibile?

Il boato fragoroso di un tuono la fece sobbalzare e i ricordi le piovvero addosso, tutti in una volta: la spiaggia di El Matador, Tori Scott e l'uomo misterioso abbracciati sullo yacht; il vento, il mare in tempesta, la caduta dagli scogli…

Le foto perse per sempre, la carriera distrutta. E la breve ma intensa voglia di lasciarsi annegare nell'oceano…

Invece era viva e vegeta, grazie a *lui*, e se ne stava seduta su quella che sembrava la cuccetta di una barca, con addosso una coperta… E niente altro.

Incredula e allibita, Heaven si strinse addosso il piccolo quadrato di stoffa che aveva a disposizione, lanciando un'occhiata di fuoco all'uomo seduto di fronte a lei.

«Mi hai spogliata!», lo accusò.

«E tu hai spogliato me, e ci abbiamo dato dentro per un bel pezzo, se non ricordo male», rispose lui, imperturbabile. Heaven per poco non svenne di nuovo.

«Hai approfittato di me mentre ero incosciente?!»

«Ti prego, come se ne avessi avuto bisogno. Mi sei praticamente saltata addosso». Il suo sguardo allucinato dovette colpirlo, perché lo vide piegare le labbra in un sorriso sardonico. «Oh, tu intendevi adesso, non quattro anni fa…». Scosse la testa e si alzò. «Tranquilla, non sono interessato». Heaven avvampò, mentre lui si avvicinava per aprire un cassetto sistemato sotto il letto. «Ti ho tolto i vestiti fradici di dosso perché tremavi come una foglia, e poi non volevo che mi rovinassi la cuccetta. Mi piace dormire all'asciutto».

Con i denti stretti forte tra loro per evitare di urlare, Heaven fissò la t-shirt scura e i boxer che David le porse.

«Dovrei indossare le tue mutande?»

«Dovrai accontentarti, finché i tuoi vestiti non saranno asciutti». Si strinse nelle spalle. «Ma se non ti va, puoi restare nuda, per me non fa differenza. Non c'è molto da guardare, da queste parti, saresti una distrazione più che accettabile».

Heaven glieli strappò di mano, scrutandoli come fossero un ordigno esplosivo. Poi, sentendo lo sguardo grigio di David su di sé, inarcò un sopracciglio. «Se speri che li indossi mentre stai a guardare…».

«Spiacente, ma questo è tutto lo spazio che abbiamo a disposizione. Fuori è in corso la tempesta e io non posso uscire senza rischiare di allagare tutto», ribatté lui, apparentemente annoiato. Tuttavia, le concesse una parvenza di privacy voltandosi… e donandole una visione completa della sua bellissima schiena abbronzata e dei glutei sodi fasciati dai bermuda.

Dandosi una scrollata, Heaven afferrò la maglietta e

provò a infilarla senza lasciar andare la coperta, ma il tutto risultò complicato. Lanciò una veloce occhiata a David, per assicurarsi che non stesse guardando, e sospirò. «Non ti voltare».

«Non vedrei niente di nuovo».

«Be', sono stata cretina una volta, ma di certo non ripeterò l'errore», sbottò lei, inacidita.

Infilati anche i boxer, che su di lei avevano un aspetto alquanto ridicolo ma che la coprivano a sufficienza, passò a intrecciare i capelli ancora umidi, fermandoli con un elastico che portava al polso. Non voleva che la maglietta calda e profumata che indossava si rovinasse.

Quel profumo... Era lo stesso che tornava a perseguitarla nelle notti solitarie in cui non sapeva far altro che perdersi in sciocche fantasie. E adesso le aleggiava intorno, tormentandola.

«Ho finito», borbottò.

David tornò a voltarsi, sfiorandola interamente con una rapida occhiata, prima di sedersi. «Davvero molto sexy», la schernì.

«Non è mia intenzione esserlo».

«Dico sul serio, ti donano. Decisamente più di quell'orrendo vestito che indossavi anni fa».

Heaven lo ignorò. Sembrava volesse provocarla a tutti i costi, ma non gli avrebbe dato la soddisfazione di vederla cedere alla rabbia.

«Dove siamo?»

«Non ne ho idea».

«Che cosa?!»

«Il motore è in avaria, così come la radio di bordo», spiegò lui, quasi con indifferenza. «I fulmini hanno combinato un gran casino e il vento ci sta spingendo verso una piccola isola, a poche miglia da qui. Forse fa parte delle Channel... Spero una di quelle abitate».

«E se non lo fosse?»

«Il proprietario del noleggio barche manderà qualcuno a cercare la *Fairytale*. Non dovremmo esserci allontanati così tanto».

Un po' rincuorata, Heaven cercò di sbirciare fuori dall'oblò della cabina. Il cielo era sempre grigio e la pioggia fitta non permetteva di vedere nulla, ma il mare sembrava più calmo. «Per quanto sono rimasta incosciente?»

«Mezz'ora, circa».

«I miei vestiti? La reflex?»

«È tutto appeso in bagno, ad asciugare».

«Devo assicurarmi che le foto ci siano ancora!», esclamò Heaven, balzando giù dal letto. Non appena posò il piede a terra, però, un dolore lancinante la trafisse, strappandole un urlo. Il cane, che fino a quel momento era rimasto accucciato in un angolo a fissarla attentamente, abbaiò e David scattò in avanti.

«Che diavolo ti prende?», le chiese, afferrandola per la vita.

«Credo di essermi slogata la caviglia», gemette lei, mentre veniva aiutata a rimettersi seduta.

Si appoggiò a lui per mantenere l'equilibrio, ma fu un errore. La morbidezza di quella pelle calda sotto i polpastrelli riportò alla mente ricordi scomodi, e sentì prudere le mani dalla voglia di accarezzarla, a lungo e senza fretta.

Si staccò velocemente da lui, e lo stesso fece David.

«Che ti è successo?»

«Sono scivolata mentre camminavo su uno scoglio e sono finita in mare».

«Che cavolo ci facevi sugli scogli con un tempo del genere?»

«Non ho voglia di parlarne», mormorò lei, poggiando la fronte sulle ginocchia raccolte contro il petto.

«Se non vuoi fare conversazione, allora mi riposerò un po'», disse David, sdraiandosi accanto a lei. Lo spazio era così ristretto che i loro corpi si toccarono in più punti.

Heaven si scostò il più possibile, guardandolo in cagnesco. «Vorresti riposare qui? Adesso?»

«Piove, non posso fare niente e sono stanco. Questo è l'unico letto a disposizione e si dà il caso che sia mio, al momento», rispose lui, imperturbabile, mettendosi un braccio sugli occhi. «Tu fai quello che vuoi, ma non toccare niente che non ti appartenga. Me compreso».

Borbottando infastidita, Heaven si alzò e saltellò sul piede sano fino al sedile che lui aveva occupato poco prima. Una volta seduta, si guardò intorno.

La cabina di quell'imbarcazione, tutta arredata nei toni dell'azzurro e mogano scuro, non era grandissima, ma munita di ogni comfort. Nella zona cucina c'erano un piano cottura completo, un microonde, un minuscolo frigorifero, un tavolo ripiegabile e due sedili. Di fronte, la zona letto era composta unicamente da due piccoli cassettoni contenenti la biancheria, posti sotto una cuccetta a malapena in grado di ospitare la figura imponente di David e forse di un altro essere umano… ammesso che dormissero molto vicini.

Per evitare di soffermarsi su un pensiero del genere, continuò a scrutare ogni angolo.

Una porticina in legno scuro conduceva al bagno, e in quel momento era aperta. Sporgendosi per avere una visuale migliore, Heaven vide i suoi abiti stesi ordinatamente contro una parete, e la sua reflex sul lavabo... smontata in più pezzi.

Allarmata, si alzò, saltellando fino al bagno. «Dimmi che non si è rotta...», gemette piano, afferrandola.

La voce di David la raggiunse dalla cuccetta. «Non sono sicuro che funzionerà di nuovo, l'acqua di mare non è proprio l'ideale per la tecnologia. Ma ho staccato la batteria e la memory card, per evitare l'ossidazione. Non appena uscirà il sole, le metteremo ad asciugare. Da quel momento potrai solo pregare il tuo Dio».

Heaven si lasciò sfuggire una smorfia. «Non credo si prenderà il disturbo di farmi un simile favore, ma grazie comunque».

David si sollevò sui gomiti, blandamente incuriosito. «Tuo padre ti dedicherebbe un sermone, per una frase del genere».

«Mio padre mi ha già inserito nel registro delle anime perdute, se è per questo». Heaven tornò a sedersi, improvvisamente stanca di tutto: del passato, del presente e di un futuro che sembrava altrettanto ombroso e inutile.

«Adesso muoio di curiosità, e la noia mi uccide. Perciò, ti prego: dilettami con le tue sventure», le chiese David, mettendosi seduto. Il cane balzò sul letto accanto a lui, poggiandogli il muso su una coscia, e le dita lunghe dell'uomo presero a carezzargli il pelo liscio tra le orecchie.

Heaven rimase quasi ipnotizzata da quel gesto gentile. Strideva in pieno con l'opinione che aveva di David Cooper, ma calzava perfettamente con l'immagine che anni prima aveva avuto di lui, ossia quella del ragazzo apparentemente perfetto, dolce e rassicurante, che si era preso la sua verginità in una notte d'estate.

Era bravo, sfacciatamente bravo a soggiogare le menti semplici, e quel povero cane era palesemente in estasi sotto il suo tocco. Proprio come lo era stata lei.

«È una femmina?», chiese, curiosa.

«L'unica femmina degna di starmi accanto», rispose David. Poi addolcì il tono e si chinò a posare un bacio sul muso del Border Collie dai dolcissimi occhi neri. «Non è vero, amore mio?».

Per tutta risposta, l'animale gli leccò il naso, agitando la coda con entusiasmo.

«Ti adora», borbottò Heaven.

«Lo trovi strano?»

«Decisamente».

David le rivolse un sorriso capace di sciogliere i sassi. «So farmi amare dalle donne».

«Già, è evidente. È per questo che hai dovuto prenderti un cane», insinuò lei, grondante sarcasmo.

«Almeno Jeanne è fedele».

Heaven quasi rise. «*Jeanne*?»

«Era il nome della fidanzata di Amedeo Modigliani, anche lei una talentuosa pittrice a cui lui dedicò i suoi quadri più famosi. Quando è morto, la donna si è lanciata dalla finestra per la disperazione. Si amavano molto».

«Che cosa romantica», disse Heaven con una smorfia.

David tornò a guardarla. «Allora, che è successo con tuo padre?»

«Niente di interessante. Ero stufa di vivere secondo le regole e le privazioni assurde che mi imponeva, e così gli ho detto chiaro e tondo che avrei finito l'università e poi sarei andata a vivere per conto mio».

«E lui l'ha presa male?». David storse le labbra. «Mi sembra un po' eccessivo, perfino per lui».

«Be', rompere con William è stato un altro duro colpo al suo cuore, dal momento che lo aveva selezionato accuratamente per la figlia incapace di trovare da sola un buon partito quale ero. Inoltre, sapere che un estraneo è entrato in casa sua e si è fermato per la notte lo ha reso un tantino suscettibile», rispose lei, senza guardarlo negli occhi.

Suo padre era tornato a casa la sera stessa, un'espressione tempestosa sul viso segnato. Non le aveva domandato nulla, non era stato necessario. I genitori di William lo avevano messo immediatamente al corrente della rottura tra i loro figli. E i vicini avevano fatto il resto.

Alla notizia che la figlia maggiore si era intrattenuta con uno sconosciuto, rincorrendolo per strada con indosso solo un accappatoio, il reverendo Taylor era diventato livido, adoperandosi in una predica lunga un chilometro, con tanto di immancabile paragone con la sua sciagurata madre.

«Non me lo sarei mai aspettato da te. Mi hai davvero deluso», era stata la lapidaria conclusione.

Heaven era così depressa, amareggiata e stanca di recriminazioni, che era saltata in piedi, rossa come un pomodoro, e aveva sbottato ad alta voce: «Tanto non sarò mai come vorresti! Qualunque cosa faccia, sbaglio, a meno che non segua le tue direttive come un maledetto robot! Vuoi sapere una cosa? Ne ho fin sopra i capelli! Inizio a capire il perché la mamma ti ha mollato: perché sei pesante! Se stressavi lei la metà di quanto stressi noi, con la tua assurda ricerca della perfezione, allora ha fatto bene ad andarsene! Forse avrebbe dovuto portarmi con sé».

«Ma non lo ha fatto, giusto? Ha preferito scaricarvi qui entrambe, come vecchie pantofole inutili», aveva ribattuto lui, le mani strette a pugno. «Io almeno ho cercato di fare del mio meglio».

«Probabilmente non è stato abbastanza», aveva sbottato lei, ferita.

Suo padre era rimasto immobile, scuro in volto. «Direi proprio di no».

Non c'era stato bisogno di ulteriori parole e il silenzio fra loro si era prolungato per settimane. Quando Heaven ne aveva avuto abbastanza di quella situazione, si era trasferita per un po' dai nonni, fino a quando non era riuscita ad affittare, con qualche sacrificio, un appartamentino a Los Angeles.

Da quel momento, la sua realtà era cambiata drasticamente. Lei lo era. La ragazza timida, goffa e del tutto incapace di badare a se stessa si era trasformata in una donna determinata e indipendente; aveva imparato a gestire i problemi meglio che poteva, a contare solo sulle proprie forze. La vita non era una favola, anche se le sarebbe piaciuto, e non poteva far altro che accettarla così, come Dio gliel'aveva mandata. Ma almeno avrebbe avuto la libertà di scegliere come viverla. E lei voleva farlo al meglio.

"Be', il siparietto che ti ha portata in questa situazione non è stata una scelta degna di nota", le ricordò la sua coscienza, strappandole un sospiro sconsolato.

«Stai dicendo che è colpa mia se sei stata costretta a lasciare la tua vecchia vita?», chiese David, riportandola al presente.

Heaven scosse la testa. «La colpa è stata mia, nessuno mi ha costretta. Ho fatto una stupidaggine e ne ho pagato le conseguenze, ma forse è stato meglio così», disse, seria. Certo non era felice di aver litigato con suo padre, e ogni tanto si sentiva in colpa ripensando al dolore che doveva avergli inflitto con le sue parole, ma doveva ammettere che l'indipendenza era una cosa meravigliosa e l'aveva aiutata a crescere, certo più della supervisione maniacale del genitore.

«Dopotutto, somigli a tua madre più di quanto pensassi», disse David.

«È quello che ha detto anche lui, con sommo disgusto».

«Non ti ha perdonata?»

«Certo che lo ha fatto, il suo credo glielo impone. Ma i nostri rapporti sono rimasti tesi e sporadici. Comunque c'è Grace a renderlo orgoglioso: la figlia più ribelle è diventata un buon medico ed è rimasta a Pasadena, accanto a lui. Può ritenersi soddisfatto: metà della sua prole è degna di ammirazione», disse, l'amarezza che traspariva dalla sua voce.

«Quindi adesso sei una ragazzaccia allo sbando?», la distrasse David, dopo qualche attimo di silenzio.

«Sono padrona della mia vita, è diverso».

«E ti piace?»

«Cerco di trovarci del buono». Heaven si strinse nelle spalle, ansiosa di cambiare argomento. «E tu? Che hai fatto in questi anni?»

«Niente di straordinario».

«Non fare il modesto. Tutti ti conoscono, sei un pittore molto apprezzato».

David inarcò le sopracciglia. «Ti sei informata sul mio conto?»

«Mi sono imbattuta in un articolo sul giornale che lodava una tua mostra. E ammetto di averlo letto quasi tutto, prima di usarlo per incartare gli avanzi della cena».

Quell'ultima frase gli strappò un sorrisetto ed Heaven se ne fece contagiare. I loro sguardi si incrociarono e lei pensò che forse potevano sotterrare l'ascia di guerra e optare per una tregua, almeno finché si trovavano dispersi in mare. Dopotutto non c'era stata che un'unica notte, tra loro, poche ore prive di una reale importanza – soprattutto per lui. Perché portare rancore?

«Grazie per avermi aiutata, prima», mormorò. «Non volevo essere scortese, quando ti ho visto, solo che… be', mi hai colta di sorpresa».

«Dovere di buon cittadino», minimizzò lui.

Heaven si accomodò meglio sul sedile. «E adesso che facciamo?»

«Quando saremo vicini alla terraferma penseremo al da farsi. Fino ad allora, ci rilasseremo».

«Trovi rilassante stare in mezzo al mare, estraniati dal mondo, senza un piano per tornare a casa?»

«Non è quello che sognano tutti, a un certo punto della vita? Sparire e non essere rintracciabili per un po'?», scherzò David.

Heaven esitò. Aveva passato quasi tutta la vita alla ricerca di un'avventura, di un'emozione. Poteva dire di essere stata accontentata: era su una barca in mezzo al mare, insieme a un uomo affascinante, costretta a dividere con lui uno spazio angusto e senza possibilità di fuga, per chissà quanto tempo. Quasi una situazione da film. Avrebbe potuto godersela, certo, ma la parte razionale del suo cervello, quella che purtroppo prevaleva sempre, pensava già ai problemi che una sua eventuale sparizione da Los Angeles avrebbe comportato, a tutte le spiegazioni che avrebbe dovuto dare, sia a livello lavorativo che personale. Rilassarsi non le era possibile.

«Forse non sono capace di spegnere il cervello e vivere alla giornata, anche se lo vorrei. E mi sentirei molto più tranquilla se avessi la terraferma sotto i piedi, dopo quello che mi è successo oggi», disse.

«Mi dici che diavolo ci facevi su quegli scogli?», ritentò David.

Lei sospirò, abbassando lo sguardo. «Stavo cercando di scattare delle fotografie».

«Di che genere?».

Heaven rimase in silenzio per un attimo. Poteva confessare a David, uno stimato pittore che viveva della sua arte, che lei andava in giro a spiare i personaggi famosi per cercare di mantenere il suo posto di lavoro in una rivista-spazzatura?

"Certo che puoi. Che hai da perdere?".

«Stavo seguendo Tori Scott».

David non rispose e questo la spinse a lanciargli un'occhiata fuggevole. Era immobile sulla sua cuccetta, le dita di una mano immersa nel pelo di Jeanne, l'altra abbandonata sul materasso. Il suo viso non esprimeva nessun sentimento. Forse non aveva idea di chi fosse Tori Scott?

«È una modella molto chiacchierata, e...».

«So chi è».

«Naturalmente. Quale uomo non la conosce?», bofonchiò lei, roteando gli occhi. Incrociò le braccia al petto e poggiò la testa al vetro, con un sospiro. «I giornali sono impazziti per lei, vogliono scoprire tutto il possibile sulla sua vita privata, a qualunque costo».

«E tu stavi rischiando la pelle per scoprire qualcosa sulla vita di *Tori Scott*?». Il tono di David era derisorio e forse anche contrariato.

Heaven si irrigidì. «Ne avrei fatto volentieri a meno, ma... be', il lavoro è lavoro». Non riuscì a dirgli che quella era stata la sua unica, e forse ultima, occasione disperata per ottenere un avanzamento di carriera. E un po' di considerazione.

Un tuono in lontananza la fece sobbalzare, ma cercò di darsi un contegno: non voleva mostrarsi troppo vulnerabile.

«Quindi sei una specie di paparazzo?», chiese lui di punto in bianco.

«Non tutti nascono con un talento magico nelle mani e possono permettersi di stare comodamente sdraiati sul ponte di una barca, a vivere di rendita. C'è chi il pane se lo deve sudare».

«Mi spiace per te, se il tuo guadagno dipende da personaggi del genere. Potresti impiegare il tuo tempo in modi migliori».

Heaven lo fissò, incuriosita. «Che cos'hai contro i personaggi pubblici? Anche tu lo sei».

«Non ho niente contro di loro. Ma conosco la Scott e non ho una buona opinione di lei».

«Come fai a conoscerla così bene?»

«Siamo andati a scuola insieme».

«Scommetto che già allora faceva impazzire tutti i maschi nel raggio di un chilometro, con la sua avvenenza. Ne sei stato vittima anche tu e ti sei preso un due di picche? È per questo che sei così acido?», chiese, un sopracciglio sollevato ironicamente. Non che potesse crederci davvero: chi avrebbe mai potuto rifiutare un esemplare come D.J. Cooper?

«Non tutti si lasciano imbambolare da una bella faccia. E non sempre le persone interessanti fuori lo sono anche dentro», sentenziò David, senza scomporsi.

Heaven si strinse nelle spalle. «Probabilmente hai ragione. Comunque sia, si vocifera che abbia un amante misterioso e io ne avevo appena ricevuto la conferma. L'ho seguita per più di un'ora, l'ho vista a bordo di uno yacht con un uomo e ho scattato loro delle fotografie. A quel punto, la tempesta li ha spinti a tornare indietro e lo stesso stavo facendo io, quando ho mandato tutto all'aria con la mia goffaggine».

«Forse il cielo ti ha mandato un segnale».

«Ossia?»

«Che è meglio se ti fai gli affari tuoi. Dovresti sfruttare le tue qualità per emergere, anziché vivere di luce riflessa, immischiandoti nella vita degli altri».

Heaven sentì una morsa allo stomaco, a quelle parole, e si chiuse in un silenzio ostinato.

Vivere di luce riflessa. Era un'accusa cattiva, ma probabilmente veritiera. Non era stata forse, per gran parte della sua vita, solo un'ombra plasmata dal padre? E adesso che aveva deciso di camminare sulle proprie gambe, la sua tanto agognata libertà dipendeva dai capricci di una modella miliardaria, capricci che avrebbero dovuto farla emergere nel campo del giornalismo.

Che tristezza.

Quelle domande dovevano essere visibili sopra la sua testa, perché David la studiò. «Che ne è stato della tua laurea? Un paparazzo non è propriamente un giornalista».

«Il mondo del lavoro non è una passeggiata di salute, o forse sono io a non avere particolari abilità. Mi sono dovuta accontentare di quello che ho trovato».

«Era meglio scrivere un horror con protagonista la tua famiglia», scherzò lui. «Pare che adesso sia semplice pubblicare un libro...».

Quelle parole, unite al piacere di sapere che lui non aveva dimenticato quel dettaglio, le strapparono un sorriso.

«Hai ragione. Di materiale pronto ne avrei parecchio!».

«Perché non tentare, allora?»

«Magari un giorno ci proverò».

Poteva essere un'idea. Scrivere le veniva naturale, forse poteva provare a sfruttare quel talento...

Un tonfo fece tremare violentemente la barca e lo scossone spinse Heaven giù dal sedile, strappandole un gemito di dolore quando atterrò sul fianco contuso.

David, che cercava di calmare l'uggiolio spaventato del cane, si chinò su di lei. «Stai bene?»

«Sì, ma ho preso un colpo quando sono scivolata dagli scogli...», disse tra i denti, massaggiando la parte lesa.

David le sollevò la maglietta senza tante cerimonie, scoprendo un livido piuttosto importante sul fianco sinistro, che spariva sotto l'elastico dei boxer. «Ti fa molto male?»

«Solo se ci cado sopra», borbottò lei, con una smorfia.

Senza aggiungere altro, David andò in bagno a prendere la cassetta del pronto soccorso, poi tornò da lei e la sollevò dal pavimento.

«Posso camminare», protestò Heaven, seppur segretamente felice di stare tra le sue braccia.

«Saltellare su un piede non è camminare. Adesso zitta e ferma, ti medico e poi vado fuori a vedere che succede».

Heaven evitò di protestare. Il freddo di una pomata per le contusioni, unita al calore delle dita di David, la distrassero e lo stesso fece il profumo piacevolmente virile che emanava la pelle nuda di lui, a distanza così ravvicinata.

«Guarda che livido, è pazzesco», borbottò David, scontroso, ma sfiorando la macchia bluastra con dita leggere come piume.

La sua pelle si accapponò a quel contatto e, per evitare che lui se ne accorgesse, Heaven tirò giù la maglietta con uno scatto deciso. «Non lo hai visto, quando mi hai spogliata?», gli chiese, acida.

«Non ti ho quasi guardata, avevo altro a cui pensare».

«Che gentiluomo», sbuffò lei, ironica. David inarcò un sopracciglio.

«Ti stupisce?»

«Puoi biasimarmi? Mi hai portata a letto per scommessa!».

«Non ti ho puntato una pistola alla tempia, eri ben felice di saltare nel letto insieme a me», ribatté lui.

«Ero ingenua».

«A me sembravi più intelligente di quanto volessi far credere».

«E con questo che vorresti dire?»

«Ma andiamo... Eri vergine, eppure non ci hai pensato un momento prima di fare sesso con me: al primo incontro, dopo soli due giorni dalla *presunta* rottura con il tuo ragazzo!». La guardò con derisione, poi aggiunse: «A proposito, com'è andata? Non vedo anelli al tuo dito, non dirmi che non ti ha sposata... Per così poco!».

Heaven lo fissò, ammutolita. Poi rise. Una risata a metà tra l'isteria e l'incredulità. «No, aspetta... Mi stai dando della ragazza facile?».

David si strinse nelle spalle. «Siete tutte uguali».

Heaven rise ancora più forte. Nel vedere la sua faccia perplessa, cercò di contenersi. «Scusa, ma non me lo aveva mai detto nessuno. Fa un po' effetto, onestamente. Sono stata considerata asessuata, frigida, bigotta e tutta una vasta serie di sinonimi a tema... ma mai *facile*!». Ridacchiò ancora un poco, poi prese un grande respiro per calmarsi. «Te ne sei andato con aria infastidita, quella mattina, perché ti sei sentito usato per il piacere della sottoscritta? O perché eri geloso di Will?». Un sorrisetto tremolò all'angolo delle sue labbra. «Ti prego, sparala grossa come hai fatto finora, mi sto divertendo un casino. Ma non farmi ridere troppo, perché mi fa male tutto».

«Se non fosse arrivato il tuo fidanzato a chiederti di sposarlo, forse ti avrei dato un'altra ripassata, prima di andarmene. Ma mi faceva pena, quel poveretto. E poi perché avrei dovuto rimanere? Ormai avevo ottenuto ciò che volevo», disse lui, con marcata ironia.

Il sorriso di Heaven si spense. «E dimmi, quanto hai vinto?»

«L'equivalente del tuo anello di fidanzamento, a occhio e croce. Come vedi, ci abbiamo guadagnato entrambi». David afferrò una maglietta e la infilò, prima di avviarsi fuori dalla cabina.

«Dove vai?», gli chiese.

«A vedere dove siamo finiti e se qualcuno può aiutarci a tornare a casa».

«Spero proprio di sì», bofonchiò Heaven, appoggiando la testa alla parete.

«Oh, lo spero anch'io», rispose lui, sparendo fuori.

Capitolo 6

Avrebbe dovuto cederle il letto.

Lo aveva stuzzicato, inizialmente, il pensiero di costringerla a dividerlo con lui, ma ora, insonne al suo fianco, iniziava a capire tutti gli svantaggi della situazione.

Non riusciva ancora a capacitarsi di come uno scricciolo di donna potesse risultargli così pericolosa. Avrebbe potuto sopraffarla in mille modi differenti: con la freddezza, con una carezza, con un bacio... Ma Heaven Taylor era come un virus: invisibile, eppure bastava inalarlo per ammalarsi.

E lui aveva inalato a sufficienza il profumo della sua pelle, tanto da esserne quasi saturo.

Provò a smettere di fissare il suo viso addormentato, illuminato dai raggi lunari, ma non ci riuscì. Era come una calamita, il suo sguardo correva sempre su di lei, fin da quando l'aveva caricata sulla barca come uno straccio bagnato.

Salvare una donna dal mare gli era venuto istintivo. Rendersi conto di aver tremato fino a quando non aveva ripreso i sensi, lo aveva messo in allarme. Era partito per rilassarsi, non per avere grane. Ma era evidente che gli astri non gli erano favorevoli, in quell'ultimo periodo.

Con tutte le persone che avrebbe potuto incontrare, si era imbattuto nell'unica che, chissà come, riusciva a mandargli in pappa il cervello con un'occhiata. Aveva avuto lo stesso effetto su di lui anni prima, quando non era che una piccoletta vestita in modo insipido che a malapena riusciva a mettere insieme due parole senza arrossire. All'inizio gli era parsa noiosa, quasi insignificante, ma dopo un mojito era diventata divertente, e dopo il bagno di mezzanotte si era ritrovato a desiderarla. Aveva provato a dare la colpa all'alcol che lui stesso aveva ingerito quella notte lontana, ma la realtà era che Heaven era brillante, sotto la scorza rigida, così tanto da accecare anche un cervello come il suo. O forse *solo* un cervello come il suo, chissà. Non aveva una gran stima di se stesso e del suo gusto in fatto di donne, dopo le scelte sbagliate fatte in passato.

"Ed è per questo che ti tieni alla larga da loro", gli ricordò una voce insistente.

Esattamente.

Si teneva a debita distanza da qualunque donna gli suscitasse anche solo un brevissimo pensiero inerente a un ipotetico domani. Più che una scelta, si trattava di istinto di sopravvivenza: aveva avuto catastrofiche esperienze da adolescente, poi buttato sei anni della sua vita con una pazza egocentrica che lo aveva mollato sull'altare, e subito dopo si era fatto usare per una notte da una verginella inesperta che gli aveva lasciato l'amaro in bocca e che, nonostante tutto, non aveva dimenticato.

Così aveva deciso di smettere di cercare la stabilità di

coppia e buttarsi solo su incontri occasionali, donne da una notte che sparivano senza rimpianti prima che il sole del nuovo giorno spuntasse all'orizzonte. Nessuna entrava in contatto con la sua quotidianità, nessuna metteva radici nella sua testa. Tanto meno nel suo cuore.

Meglio stare solo, divertirsi con gli amici, viaggiare, fare nuove esperienze, godersi i frutti del proprio lavoro…

"Ma a chi vuoi darla a bere?".

Sospirò, rassegnato. Proprio non riusciva a convincersi di stare meglio senza legami, ad arginare il vuoto che quella scelta gli aveva lasciato dentro. Ci conviveva, ma continuava a pensare che mancasse qualcosa nella sua vita, e non era piacevole.

Era come avere un buco nel cuore che niente poteva riempire.

Ecco che ci faceva su quell'imbarcazione, da solo, in mezzo all'oceano. Aveva sentito il bisogno di staccare, di riflettere, di trovare qualche risposta e ricaricarsi. Si rendeva conto di essersi spento ogni giorno di più, negli ultimi anni, e questo lo spaventava. Prima, almeno, aveva avuto il suo lavoro a tenerlo a galla, a riempire i silenzi, mentre ora…

Voltò la testa sul cuscino fissando il tavolino al quale era stato seduto per gran parte della serata, dopo cena, cercando di buttare giù qualche schizzo.

Non riusciva più a dipingere, né a disegnare. Niente di niente. La sua testa era vuota, perfino riportare su un foglio qualcosa di stupido come una mela gli sembrava difficile. Aveva sempre il suo tratto perfetto, quello che nel tempo lo aveva consacrato come uno degli artisti più in gamba d'America, ma le sue opere mancavano di sentimento, erano fredde, aride. L'ultima mostra non era andata male, ma non era stata ai livelli delle precedenti. Un giornalista, recentemente, aveva scritto che le sue tele sembravano fotografie, ma che non regalavano nessuna emozione. E, per un artista, non saper emozionare era come fallire.

Ma come poteva regalare emozioni agli altri se lui per primo non riusciva a provarne? Dove avrebbe potuto trovare un po' di ispirazione?

Tornò a guardare il viso di Heaven, rassegnato.

Aveva un'aria corrucciata, segno che era ancora arrabbiata con lui, anche mentre dormiva. Quel pensiero gli strappò un sorrisetto divertito.

L'aveva messa a dura prova per tutta la sera e non se ne pentiva affatto: era troppo divertente vederla in difficoltà.

Dopo aver valutato i danni alla barca e dato un'occhiata veloce in giro, era tornato a darle la brutta notizia.

«Siamo incagliati in un ammasso di scogli, in un posto che sembra disabitato».

Dapprima, Heaven era sbiancata, terrorizzata all'idea di essere finita in un posto sperduto chissà dove, per chissà quanto tempo. Aveva iniziato a pensare al suo lavoro, al suo appartamento...

«Avrei dovuto consegnare un pezzo dopodomani! Il mio capo mi licenzierà... Anzi, peggio, darà la mia scrivania a quella troietta di Meghan! E il mio padrone di casa mi sfratterà, se pagherò in ritardo anche questo mese, così dovrò chiedere aiuto a mio padre», aveva detto, mordendosi le labbra in preda all'ansia. «Tanto valeva annegare nell'oceano».

Lui non era preoccupato. Come le aveva detto, il proprietario della barca che aveva noleggiato avrebbe di sicuro diramato un allarme, non vedendolo rientrare entro la fine della settimana, e anche sua madre lo avrebbe fatto, se non si fosse fatto vivo. La *Fairytale* era sufficientemente rifornita di cibo e lui sapeva pescare. Avrebbero dovuto prestare un po' di attenzione alla riserva di acqua dolce, ma per un po' se la sarebbero cavata egregiamente. E poi, l'idea di essere finito su quell'isolotto in compagnia di Heaven era stimolante. O almeno era ciò che credeva, fino a quando l'ansia di dover passare la notte in quel luogo sconosciuto e isolato non l'aveva resa nervosa…

«Restare sulla barca sarà sicuro? E se il danno allo scafo facesse penetrare acqua all'interno mentre dormiamo, annegandoci? E poi, siamo sicuri che quest'isola sia deserta? E se fosse una proprietà privata e il proprietario non ci volesse qui? E se ci fossero altri naufraghi nei paraggi, da più tempo, pronti a saccheggiare la tua barca o a mangiarci vivi in preda ai deliri della fame? E chi ci assicura che non ci siano bestie feroci pronte a farci fare la stessa fine?», aveva chiesto mentre mangiavano, sfiancandolo.

Dopo le prime domande, alle quali aveva cercato di rispondere in modo ragionevole, David si era divertito a stuzzicarla, giocando con la sua sconfinata fantasia, senza capire fino in fondo se quel gioco l'aveva rasserenata o se aveva finito per infarcire di dettagli i suoi film mentali già degni di un oscar.

Insomma, non aveva davvero creduto all'orda di zombie pronti a cibarsi di loro… vero?

Dopo cena, Heaven era voluta uscire a tutti i costi dalla cabina, per vedere con i suoi occhi dove si trovavano. David l'aveva aiutata a salire i pochi gradini e a mantenere l'equilibrio sul ponte ondeggiante, ed era rimasto con lei a osservare ciò che avevano davanti agli occhi.

L'isolotto era pieno di alberi e palme, una sorta di piccola montagna verde smeraldo in mezzo all'azzurro sconfinato del mare. Il cielo si era parzialmente rischiarato, grazie al vento che soffiava ancora forte, e la pioggia aveva cessato di cadere, disegnando un arcobaleno di incredibile bellezza proprio dietro il fogliame più alto. Una piccola spiaggia di sabbia fine si intravedeva a pochi metri dal punto in cui la barca si era incagliata, e i gabbiani vi volavano sopra, a caccia di pesce fresco trascinato a riva dalle onde impetuose.

«Non sembra così spaventosa», aveva sussurrato Heaven.

«E gli zombie ci avrebbero già attaccati, con il rumore che la barca ha fatto scontrandosi sugli scogli, perciò dovremmo essere relativamente al sicuro», aveva scherzato lui, guadagnandosi una gomitata nelle costole che gli aveva fatto il solletico. Il sorrisetto appena accennato sulle belle labbra di Heaven lo aveva turbato molto di più.

Mentre lei tornava a fissare quell'incontaminato scenario naturale, David si era riscoperto più interessato a studiare lei, la sua pelle di pesca rosata dal tramonto, i grandi occhi blu pieni di meraviglia, i suoi capelli svolazzanti. Ne aveva avvertito il profumo, mischiato al suo – se lo portava addosso grazie ai vestiti che le aveva prestato –, era stato frustato da quelle ciocche brillanti e ne aveva saggiato la morbidezza nello scostarli da sé. Per un attimo si era sentito come quattro anni prima, quando l'aveva baciata per la prima volta sulla spiaggia di Santa Monica, al chiaro di luna. E aveva avuto voglia di rifarlo… o di dipingere. O forse entrambe le cose.

Il pensiero che una donna, *quella* donna, avesse il potere di riaccendere parte della sua ispirazione perduta lo aveva irritato così tanto da spingerlo ad allontanarsi, lasciandola seduta a prua.

Che diamine. Un conto era stuzzicarla e divertirsi insieme a lei, e un'altra era averne *bisogno* per provare emozioni.

Inammissibile.

Quando il sole era calato dietro l'orizzonte, aveva riaccompagnato Heaven di sotto e, su sua accorata richiesta, aveva bloccato la porta della cabina con un bastone, in modo da farla sentire più sicura al calare del buio.

Distrarla dal pensiero di una notte all'addiaccio non era stato semplice, per questo aveva dovuto ricorrere a qualche trucchetto, come rendersi insopportabile per far emergere il suo caratterino spinoso. Come prima mossa si era tolto la maglietta – aveva notato che vederlo svestito smorzava un poco la sua parlantina – e le aveva fatto credere di voler dormire nudo. Il rossore che le aveva imporporato le guance l'aveva resa adorabile, proprio come ricordava. Eppure, stonava in pieno con l'idea che si era fatto di lei tempo addietro.

Come poteva, una ragazza timida e inesperta, tradire il proprio fidanzato per gettarsi fra le braccia del primo venuto, regalandogli una delle notti d'amore più indimenticabili di sempre?

Forse stavo aspettando te…

Quelle parole gli erano tornate alla mente, infastidendolo. All'epoca gli avevano scaldato il cuore, ma il giorno dopo avevano perso tutto il loro significato, mentre la vedeva baciare il suo fidanzato, con quell'anello grosso come un sasso al dito.

Ora, a distanza di quattro anni, lei aveva ancora l'aria innocente di una bambina da proteggere e vezzeggiare. Ma era davvero così o si trattava dell'ennesima sceneggiata?

Che fosse adorabile o meno, non si fidava di lei. La fregatura era sempre dietro l'angolo, era bene tenerlo a mente.

«Dove dormo?», aveva chiesto Heaven, riportandolo al presente.

«C'è un solo letto», le aveva risposto, come se fosse ovvio. Non l'avrebbe certo fatta dormire sul pavimento, livida e pesta com'era.

«Oh… e tu dove dormi?».

Però, se lei dava per scontato che a dormire sul pavimento fosse lui, le cose cambiavano.

Si era avvicinato, sorridendo in modo malizioso. «C'è un solo letto», aveva ripetuto, aspettando che lei comprendesse.

Heaven aveva iniziato a balbettare qualcosa sull'impossibilità di dormire in due in una cuccetta tanto piccola, ma David non l'aveva ascoltata. Si era sdraiato sul lato sinistro del materasso, costringendola a sistemarsi sul destro e a dormire voltata verso di lui, se non voleva pesare sul fianco dolorante.

«Non puoi concedermi almeno l'altro lato?», aveva sibilato lei.

«Mi spiace, ma questo è il mio preferito».

«Vuoi solo costringermi a fissarti per tutta la notte!».

«In teoria non dovresti guardarmi mentre dormi, ma se proprio ti andasse di farlo... sentiti libera. Ti capirei. So di essere tremendamente affascinante».

«Preferirei guardare in faccia uno squalo affamato». Con uno sbuffo irritato, Heaven si era sdraiata sulla schiena, determinata a stargli il più alla larga possibile, e aveva chiuso strettamente gli occhi, strappandogli una risatina.

Il suo divertimento era finito pochi istanti più tardi. Heaven era riuscita ad addormentarsi in mezzo minuto, e David le aveva invidiato tale capacità. Il suo profumo e la vicinanza di quel corpo seducente avevano iniziato a confonderlo fin da subito, e l'insonnia lo aveva colto.

Sì, avrebbe dovuto cederle il letto.

Ringraziò il cielo quando le prime luci dell'alba rischiararono l'abitacolo. Non vedeva l'ora di respirare un po' d'aria fresca per snebbiare la mente ottenebrata.

Senza far rumore, scivolò fuori dalla cuccetta e uscì, seguito come un'ombra dalla piccola Jeanne. Finalmente libero, in piedi sul ponte della *Fairytale*, si riempì i polmoni con il profumo del mare, fermandosi a guardare i primi raggi solari tingere il cielo di lilla e rosa.

Era davvero uno spettacolo incomparabile; non capitava tutti i giorni di godere di un momento del genere, in mezzo all'oceano. Prima di quella mattina non aveva fatto caso a simili dettagli, ma in quel momento si sentiva più incline a cogliere anche la più piccola sfumatura di bellezza.

Sentì l'improvvisa voglia di dipingere, di immortalare

su tela l'immagine che stava lentamente formandosi nella sua testa: il mare agitato, un cielo dalle mille gradazioni pastello, una fetta di sole all'orizzonte che rischiarava la figura di una donna in ombra, i lunghi capelli svolazzanti nella brezza…

Serrò un pugno, contrariato. Quella piccoletta invadeva perfino i suoi rari momenti di creatività, adesso?

Captando la sua tensione, la cagnolina gli sfregò il muso sulla gamba, come a volerlo consolare. Vederla scodinzolare in segno d'affetto, con quegli occhioni dolci rivolti verso di lui, strappò un sorriso a David, che si chinò a darle un bacio sulla testolina scura.

«Non sono arrabbiato. Mi preoccupa quello che provo quando la guardo, tutto qui», le confidò a bassa voce, fiducioso. Quel segreto, con Jeanne, era al sicuro.

Smise di pensare ad Heaven e si preparò a scendere dalla barca. Un paio di scogli più alti sembravano formare dei gradini naturali, perciò il tragitto fino alla spiaggia fu piuttosto agevole. Una volta a terra, si mise in esplorazione.

Non sapeva di preciso cosa cercasse ma, se davvero dovevano stare in quel posto fino all'arrivo dei soccorsi, era meglio capire dov'erano capitati. Vista dal mare, quell'isola era un quadrato di terra non più grande di un parco giochi, non poteva essere abitata. Ma ci fosse stata anche solo una capanna dotata di una vecchia radio, forse avrebbe potuto velocizzare l'arrivo della Guardia Costiera.

Afferrò un ramo robusto per usarlo in caso di bisogno e sorrise alla sua amica a quattro zampe. «Occhi aperti, ok?», la ammonì, per poi inoltrarsi tra gli alberi.

La vegetazione era fitta e nessun sentiero si snodava davanti ai suoi occhi, tutto sembrava incontaminato, o quasi. Tracce di umanità si intravedevano qua e là, vecchie insegne scritte a mano e ormai sbiadite indicavano che qualcuno vi aveva passato del tempo, cartacce e bottiglie vuote sembravano resti di un passaggio più recente. Forse quell'isola faceva parte di una qualche riserva naturale, o era di proprietà dell'esercito.

Dopo circa dieci minuti di cammino, sentì l'inequivocabile rumore dell'acqua che scorre. Un sospiro di sollievo gli sfuggì dalle labbra: aveva evitato di fare la doccia, la sera prima, per non consumare la riserva di acqua potabile a loro disposizione, ma il sale sulla pelle iniziava a essere fastidioso e un bel bagno era proprio ciò che ci voleva.

Seguendo il suono, si ritrovò in una radura in cui spiccava un piccolo laghetto naturale, alimentato da una cascata. L'acqua piovana caduta a profusione fino alla sera prima doveva aver riempito quel piccolo angolo di paradiso, illuminato in modo suggestivo dai raggi del sole nascente.

Euforica, Jeanne prese la rincorsa e si tuffò, strappandogli una risata. Aveva una voglia matta di imitarla, togliersi i vestiti, tuffarsi e lasciarsi galleggiare a pelo d'acqua per un tempo interminabile, ma ricordò che anche Heaven aveva espresso il desiderio di fare un bagno. Sarebbe stata felice di togliersi il sale di dosso, perciò decise di aspettare fino a quando non fosse tornato indietro a prenderla, e lasciò che fosse il cane a godersi il momento.

Ispezionò i dintorni, osservò con curiosità uno strano uccello dal piumaggio variopinto, fiori coloratissimi e piante che non aveva mai visto, e scovò un cespuglio di frutti selvatici dall'aspetto invitante, che tuttavia non si arrischiò ad assaggiare. Tutto era singolare e selvaggiamente bello, in quel luogo, ma non c'era nemmeno l'ombra di un essere umano nelle immediate vicinanze.

Tornando indietro si rese conto, non troppo sorpreso, che la cosa non gli dispiaceva affatto. Tuttavia, non si soffermò a chiedersi il perché.

Il sole era già a un'altezza considerevole quando fu di nuovo sulla spiaggia.

Sbucò dagli alberi fischiettando, e la prima cosa che vide fu il volto ansioso di Heaven, seduta a prua, gli occhi che scandagliavano la zona.

Non appena lo vide, lei si alzò, aspettando che si avvicinasse. «Allora sei vivo... Credevo di essere rimasta qui da sola».

«E dove potrei mai andare? La città è parecchio lontana, anche per le mie capacità di provetto nuotatore», disse lui, arrampicandosi sugli scogli.

«Poteva averti rapito un indigeno, o potevi esser stato sbranato da un animale selvatico, essere caduto in un fosso o punto da qualche insetto velenoso...».

«In questo posto siamo gli unici esseri viventi, a parte una grande varietà di uccelli insoliti; non ho visto buchi così profondi, né insetti strani. Perciò rilassati, niente e nessuno mi separerà da te».

Heaven inarcò un sopracciglio. «Cos'è, una minaccia?», lo provocò.

Divertito suo malgrado, David la raggiunse e si fermò a un passo da lei. «Rimpiangerai di essere stata così antipatica con me».

«Per quanto mi riguarda, sono fin troppo gentile», sbuffò lei, grattandosi distrattamente un braccio. David colse il suo gesto e assaporò la sorpresa che aveva in serbo.

«E io non lo sono, forse?»

«Ho un'altra concezione della gentilezza».

«Ho condiviso con te tutto ciò che avevo, vestiti, cibo, perfino il mio letto. Anzi, quello te l'ho praticamente ceduto, dal momento che ti sei appropriata di tutto lo spazio».

Heaven avvampò. «Non è vero! Con la stazza che ti ritrovi ne occupi due terzi anche di profilo, io invece sono così minuta che potrei dormire raggomitolata sul cuscino».

«Se non era per prevaricare, allora, era per starmi vicina che ti sei allargata tanto, stanotte?».

Il rossore sulle sue guance si fece ardente. «Ma io... non... Oh, va' al diavolo!».

David ridacchiò, poi incrociò le braccia sul petto. «Qual è la cosa che desideri di più in questo momento?»

«Vederti svanire in una nuvola di polvere», bofonchiò lei, evitando il suo sguardo.

«Non sprecare un desiderio per qualcosa di cui potresti pentirti».

«Sono abbastanza sicura che non me ne pentirei». Sotto il suo sguardo d'attesa, Heaven sospirò. «Hai trovato un forziere pieno zeppo di denaro?»

«È davvero questo che desideri?», chiese lui, scettico.

«Dal momento che potrei essere licenziata, mi farebbe comodo».

«Vista la situazione in cui siamo, direi che è il caso di pensare a qualcosa di più urgente».

Heaven si grattò la testa, pensierosa. «Non saprei… Mi piacerebbe avere dei vestiti puliti, ad esempio, fare una doccia, mangiare un gelato…».

«Posso prestarti un'altra delle mie magliette, e forse in freezer ho un paio di ghiaccioli».

«Mancherebbe solo la doccia…». Gli occhi di Heaven si accesero. «Posso farla? Davvero? Credevo dovessimo fare attenzione a non sprecare la nostra risorsa d'acqua dolce».

«E infatti è così. Ma ho trovato di meglio».

«Una casa disabitata con un'enorme vasca idromassaggio?».

David scosse la testa. «Sei in un paradiso terrestre immerso nella natura e pensi a qualcosa di materiale come una vasca da bagno?»

«Be', ma allora cosa hai trovato?»

«Un piccolo lago, con tanto di cascata».

«Portami lì e ti sarò riconoscente in eterno!», disse Heaven, gli occhi pieni di desiderio e le mani sul cuore.

«Mmm, interessante», mormorò David, facendo un passo avanti. «Quanto, *esattamente*, mi saresti riconoscente?».

La vide deglutire, a disagio. Non sapeva nemmeno perché la stesse sfidando in quel modo, sapeva solo che trovarsi così vicino a lei, vederle indosso i suoi vestiti e sapere che sotto era nuda, gli faceva venire strane voglie.

«Molto… nei limiti della decenza», balbettò lei.

«Decenza. Che parola noiosa», sbuffò.

Heaven alzò gli occhi. «Che cosa vuoi, David?»

«Un bacio», rispose, a un soffio dalle sue labbra.

"Scusa, chi doveva stare alla larga da chi?", gli chiese il suo inconscio, sarcastico. David lo ignorò.

Forse non era una buona idea, ma… Diavolo, non riusciva a pensare a niente di più interessante. Per iniziare.

Dopo quella che parve un'eternità, Heaven annuì. «Per un bagno, posso anche concederti un bacio», disse, con un sorrisetto. Si sollevò sul piede sano, avvicinandosi tanto da accelerargli il battito cardiaco, poi le labbra di lei deviarono sulla sua guancia, dove atterrarono in modo morbido e troppo rapido.

La delusione gli fece storcere il naso. «E questo lo chiami *bacio*?»

«Fino a prova contraria, lo è», disse lei, allontanandosi.

«La prossima volta sarò più specifico», borbottò, con un sospiro rassegnato.

«Allora, andiamo?». Heaven si avvicinò agli scogli, l'andatura zoppicante. David le si affiancò.

«Bisognerà camminare. Ce la fai?»

«Forse».

«Se questa è la tua velocità massima, quando arriveremo l'acqua si sarà prosciugata», bofonchiò, allungando una mano per aiutarla a scendere.

«L'ultima volta che ho corso su uno scoglio stavo per annegare e sono finita qui con te», gli ricordò lei. «Non voglio sfidare la sorte una seconda volta».

David si portò una mano al petto. «Stai facendo a brandelli il mio povero cuore».

«Perché, ne hai uno?»

«Lo sai bene, lo hai sentito battere. Ricordo che ci hai posato un bacio sopra, poco dopo esserti sciolta tra le mie braccia», le ricordò, ammiccando.

Heaven arrossì all'accenno alla loro unica notte d'amore, ma non rispose.

Quando furono sulla sabbia, si lasciò sfuggire un sospiro di beatitudine. «Finalmente! Non vedevo l'ora di poggiare i piedi sulla terraferma».

«Sei già stanca della nostra suite galleggiante?»

«Sì».

«Quando ci verranno a salvare e dovrai lasciarmi, la rimpiangerai».

«Continua pure a crederci».

Camminarono in silenzio per qualche minuto, poi David si chinò e la prese in braccio. «Facciamo prima così».

«Ma che fai? Non vorrai portarmi di peso fino al lago!».

«Pesi quanto una piuma, non è un grosso sacrificio». In realtà lo era, dal momento che aveva voglia di stringerla, a ogni passo un po' di più, e che rivangare vecchi ricordi aveva amplificato la sua voglia di assaggiare quelle labbra piene. Ma portarla di peso significava anche arrivare in fretta al lago e schiarirsi le idee con una bella dose di acqua fredda.

«Vai, tesoro! Facci strada», gridò alla piccola Jeanne, che li osservava incuriosita.

«Da quanto tempo è con te?», chiese Heaven, guardando la cagnolina correre avanti, ma voltarsi spesso a controllare di essere seguita.

«Sei mesi».

«È molto obbediente».

«I Border Collie sono cani intelligentissimi, e imparano in fretta. All'inizio ero scettico, non credevo che avrei avuto tempo da dedicare a un animale, ma quando l'ho vista me ne sono innamorato all'istante e non mi sono mai pentito di averla presa con me. Nessuno sa amarti quanto un cucciolo».

Heaven aggrottò le sopracciglia. «Perché dici così? Non ti senti abbastanza amato dal tuo stuolo di donne?».

David fece spallucce, senza guardarla. «Le donne vanno e vengono, un amico a quattro zampe è per sempre».

«Chissà quante illusioni infrante ti sei lasciato dietro, povere ragazze…».

«Non ho tempo per le femmine, e non mi fido di loro». David si voltò verso di lei, curioso. «E tu? Qualcuno ti aspetta a casa?»

«Nessuno di interessante».

«Non mi hai detto che ne è stato di Grayson e del suo anello pacchiano».

Heaven non si scompose. «Non aveva più senso stare insieme, perciò l'ho mandato via quella stessa mattina. Non se lo è fatto ripetere due volte, e da quel momento non ho più saputo niente di lui».

«Forse perché aveva già qualcuno pronto a consolarlo per il resto dell'estate».

La sentì irrigidirsi appena tra le sue braccia. «Lo avevo capito, grazie al commento che fece uno dei tuoi amici. Evidentemente astenersi dal sesso era diventato troppo difficile, per lui, così è andato a Tijuana e ha fatto il pieno di orgasmi, finché non ha sentito rimordere la coscienza. Ma dopo quello che anch'io avevo fatto, non potevo certo permettermi di biasimarlo».

«Lui, però, era pronto a fare ammenda sposandoti. Perché non hai accettato la sua proposta per placare anche il tuo senso di colpa?»

«Perché io non mi sentivo in colpa».

Quelle parole gli strapparono via il fiato dai polmoni.

Intendeva dire che non si era pentita di essere stata sua? O, più semplicemente, che ciò che era successo tra loro non aveva avuto la minima importanza per lei?

"Non ne ha avuta nemmeno per te", si disse, pur con poca convinzione.

«Sai che Grace ed Edward stanno ancora insieme?», disse Heaven, per spezzare il silenzio.

«L'ho saputo. Ma non lo vedo da un pezzo, sono stato molto impegnato a girare il mondo per lavoro, in questi ultimi anni, e lui è tutto preso dalla sua cattedra scientifica».

«Credevo che tra loro non potesse esserci nulla più di una serata senza impegno, e invece... A quanto pare i colpi di fulmine non sono solo una prerogativa dei film d'amore».

No, non lo erano. Del resto, perfino tra loro era scoccata un'alchimia inspiegabile fin dal primo incontro, anche se non era finito bene come per Grace ed Eddy.

David osservò il suo viso dolce e respirò a fondo. La trovava ancora estremamente carina, anche se non si fidava del tutto di lei. Non era cambiata poi così tanto, ma abbastanza da aggiungere fascino al ricordo che aveva tenuto in memoria. I suoi capelli non erano più banalmente castani, ciocche più chiare – forse dovute al sole, al sale o a qualche accorgimento del parrucchiere – si amalgamavano perfettamente a quelle color bronzo, dando luce al suo viso pulito. La pelle non era più candida come la neve ma lievemente dorata, segno che stava all'aria aperta molto più di un tempo. E quegli occhi, poi… Erano come due fanali azzurri capaci di ipnotizzare un essere umano.

«Che fine hanno fatto i tuoi occhiali?», sbottò, innervosito dai suoi stessi pensieri.

«Li uso ancora, ma molto di rado. Perché?»

«Tamponavano l'effetto che i tuoi occhi hanno sulla gente».

Heaven sorrise, perplessa. «E che effetto hanno i miei occhi sulla gente?»

«Lo sai bene».

«Basandomi su ciò che vedo, fanno innervosire i tipi strani». Si divincolò. «Fammi scendere, credo che siamo arrivati».

Aveva ragione, il suono della cascata si udiva distintamente e Jeanne era ferma proprio all'imbocco della radura. A malincuore, David la rimise a terra, scostando le fronde piegate dal vento per farla passare.

Il lago era bello esattamente come quella mattina, ma molto più azzurro per via della maggiore luce. Contornato di piante e piccoli fiori fucsia e gialli, sembrava davvero un angolo di paradiso.

«È meraviglioso», mormorò lei, guardandosi intorno. «Peccato che la mia macchina fotografica sia fuori uso, e così il mio cellulare…». Si voltò a guardarlo. «A proposito, tu non ce l'hai un telefono?»

«Se anche lo avessi, siamo in mezzo al nulla: sarebbe inutile. L'ho lasciato a casa per non essere disturbato, sicuro di poter comunque comunicare con il mondo tramite la radio di bordo. Certo non immaginavo di imbattermi in una tempesta di fulmini».

Heaven sospirò, tornando a guardare la cascata che

si gettava con potenza nello specchio d'acqua cristallina. «Dovrò accontentami di ricordare ogni dettaglio di questo posto, non potendolo immortalare in una fotografia. Oppure dovrai disegnarlo per me!». Sorrise, girandosi verso di lui. «Ecco a cosa serve avere un artista a portata di mano. Puoi imprimere su carta qualunque cosa mi piaccia e creare delle fotografie alternative».

David si strinse nelle spalle. «Sì, be'... non farti piacere troppe cose, perché non ho abbastanza materiale sulla barca».

«Mi limiterò a quelle più belle. E questo posto lo è, sicuramente».

Il pensiero di mettere mano a matite colorate o pennelli per lei lo infiammò di ispirazione, una vampata così intensa da fargli venire voglia di abbracciarla, tanto le era grato. Per evitare di rendersi ridicolo, David si tolse i bermuda e si gettò in acqua.

Heaven rimase sul bordo del laghetto, improvvisamente incerta.

«Dài, buttati», le disse David, scuotendo la testa per liberare il viso dai capelli bagnati. «È fredda ma divina».

«Siamo sicuri che quest'acqua sia pura? Che non sia radioattiva, che non ci siano bestiacce o strani batteri al suo interno?»

«Perché dovrebbe essere radioattiva?»

«L'isola è disabitata per qualche motivo, no? E se fosse contaminata? E se fare il bagno lì dentro fosse deleterio? E se ci fossero i piranha o altri animali simili?».

"Ci risiamo", pensò David, alzando gli occhi al cielo.

La sua fantasia venata di paranoia aveva ripreso il sopravvento.

E allora, che fantasia fosse.

«Oh-oh», disse, guardando il fondale del lago e poi Heaven.

Lei sgranò subito gli occhi, avanzando di un passo. «Che succede?»

«Forse hai ragione, qualcosa mi ha appena sfiorato le caviglie».

«Oddio, e che cos'è?!»

«Non lo so, è stata come una viscida carezza, e poi una puntura… ahi!». Diede fondo a tutte le doti recitative che possedeva e si chinò a toccarsi una gamba. «Che male!».

«David, esci da lì!».

«Non ci riesco, mi sento come… paralizzato!».

Heaven si chinò sul bordo del lago, in precario equilibrio sulla gamba sana, allungando le mani verso di lui. «Vieni, aggrappati!».

«Non ce la faccio più di così… Il veleno è entrato in circolo, e… oh, cielo, brucia come l'inferno!».

«Fai un piccolo sforzo, ti prego! Ecco… ci sei quasi…».

David attese che lei fosse proprio in bilico sul punto più profondo del lago, poi afferrò le sue mani e la trascinò in acqua, facendola affondare con un tonfo.

Non appena lei riemerse, l'espressione piena di panico, David la circondò con le braccia. «Oh, mi spiace tanto, non volevo… Ma sono felice di non morire da solo!», scherzò, fingendosi provato dal dolore e in preda ai brividi.

«Morire un corno!», sbottò Heaven, cercando di tirarlo verso la riva opposta, meno profonda. «Dài, lasciati andare, ti aiuterò io...».

«Non posso... Se non vuoi restare con me, allora salvati! Va', esci di qui. Io non mi reggo più in piedi, sento che sto per svenire... *Argh*!». Finse di annegare, trascinandola sott'acqua con sé; riemerse insieme a lei e poi andò giù un'altra volta, simulando problemi respiratori.

Un piccolo pesce passò tra le loro gambe, innocuo, ma Heaven si lasciò sfuggire un grido terrorizzato, strappandogli una risata divertita.

«Shhh, o sveglierai davvero i morti! È tutto a posto, è solo una carpa».

«E come fai a dirlo?!»

«Perché mio padre mi portava a pescare, so riconoscere i pesci».

«Ma hai detto che qualcosa ti aveva punto...». Non appena la comprensione si fece largo nel suo cervello, il viso di Heaven si rabbuiò. «Stavi fingendo!».

«Sei stata così carina a cercare di salvarmi», tubò lui, stringendola più forte. «Allora mi vuoi un po' di bene, sotto sotto!».

«Volerti bene? Io ti ammazzo!», Heaven gli percosse il petto con i pugni, gli occhi lampeggianti d'ira. «Mi hai fatto prendere uno spavento inutile!».

«Eri partita per la tangente, ti serviva una spintarella per schiarirti le idee», rise lui, cercando di sfuggirle.

«Be', ora te le rinfresco io le idee!».

Per qualche minuto non fecero che lottare in acqua, tra grida e schiamazzi. La rabbia iniziale di Heaven si trasformò presto in allegria, e David si godette il suono cristallino della sua risata e la sua vicinanza.

Si spinsero fino alla cascata, felici di stare sotto il getto di quell'enorme doccia naturale, poi ripresero a nuotare più lentamente, rilassandosi al sole.

David si ritrovò incantato a osservare quella ragazza. Stare in sua compagnia era una boccata d'aria fresca, le sue paranoie lo divertivano, il suo modo di ridere lo faceva sentire vivo. E quel corpo gli faceva desiderare di prenderla e baciarla fino a stordirsi.

Indossava ancora la sua maglietta e i suoi boxer, che ora le stavano appiccicati addosso come una seconda pelle, rivelando le forme piene e seducenti. Sdraiata a pelo d'acqua, con i capelli che galleggiavano dietro di lei e il viso rivolto al cielo, era eccitante e delicata al tempo stesso, e nemmeno se ne rendeva conto.

Si sentiva prudere le mani dalla voglia di toccarla. La diffidenza che provava nei suoi confronti non era nulla, se paragonata all'attrazione che gli suscitava.

L'improvviso latrato di Jeanne spezzò l'incanto, facendolo voltare di scatto.

«Che succede?», chiese Heaven avvicinandosi.

David si parò davanti a lei, in allerta. «Resta dietro di me».

Il cucciolo abbaiò furiosamente per alcuni minuti, fino a quando un grosso cane nero, tutto pelle e ossa, non sbucò dalla fitta vegetazione, osservandoli con aria minacciosa.

David uscì dall'acqua e prese un lungo bastone, con cui spaventò il nuovo arrivato. Jeanne, di fianco a lui, continuava ad abbaiare forsennatamente, ansiosa di ricevere l'ordine di attaccare. L'intruso decise che due contro uno rappresentava uno svantaggio troppo grande e si allontanò immediatamente, facendo rilasciare il fiato a tutti.

Heaven si avvicinò a David, chino su Jeanne per cercare di calmarla. «Pensi ci sia anche un padrone, nelle vicinanze?»

«Stamattina ho fatto quasi il giro dell'isola e non ho incontrato nessuno. Un cane può rintanarsi ovunque, ma un uomo? E poi, quella bestia sembrava ridotta troppo male, probabilmente è qui da un pezzo. Potrebbe essere caduto fuoribordo da qualche imbarcazione, o qualcuno lo ha dimenticato qui... per scelta o meno. Deve aver fiutato Jeanne, per questo si è avvicinato».

Heaven si chinò al suo fianco e fece una carezza sulla testa della cagnolina. «È stata brava, la nostra piccola guardia del corpo», sorrise. «È più impavida di me!».

David vide Jeanne scodinzolare felice e capì che anche a lei piaceva Heaven. Era stato amore a prima vista: quando l'aveva portata nella sua cabina, durante la tempesta, l'animale si era subito accoccolato di fianco al corpo gelato e privo di sensi della ragazza, vegliandola mentre lui cercava di manovrare la barca per spingerla verso l'unico lembo di terra che aveva scorto in lontananza.

Evidentemente, lui e Jeanne avevano gli stessi gusti in fatto di donne.

«Vuoi che torniamo indietro?», chiese ad Heaven, che iniziava ad avere la pelle d'oca.

«Prima vorrei fare un altro tuffo», rispose lei, con un sorriso birichino, tornando ad alzarsi.

David la vide tuffarsi in acqua con un salto aggraziato e la raggiunse poco dopo, lanciandosi come una bomba al centro del lago e strappandole una risata. Jeanne li imitò un attimo più tardi, unendosi al divertimento.

Capitolo 7

"Tranquilla… rilassati… È soltanto un temporale estivo, passerà presto e non ti succederà nulla".

A furia di ripeterselo avrebbe funzionato, prima o poi. O almeno lo sperava. Ma quando l'ennesimo fulmine si schiantò sul mare, illuminando la cabina a giorno, Heaven sentì lo stomaco aggrovigliarsi, e un ansito impaurito fece eco al rumore sordo del tuono che seguì.

Sbirciò con desiderio la sagoma di David, sdraiata su un giaciglio improvvisato sul pavimento: sembrava dormire beato, la piccola Jeanne a tenergli compagnia. Non era disturbato dal boato dei tuoni e dal ticchettio furioso della pioggia sul tettuccio della cabina? Non sentiva le onde sbattere violentemente sullo scafo, facendo ondeggiare tutto in modo sinistro?

Come diavolo faceva a essere così tranquillo?!

Se solo non le avesse ceduto il letto…

La sera precedente avrebbe fatto carte false per evitare di dormire con lui, e invece quell'arrogante l'aveva costretta a stargli appiccicata per tutto il tempo. Fortunatamente, gli eventi della giornata l'avevano sfinita al punto tale che si era addormentata in pochissimi minuti e, quando si era svegliata, lui non era più accanto a lei.

Quella sera, invece, aveva provato una certa aspettativa all'idea di dividere nuovamente la cuccetta con David. Soprattutto dopo la giornata appena trascorsa.

Avevano stabilito una sorta di tregua silenziosa, e la cosa l'aveva rilassata: non le piacevano le situazioni tese e le liti, cercava sempre di evitarle. E poi era così divertente stare in sua compagnia… e sì, anche eccitante. Con quel sorriso malizioso, gli sguardi intensi e quel suo modo di flirtare che faceva battere più forte il cuore, era impensabile tenergli il muso. Al pensiero del bacio che le aveva chiesto quella mattina – bacio che aveva rimpianto di non avergli concesso, fra le altre cose – si sentiva ancora rimescolare tutta.

Ma le sue aspettative sul dormire vicina a lui erano state dolorosamente infrante, quando lo aveva visto sistemare un paio di coperte sul pavimento.

«Che stai facendo?», gli aveva chiesto, cercando di suonare indifferente, mentre stava seduta sulla cuccetta a districare i capelli con le dita.

«Fa troppo caldo per dormire con te appiccicata addosso», aveva risposto lui, sdraiandosi sul suo giaciglio di fortuna. «A meno che tu non mi voglia al tuo fianco», aveva aggiunto, con un occhiolino ammiccante.

«Chi, io? A malapena ti tollero, non potevi farmi regalo più gradito», aveva sbuffato Heaven. Ma la fitta di disappunto che aveva provato nel non vederlo reagire a quella provocazione l'aveva spinta a sdraiarsi a sua volta, senza più degnarlo di uno sguardo.

Troppo caldo per averla addosso, come no. E il piccolo essere peloso che riposava a un paio di centimetri da lui non era forse una fonte di calore maggiore? Faceva prima ad ammettere di non aver voglia di starle vicino.

"E se anche fosse, che importa? Non sarai gelosa di un cane, vero?".

Uno sbuffo seccato le uscì dalle labbra a quel pensiero.

Figuriamoci se era gelosa! Anche se non voleva litigare con lui, non aveva dimenticato che quell'uomo era lo stesso che l'aveva portata a letto per vincere qualche migliaio di dollari! Se faceva il carino con lei, era solo perché non aveva altra distrazione dalla noia, al momento, ma una volta ottenuto ciò che voleva l'avrebbe dimenticata rapidamente. Di nuovo.

Che si tenesse il suo cane. Meglio stare alla larga da un tipo simile.

L'ennesimo lampo, seguito da un tuono fragoroso, dissolse il suo piccolo moto di stizza.

Be', forse *un pochino* invidiava Jeanne. Ma solo da quando il tempo era peggiorato, e solo perché aveva paura: avrebbe accettato di avere accanto anche il demonio in persona, purché fosse disposto a darle un po' di conforto. Poco meritevole di stima o meno, David era l'unica persona che aveva a disposizione per distrarre la mente dal panico imperante che la stava assalendo. Ma svegliarlo di proposito era fuori questione. Per dirgli cosa, poi? "Ho paura, abbracciami"?

«Nemmeno morta», mormorò, strizzando gli occhi per cercare di ignorare il continuo biancheggiare dei fulmini, visibili attraverso la piccola finestrella. Il tempo era cambiato repentinamente a causa del vento che si era alzato nel pomeriggio, ma le nuvole correvano verso est e, con un po' di fortuna, il temporale si sarebbe allontanato in fretta com'era arrivato.

Tornò a sistemarsi sulla stretta cuccetta, facendo frusciare le lenzuola finché non trovò una posizione apparentemente comoda.

«Davvero, Heaven, sarebbe stato meno faticoso chiamarmi, anziché fare tutto questo fracasso per attirare la mia attenzione».

Nonostante avesse parlato con un tono di voce piuttosto basso, Heaven trasalì. Si sollevò a sedere, guardando nel buio fino a quando non distinse la sagoma supina di David.

«Ti ho svegliato?»

«Non era quello che volevi?»

«Certo che no! Perché avrei dovuto?», mentì.

«Credevo avessi qualche problema. Se mi sbagliavo, tanto meglio. Buonanotte», disse David, tornando a sistemarsi sul suo giaciglio.

"Cretina!".

«È che non riesco a dormire», tentò, cercando il dialogo. «Tutto questo fracasso non ti disturba?»

«Non particolarmente».

«Però ti infastidisce sentirmi muovere sul letto». Heaven fece una smorfia. «Ha poco senso, non trovi?».

David si mise a sedere, scostandosi un ciuffo ribelle dagli occhi. Un lampo lo illuminò per un momento, il tempo necessario ad Heaven per apprezzare la sua aria sdrucita e terribilmente sexy.

«Ti infastidisce solo il rumore, o c'è dell'altro?», le chiese, paziente.

Lei cercò di minimizzare. «Quello sarebbe sufficiente

a irritare anche un sordo, per non parlare di questi continui flash, del caldo soffocante e dell'ondeggiare continuo di questa bagnarola... che potrebbe prendere il lago mentre dormiamo e farci finire chissà dove...».

«Non credo succederà, siamo incastrati troppo a fondo tra gli scogli per muoverci di qui».

«Ma siamo un bersaglio facile per i fulmini! E se venissimo colpiti e la barca prendesse fuoco?»

«Ci butteremmo a mare, evitando di finire arrosto».

«Ma se la *Fairytale* andasse distrutta, non avremmo più un riparo per la notte, né cibo, né acqua potabile». La voce di Heaven si incrinò, mentre quelle ipotesi catastrofiche si facevano largo nella sua mente.

«E menomale che non avevi paura», disse lui, con un accenno di divertimento nella voce.

«Non posso evitare di vagliare ogni eventualità! Tu non sei minimamente preoccupato?»

«Siamo al riparo e il temporale non sembra venire da questa parte, non è il caso di fasciarsi la testa».

«Nemmeno io credevo di poter mai finire in mezzo a una tempesta e rischiare la pelle, eppure è successo! Quindi scusa tanto se sono un tantino nervosa all'idea di ripetere l'esperienza», sbottò lei. Un altro fulmine si abbatté sull'acqua, a un centinaio di metri dalla riva, seguito da un fracasso così infernale da strapparle un urlo soffocato. «Oddio!», ansimò, una mano sul cuore.

David si alzò con un movimento fluido, avvicinandosi a lei. Heaven si concentrò sulla sua figura rassicurante per evitare di lasciarsi andare al panico che ribolliva appena sotto la superficie. Ma quando lo vide allungare una mano verso la maniglia della finestra, sgranò gli occhi.

«Che stai facendo?»

«Faccio entrare un po' d'aria, qui dentro non si respira».

«Ma così entrerà anche la pioggia... O qualche onda! Rischi di bagnare la cuccetta. Non eri tu quello che voleva dormire all'asciutto?»

«Non resterà asciutta comunque, se ti ci squaglierai dentro».

Non appena l'oblò fu spalancato, il rumore del temporale si fece ancora più sinistro. Heaven strinse le lenzuola tra le dita.

«Oh, ma certo, apri pure! Tanto è me che i fulmini beccheranno in pieno, dal momento che sono quella più vicina alla finestra», borbottò.

David rise piano, un ginocchio poggiato accanto a lei. «Credi che entreranno qui per scaricarsi su di te, con tutti i bersagli facili e ben più plausibili che ci circondano? Il cielo dovrebbe odiarti proprio tanto!».

Heaven strinse le labbra a quel tono condiscendente. «Fa' come vuoi, prendimi pure in giro se ti fa divertire», disse tornando a sdraiarsi, spalle alla finestra.

Sgranò gli occhi nell'oscurità quando sentì il corpo di David stendersi dietro il suo.

«Che diavolo fai?», balbettò, senza osare respirare.

«Ti faccio scudo con il mio corpo, come farebbe un vero cavaliere da romanzo. Se un fulmine deciderà di entrare qui dentro, troverà prima me». Heaven percepì il suo sorriso anche nel buio.

Nonostante l'irritazione, non poté evitarsi di tirare un sospiro di sollievo nel sentire quel corpo solido così vicino.

«Sarebbe più intelligente chiudere la finestra. Anche perché, se tu morissi fulminato, dovrei cavarmela da sola su quest'isola, e la cosa proprio non mi va», borbottò.

«Stai dicendo che, se non ti servissi a gestire le tue ansie da naufraga, non ti dispiacerebbe vedermi carbonizzato?»

«Sono una buona cristiana, certo che mi dispiacerebbe. Come per ogni essere vivente. Però mi piacerebbe sussurrarti "te lo avevo detto", prima di vederti agonizzare».

Con una risatina, David la fece voltare per averla di fronte. «Sei una fifona bugiarda... e anche un po' macabra!».

Heaven fu quasi grata al tuono che sovrastò il suono del suo respiro accelerato, perché le risparmiò di inventarsi qualcosa di intelligente da dire che non facesse intuire a David quanto fosse imbarazzata dalla situazione.

Sentendola irrigidirsi, lui prese ad accarezzarle lievemente un braccio con la punta delle dita, dalla spalla al gomito e viceversa. «Hai sempre avuto paura dei temporali, o sei solo nervosa per via di ciò che hai rischiato l'altro ieri?»

«Mi mettono ansia fin da quando ero piccola. Li ricollego al giorno in cui mio padre scoprì che sua moglie lo aveva lasciato». Heaven iniziò a rilassarsi sotto il suo tocco, e chiuse gli occhi. «Era una giornata come questa, pioveva molto forte e i tuoni sembravano scuotere la casa, dove tra l'altro regnava un'atmosfera funesta. Mia sorella era molto piccola e piangeva forte, e io avrei fatto volentieri lo stesso: ero poco più grande di lei e avevo paura. Volevo chiamare mio padre perché venisse a confortarci, a dirci che non c'era nulla di cui preoccuparsi, ma lui era chiuso nel suo studio da ore e non voleva vedere nessuno. Mi aveva chiesto di essere giudiziosa e prendermi cura di Grace per un po', perciò… Ho ingoiato le lacrime e sono rimasta con lei, cercando di calmarla. Volevo dimostrare a tutti che potevo essere una perfetta sorella maggiore».

«E mentre tu confortavi lei, nessuno confortava te». La carezza divenne più dolce, a mano aperta.

Heaven minimizzò. «Ormai è acqua passata. Allora ero solo una bambina e la mia paura poteva essere giustificata. Ma adesso no».

«La paura non è una questione anagrafica, né qualcosa di cui vergognarsi. Ti resta nascosta dentro senza che tu te ne accorga, per riemergere quando meno te lo aspetti».

«Parli bene tu, che sembri non aver paura di niente».

«Ho una fifa blu ogni volta che vedo un ago», confessò lui. «Sapessi le risate che si fa il mio medico quando vado a fare le analisi di routine! Quando ero bambino dovevano corrermi dietro, per farmi una puntura… E nonostante i trent'anni suonati, la tentazione di fuggire c'è ancora».

L'immagine di David che scappava, inseguito da un dottore con una grossa siringa in mano, le strappò una risata e il suo corpo si rilassò.

David continuò ad accarezzarla con gesti lenti, quasi stesse ammansendo un animale selvatico. «I temporali non sono brutti, sai? Se ci pensi, sono uno spettacolo naturale affascinante, così selvaggi e inarrestabili».

«Forse un giorno mi passerà questa fobia», concesse

lei. Al sicuro tra quelle braccia forti, non tremava più e si sentiva bendisposta nei confronti di qualunque cosa.

«Devi solo sostituire quel primo ricordo con qualcosa di meno triste». Rapido, David si scostò da lei, scavalcandola per sistemarsi alle sue spalle. «Guarda il temporale con occhi diversi», le disse, vicinissimo al suo orecchio.

Heaven faticò non poco a concentrarsi su ciò che le stava dicendo, distratta com'era dalla sua vicinanza.

«Senti che buon profumo», continuò lui, inspirando a pieni polmoni. «Ozono, terra e foglie bagnate, salsedine...».

Heaven avvertì distintamente tutti quegli odori, ma su tutti prevalse il profumo della pelle maschile a stretto contatto con la sua. Un braccio le cingeva la vita, messo in modo tale che il suo peso non poggiasse sul livido che aveva sul fianco, e quella piccola premura le scaldò il cuore, proprio come il respiro tiepido le surriscaldava la pelle del collo.

Provò l'impulso di stringersi a David, di spingersi contro il suo corpo e perdersi nel piacere che poteva scaturire da quel palese invito, ma era un desiderio decisamente fuori luogo. Erano due estranei legati da un'unica notte insieme e costretti a vivere a stretto contatto solo a causa delle circostanze. Nient'altro.

Si sforzò, quindi, di guardare in faccia la sua paura, come David le stava consigliando. Il primo fulmine la fece irrigidire, ma la voce rassicurante di David la calmò subito.

«Prova a seguire le linee che le scariche elettriche disegnano sull'orizzonte. Guarda che luci incredibili, quante sfumature diverse riescono a creare sulle nuvole e sul mare durante i pochi istanti in cui brillano. Tempo fa ho fissato il cielo per ore, durante un temporale, cercando di memorizzarle tutte e riportarle sulla tela, ma non sono comunque riuscito a coglierne interamente la bellezza».

La sua voce era quasi ipnotica e riuscì davvero a calmarla. Senza più il velo di angoscia a offuscare i suoi occhi, Heaven ammirò il bagliore dei lampi tingere le nuvole di rosa, lilla e azzurri vividi, disegnando ragnatele luminose sul cielo scuro e creando una miriade di scintillii sul mare agitato dal vento.

David aveva ragione. Era uno spettacolo affascinante.

«Stai cambiando idea?», le chiese lui, come se le avesse letto nella mente, ed Heaven si lasciò sfuggire un sorriso.

«Hai ragione, ha un certo fascino. Ma continuo a pensare che non vorrei mai trovarmici in mezzo».

«Nemmeno con me vicino?», chiese lui, suadente, le labbra che sfioravano il suo orecchio. «Sarei bravo a distrarti».

Ne era assolutamente convinta, e la tentazione di sfidarlo a dimostrarle ciò che sapeva fare era forte.

«Scommetto che ci stai facendo un pensierino», disse ancora David, avvicinandosi in modo quasi impercettibile.

Ah, un'altra scommessa! Dovevano piacergli davvero un mondo.

«Certo che ci scommetti. In fondo sono una ragazza facile, giusto? Sai già di vincere», borbottò lei, ironica. «Ma stavolta che ci guadagneresti?».

David non rispose e lei lasciò correre, sistemandosi meglio tra le lenzuola. «Buonanotte», disse, chiudendo gli occhi.

Sentendolo muoversi, per un attimo temette che stesse per sgusciare fuori dal letto, lasciandola nuovamente sola. Invece David rimase dov'era, solo sdraiato sulla schiena, senza più toccarla.

«Buonanotte, Heaven», le disse piano, con voce gentile.

Heaven si diede mille volte della stupida per aver rifiutato le sue velate avance, fino a quando non cadde in un sonno profondo.

C'era un punto, dietro l'orecchio, tra il collo e l'attaccatura dei capelli, che recava ancora tracce del suo profumo di cocco e vaniglia, nonostante i due giorni passati tra bagni in mare e tuffi al lago. Era lo stesso che si portava addosso quella notte lontana di quattro anni prima e che, da quel momento, lo aveva sempre fatto pensare a lei, ogniqualvolta gli era sembrato di avvertirlo nell'aria.

Si ritrovò a inalarlo, quasi senza accorgersene, il naso premuto su quel lembo di pelle calda e delicata. La sua mente era ancora ottenebrata dalle poche ore di sonno, ma il suo corpo no, quello era vigile e decisamente interessato alle forme che riposavano accanto a lui sullo stretto materasso.

La sua mano, poggiata sulla coscia di lei da chissà quanto tempo, prese a risalire lentamente, godendo della morbidezza di quella pelle calda. Quando incontrò l'ostacolo dato dai boxer, troppo grandi per lei, passò oltre, tuffandosi sotto l'orlo della maglietta, che nella notte si era sollevata a scoprirle l'addome piatto. Seguì i contorni dell'ombelico con la punta di un dito e continuò a salire, fino a quando non incontrò la soffice rotondità di un seno. A quel punto anche la sua mente si fece vigile, gli ultimi residui di sonno svaniti nel nulla di fronte al piacere di poterla toccare.

Si ritrovò ad ammettere con se stesso di non aver pensato ad altro, nelle ultime ventiquattr'ore. Aveva provato a starle lontano, perfino a cederle il letto accontentandosi di dormire sul pavimento, pur di resistere alla tentazione. Ma poi lei aveva avuto paura e darle conforto gli era venuto istintivo, così come stringerla a sé nel sonno.

Adesso, però, il temporale era passato, le prime luci dell'alba stavano rischiarando il cielo e lei dormiva tranquilla. Non c'era più alcun bisogno che restasse lì, a torturarsi con quella vicinanza che metteva a dura prova il suo autocontrollo.

Lasciarla andare, tuttavia, gli sembrava inconcepibile.

Mandò al diavolo ogni pensiero coerente e spinse la mano fino a circondarle un seno. Lei gli si fece più vicina, forse inconsapevolmente, e questo gli parve un invito più che sufficiente a continuare la sua lenta esplorazione. Mosse il palmo sulla punta morbida fino a quando non la sentì inturgidirsi, poi tornò a scendere, con maggior pressione, fino al fianco. Infilò le dita sotto l'elastico dei boxer e la sentì inarcarsi contro di lui, il fondoschiena tondo che premeva contro il suo corpo pulsante.

Strinse i denti, mentre un basso gemito prorompeva dalla sua gola. Le dita della mano si aggrapparono a quel fianco armonioso con tale forza che pensò di averle lasciato i segni, e una goccia di sudore scese lungo la sua tempia, tanto era lo sforzo che stava compiendo per non immergersi nel suo calore fino a farla contorcere in preda all'estasi.

Heaven stava dormendo, accidenti, non avrebbe dovuto nemmeno toccarla. Non poteva approfittare di lei in quel modo, nonostante al momento non desiderasse altro. Forse lo avrebbe lasciato fare, il suo corpo era reattivo e consenziente alle sue carezze... ma la sua mente? Se fosse stata sveglia, avrebbe assecondato i suoi approcci?

Molto meno razionale di lui, la sua mano si fece beffe di tante riserve e scese a sfiorarla tra le gambe. Dalle labbra di Heaven sfuggì un mugolio compiaciuto, il suo corpo si fece ancora più vicino e la mano di lei, che prima riposava sul cuscino accanto al viso, scese ad accarezzargli il braccio fino a coprire la sua, quasi a volerlo guidare.

David chiuse gli occhi, sull'orlo della follia. In altre circostanze, con un altro tipo di donna accanto, non avrebbe avuto dubbi: semi incosciente o meno, le avrebbe dato piacere, per poi prendersi il proprio.

Ma non con lei. Voleva che Heaven fosse sveglia, lucida e collaborativa.

Chinò la testa a posarle un bacio umido sul collo, la mano immobile nonostante smaniasse dalla voglia di muoverla.

«Heaven?», la chiamò piano.

Lei gemette in risposta, la schiena che continuava a premere contro il suo petto. I loro corpi sembravano incastrarsi alla perfezione. Era stato così anche la prima volta...

Ripensare a quella notte lontana avrebbe dovuto raffreddare il suo ardore, tenuto conto di com'era finita, ma così non fu. Al contrario, il ricordo delle ore roventi che avevano condiviso, dell'apparente ingenua passione che lei gli aveva regalato, sembrò acuire il suo bisogno di assaporarla una seconda volta.

«Heaven... Dimmi che sei sveglia e che vuoi che vada avanti», mormorò, la voce roca e tesa per il desiderio.

Il ritmo del respiro di Heaven cambiò e David percepì l'esatto momento in cui si rese conto di ciò che stava succedendo. Sentì il suo corpo irrigidirsi, razionalità e tentazione lottare tra loro. Poi, con un movimento rapido, lei gli scostò la mano e si alzò, veloce come un fulmine.

«Vado a prendere una boccata d'aria», disse, con voce quasi irriconoscibile, scattando verso la porta.

Con il cuore impazzito, David si lasciò andare contro il materasso, le mani sugli occhi. Il corpo, in fiamme e dolorosamente eccitato, lo stava insultando per lo stupido istinto cavalleresco che l'aveva spinto a svegliarla, ma la sua mente sapeva di aver fatto la cosa giusta.

Non poteva portarsela a letto, non di nuovo. Aveva delle regole personali da rispettare, e una di esse era non fare sesso per più di una volta con la stessa donna.

Si era già spinto fin troppo oltre, con lei, e non solo a livello fisico. Le cose rischiavano di diventare pericolose.

Attese di aver recuperato il pieno controllo delle proprie emozioni, poi si alzò, infilò un paio di bermuda e salì a cercarla. Avevano instaurato una tregua e voleva cercare di mantenerla, soprattutto per quieto vivere, dovendo passare insieme a lei chissà quanto tempo.

Poteva resisterle, senza problemi. Ed era pronto ad addossarsi ogni responsabilità e chiederle scusa, promettendole di non toccarla più.

"Mi divertirò un mondo a vederti fallire nell'intento!", ridacchiò la sua coscienza.

La trovò seduta a poppa, il mento sulle ginocchia, i capelli svolazzanti che le nascondevano parzialmente il viso. Fissava l'orizzonte, sul quale stava spuntando il sole, con aria pensierosa.

Le si avvicinò, cauto, non sapendo bene cosa aspettarsi. «Tutto ok?», chiese piano.

Heaven annuì, senza guardarlo. «Non c'è più neanche una nuvola, ma il vento è tiepido e il mare è una tavola. Credo che oggi farà un caldo d'inferno».

"Mai quanto quello che mi hai acceso dentro", pensò lui, passandosi nervosamente una mano tra i capelli. Solo a guardarla si sentiva ribollire il sangue.

Forse avrebbe dovuto fare un bel tuffo nell'acqua fredda per calmare i bollenti spiriti. Ma prima le doveva delle scuse.

«Mi spiace per poco fa», iniziò, incerto. «Non avrei dovuto, ma... Be'...». Cristo, era in imbarazzo come un ragazzino!

«Non preoccuparti, non è successo niente», lo interruppe Heaven, apparentemente tranquilla. «Sono cose che capitano. Sei un uomo dai sani appetiti, ti sei ritrovato con un corpo femminile addosso e... Sì, insomma, hai avuto una reazione piuttosto naturale. Avresti reagito allo stesso modo con chiunque. Io stessa non mi sono resa conto... Ero ancora incastrata fra il sonno e la veglia e ci ho messo un attimo di troppo a realizzare che non si trattava di un sogno». Un lieve rossore salì a imporporarle le guance, e David provò l'impulso di sedersi accanto a lei e abbracciarla. E magari specificare, per amor di giustizia, che non era stato *un* corpo femminile a eccitarlo, ma *il suo.* Quel pensiero, però, lo rendeva nervoso, pertanto preferì evitare di sollevare argomenti scomodi.

Per togliere entrambi dall'imbarazzo, provò a scherzarci sopra. «Scommetto che stavi sognando il tuo beniamino… Chi era? Chris Hemsworth?».

Lei sorrise. «Cade Harrison. Ma anche il bel Chris andrebbe più che bene».

«Purché sia biondo e con gli occhi azzurri, mi pare di capire».

«Be', se devi sognare, tanto vale farlo in grande», ammiccò lei, lanciandogli una veloce occhiata.

David non fece in tempo ad analizzare la punta di fastidio che provò, perché Heaven si raddrizzò di colpo, il braccio proteso verso l'orizzonte.

«Guarda!», esclamò, tentando di alzarsi. La velocità con cui lo fece le strappò una smorfia sofferente: la fuga dalla cabina di qualche minuto prima doveva aver riacutizzato il dolore alla caviglia malandata.

Istintivamente, David allungò una mano per offrirle sostegno. Nel vederla esitare, una fitta di colpevolezza mista a disappunto lo colse, ma poi Heaven poggiò il palmo sul suo e si lasciò aiutare a raggiungere il parapetto.

«Guarda laggiù!».

A una decina di metri da loro un delfino saltava tra le onde, il corpo flessuoso e brillante baciato dai raggi del sole nascente.

Heaven fissava la scena, rapita. Quando dietro il primo ne saltarono fuori altri due, si animò come una bambina emozionata.

«Oh cielo, sono bellissimi! Credi siano una famiglia?»

«È probabile».

Lei sospirò, le mani giunte davanti al petto. «Che meraviglia! Peccato non poterli fotografare... Disegnerai anche questo per me?».

C'era qualcosa che non lo avrebbe convinto a fare, guardandolo con quegli immensi occhi blu pieni di aspettative?

David si limitò ad annuire, lo stomaco chiuso in una morsa fastidiosa.

Forse una nuotata non sarebbe stata sufficiente a schiarirgli le idee. Mettere una certa distanza fra loro rimaneva la scelta più sensata, se voleva arrivare in fondo a quell'avventura senza perdere il senno.

Capitolo 8

C'era una strana tensione nell'aria.

Stavano entrambi seduti accanto a un piccolo falò che David aveva acceso sulla spiaggia, sotto la luce della luna, e quasi non si guardavano. Eppure, un filo invisibile sembrava unirli.

Appoggiato con la schiena a una palma, indosso solo i bermuda, David teneva un blocco da disegno in bilico sul ginocchio ripiegato. Ogni tanto le lanciava qualche occhiata, per poi tornare a concentrarsi sul suo foglio.

Heaven, dall'altra parte del falò, stava seduta a gambe incrociate su una coperta, cercando di far passare il tempo intrecciando tra loro alcune conchiglie che aveva trovato quel pomeriggio, usando della lenza che David le aveva gentilmente messo a disposizione.

Dopo ciò che era successo quella mattina, si erano tenuti a distanza, inconsapevolmente di comune accordo. Heaven non poteva parlare per David, ma per quanto la riguardava era di vitale importanza mantenere un certo distacco mentale da quell'uomo. Quattro anni prima l'aveva irretita con il suo fascino sfacciato, per poi sbandierarle in faccia la sua scommessa e liquidarla come un passatempo alternativo; adesso, probabilmente, la voleva solo perché era l'unica femmina a disposizione.

Doveva fare attenzione a ciò che desiderava, quando era vicina a lui. Non poteva permettersi di abbassare la guardia una seconda volta.

Non era più arrabbiata per via di ciò che era accaduto anni prima. All'epoca erano giovani, lei inesperta e lui annoiato, e avevano finito con il passare una notte piacevole, anche se priva di importanza. Ora, lei non era più una sprovveduta – anche se lui era sicuramente annoiato –, eppure resistergli risultava un compito ancora arduo. Il solo ricordo di come si era lasciata toccare da lui, quella mattina, le accendeva il viso come una torcia.

Tra loro c'era chiaramente una forte attrazione, e sarebbe stato fin troppo semplice gettare al vento ogni prudenza e lasciarsi andare. Ma dopo? Una volta tornati a casa, senza l'isola deserta a fare da incantevole cornice, la vicinanza forzata a renderli più interessanti e le ore prive di distrazioni a spingerli l'uno verso l'altra, che sarebbe successo?

David non era il tipo da relazione fissa, lo sapeva. Aveva detto chiaro e tondo che non si fidava delle donne e sembrava più che deciso a tenersi alla larga da loro. Lei invece, per quanto restia ad aprirsi con gli uomini, era pur sempre una romantica ragazza all'antica, e una volta deciso di lasciar entrare qualcuno nella sua vita, desiderava che vi restasse.

Non avevano punti in comune.

Perciò, per tutto il giorno si era tenuta a debita distanza, parlandogli solo se strettamente necessario. David, per fortuna, aveva avuto da fare per quasi tutto il tempo, che si trattasse di esplorazione dei dintorni, a piedi o a nuoto, pisolini sotto il sole e lunghe ore di pesca seduto in cima a uno scoglio. Lei aveva letto distrattamente un libro trovato in cabina, fatto lunghe passeggiate sulla spiaggia e rimuginato su come giustificare la sua assenza lavorativa a Parker, se e quando fosse riuscita a tornare a Los Angeles. Anche i pasti erano trascorsi in un silenzio quasi imbarazzato, a differenza del clima cameratesco che si era instaurato fra loro il giorno precedente, e la cosa le era dispiaciuta, anche se era indubbiamente meglio così.

Il caldo che aveva investito l'isola nelle ultime ore, tuttavia, aveva invaso la cabina della barca, rendendo l'aria irrespirabile. Per questo, di comune accordo, dopo il tramonto avevano deciso di scendere a rinfrescarsi sulla spiaggia.

Nessun rumore, a parte il moto ondoso del mare e la leggera brezza tra le foglie, rompeva la quiete. Nessun clacson, nessun telefono che squillava, nessun vicino di casa fastidioso. A far loro compagnia c'era solo lo sciabordio dell'acqua, il frinire dei grilli, miliardi di stelle a illuminare la notte e una falce di luna che sembrava sorridere benevolmente dal cielo.

Eppure, nonostante quell'incantevole pace, Heaven si sentiva irrequieta.

Provava a richiamare alla mente la sua vita prima di quel naufragio, e l'unica cosa a cui riusciva a pensare era a quanto fosse stata vuota e priva di emozioni degne di essere vissute, nonostante tutto il da fare che si era data per recuperare gli anni di gioventù perduta. In quei due giorni, invece, senza nient'altro che la compagnia di David e della piccola Jeanne, le era parso di vivere davvero, si era divertita e aveva sentito battere il cuore più spesso di quanto fosse saggio.

Quasi quasi sperava che i soccorsi tardassero ad arrivare…

«Ti va di parlarne?».

A quella voce sobbalzò, il cuore in gola. Alzò gli occhi a guardare David, che la fissava dal suo angolino, e sentì mancare un battito.

Era così attraente, accidenti a lui! Abbronzato, con i capelli lievemente schiariti dal sole e gli occhi grigi che brillavano alla luce del fuoco, la faceva tremare di paura… paura di prendersi una potente cotta per lui.

«Di cosa?», gli chiese, sfuggendo il suo sguardo e tornando a intrecciare la lenza attorno alle conchiglie.

«Dimmelo tu. Ogni tanto la tua fronte si corruga, come se avessi qualche problema. Sei preoccupata per il tuo lavoro, o è per quello che è successo…?»

«Oh, no! È per il lavoro. Lo scoop che avevo tra le mani mi sarebbe valso un avanzamento di carriera, e temo di aver perso l'opportunità», mentì.

«Per chi lavori?»

«Per la "L.A. Rumors". Lo so, è spazzatura, ma non voglio lavorarci per sempre, solo farmi le ossa in attesa di ottenere un posto migliore».

«Hai già un obiettivo preciso?»

«Vorrei entrare alla "Star's Magazine". È una rivista nuova, per la quale mi piacerebbe recensire eventi legati ad arte, spettacolo, cultura e magari intervistare i nomi più noti, ma al momento non ho niente di importante per le mani e la competizione è tanta. In moltissimi si presentano ai colloqui».

«Conosco uno dei grafici che lavorano alla "Star's", veniva a scuola con me. Dice che è un bell'ambiente».

«Ecco, appunto. Ed è lì che spero di lavorare, un giorno. Allora sì che la mia laurea avrebbe un senso. Con lo scoop su Tori Scott avrei potuto farmi conoscere, ma... be', sai com'è andata».

«Potrei far recensire la mia prossima mostra a te e poi vendere il pezzo alla "Star's Magazine"», disse David, pensieroso.

Heaven si illuminò. «Davvero lo faresti?»

«Certo. Se mai riuscirò ad allestire un'altra mostra, ovvio».

Il tono amaro di David la incuriosì. «Perché?»

«Ultimamente non sono stato molto produttivo».

«Hai una specie di blocco creativo?»

«Così pare. Quello che metto su tela non emoziona la gente. E questo non va affatto bene».

«Hai un'idea del perché?».

David si strinse nelle spalle. «Forse perché io per primo non mi emoziono».

«E questo da quanto ti succede?»

«Non so di preciso quando la mia ispirazione è scomparsa, ricordo solo che circa tre anni fa ho allestito la mia prima mostra personale, che andò benissimo, e poi... il vuoto. Per allestire la seconda ho riadattato vecchie tele iniziate e mai finite, e per l'ultima ho impiegato tantissimo tempo a racimolare qualche idea interessante. E infatti il risultato non è stato un granché. Se non ritrovo la voglia di dipingere, la mia carriera andrà a farsi fottere».

Appoggiò il capo all'albero, chiudendo gli occhi. «Avrei voglia di farmi un goccetto e non pensare».

«Funziona davvero?». Allo sguardo perplesso di David, Heaven sorrise. «Non mi sono mai ubriacata, l'unico alcolico che ho bevuto nella mia vita è stato con te, anni fa, e mi aveva appena rilassata». Sospirò, mettendo da parte la collana di conchiglie. «Io penso troppo, anche quando dormo. Perciò, se esistesse un modo rapido e indolore per non farlo, almeno per un po'...».

«Vuoi provare?»

«Hai un super alcolico in tasca?»

«No, ma c'è una bottiglia di Johnnie Walker in cucina». David parve rianimarsi. «Potrebbe regalarci una serata interessante».

Al ricordo di quel che era successo anni prima con un semplice mojito, Heaven arrossì. Ma non ne poteva più di restare lì seduta, in silenzio, a rimuginare su tetri pensieri. Perciò annuì.

«Ammazziamo la noia, allora. In fondo, a meno di buttarci in mare e annegare, qui non possiamo fare del male a nessuno, e il dopo sbronza di domani non interferirà con il lavoro».

«Non credo che mezza bottiglia di whisky mi spingerà a buttarmi nell'oceano, perciò mi sento abbastanza tranquillo. E su di te vigilo io». David si alzò, diede un secco ordine al cane, che riposava poco distante da lui, e corse verso la barca.

Jeanne si avvicinò ad Heaven, accucciandosi vicino alle sue gambe, e lei intuì che David l'aveva lasciata di guardia. Con un sorriso, allungò una mano per accarezzarla dietro le orecchie.

«Sei davvero carina, lo sai? E anche il tuo padrone lo è... troppo, per la mia sanità mentale», sospirò. «Ho paura che mi mancherete, quando ce ne andremo di qui».

Jeanne le leccò il naso, facendola ridere, poi poggiò il muso sul suo grembo, riempendole il cuore di tenerezza.

Accidenti... Non bastava David a complicare le cose; ci si metteva anche il suo cane, adesso!

Quando lui tornò, sventolando la bottiglia di whisky piena per metà, Heaven allungò una mano.

«Fammi assaggiare», borbottò. Non vedeva l'ora di alleggerire la mente e far sparire il groppo che sentiva in fondo alla gola.

«Vacci piano, novellina, brucia come il fuoco», ridacchiò David, sedendolesi accanto.

Dio, se aveva ragione.

Dopo la prima sorsata, Heaven strabuzzò gli occhi. Tossì, scrollò la testa per schiarire la vista, poi gli riconsegnò la bottiglia. «Oh, Gesù!».

«Sapevo che mi avresti rallegrato la serata», disse lui, divertito, prendendo un sorso di liquore.

«Ma davvero voi consumatori di alcolici trovate questa roba gustosa? È tremenda».

«Blasfema! Il Johnnie Walker è il nettare degli dei. E la mia parte scozzese in questo momento ti sta odiando».

«Hai sangue scozzese nelle vene?»

«Mia nonna è l'ultima discendente di un potente clan, fiera del suo retaggio, ma si è trasferita in America con sua sorella quando aveva tredici anni e ha sposato un californiano. Perciò sì, del sangue scozzese scorre in me, anche se un po' annacquato».

«Saresti carino in kilt».

«Le gonne le lascio a voi femmine».

«Non sottovalutare il potere seduttivo di un Highlander. Non ricordi Christopher Lambert? Per non parlare di Sam Heughan…».

«Hai una vera fissazione per gli attori!», sbuffò lui.

«Guardare film mi ha sempre aiutato a soffocare la noia delle mie serate solitarie. A te non piacciono le attrici?»

«Preferisco una donna normale, che sia solo mia e non di mezzo mondo».

«Non mi dire… A quanto pare Mr. SoloUnaNotteEVia è un tipo geloso! Quindi anche tu sei stato innamorato?».

David inarcò un sopracciglio. «Cos'è, un'intervista?»

«Deformazione professionale, mi piace fare domande».

«Potresti rivenderti le mie risposte, un giorno. Non so se mi conviene parlare».

«Hai qualcosa da nascondere?»

«Chi può saperlo? E tu?»

«Certo che no. È dura trovare qualcosa su di me che valga la pena di essere raccontata».

«Ho i miei dubbi». David si accomodò meglio. «Facciamo un gioco, allora: obbligo o verità».

Heaven roteò gli occhi. «Cielo, mi sembra di essere tornata alle elementari…».

«Da bambini non c'è gusto, da adulti ci si diverte molto di più».

«È comunque un modo per ficcare il naso nella vita altrui, che differenza fa?»

«Le domande si fanno più interessanti. E se non rispondi, paghi pegno», sorrise lui, malizioso.

«Va bene, comincio io», sospirò Heaven. «Obbligo o verità?»

«Verità».

«Torniamo alla domanda di partenza: sei mai stato innamorato?»

«Penso di sì».

«Che significa "penso"?»

«Che l'ho creduto per tanto tempo, ma non ho sofferto realmente quando mi ha mollato».

«Per quanto siete stati insieme?»

«Sei anni».

Heaven strabuzzò gli occhi. «E dopo sei anni è finita e tu non sei stato male?».

David scrollò le spalle. «Ero arrabbiato, più che altro, e per un po' non ne ho voluto sapere di interessarmi a una donna. Poi ho incontrato te in un pub... Mi hai rimesso in moto, insomma». Sorrise maliziosamente. «Ma dovresti farmi solo una domanda alla volta, non barare. Ora tocca a me».

Accantonando il pensiero fastidioso di David fidanzato con un'altra per *sei anni*, Heaven annuì. «Sono pronta».

«Perché hai fatto sesso con me, quattro anni fa, e non con il tuo fidanzato?».

Per poco non si strozzò con il whisky che David le aveva passato. Cercò di riacquistare il controllo di sé, prendendo tempo. «Non mi hai chiesto se volevo obbligo o verità».

«Va bene. Obbligo o verità?»

«Obbligo».

Lo sguardo di David si fece diabolico. «Togliti la maglietta».

«Che cosa?!»

«Il gioco è questo, non puoi modificare le regole a modo tuo», sghignazzò.

«Ci vai giù pesante, per essere solo all'inizio», borbottò Heaven. Gli passò la bottiglia, che lui accettò senza servirsi; poi, sotto il suo sguardo pieno di aspettativa, lo stupì sfilandosi la t-shirt. Forse era l'alcol a darle coraggio, ma si sentì potente mentre si lasciava guardare da lui.

Lo vide corrugare la fronte, contrariato, quando scorse il reggiseno di cotone, decisamente casto, che indossava. Era evidente che la credeva ancora nuda sotto i suoi abiti.

Gli porse la mano per farsi riconsegnare la bottiglia e ammiccò. «Tocca di nuovo a me. Obbligo o verità?». Lui rispose verità, e lei tornò sull'argomento che continuava a ronzarle in testa.

«Cosa aveva la tua ex di tanto speciale per convincerti a stare con lei per sei anni?»

«Victoria era bella e io giovane. Mi sono preso una sbandata per lei, ci siamo messi insieme e la cosa è durata per un bel pezzo, anche se litigavamo spesso. Ero così stupido che le perdonavo ogni capriccio… tranne il mollarmi sull'altare per scappare con il mio migliore amico, s'intende», rispose lui, quasi annoiato.

Heaven non poteva credere alle proprie orecchie. David Cooper si innamorava di una donna al punto da chiederle di sposarlo, e quella cretina lo mollava sull'altare?!

"Chi ha il pane non ha i denti", pensò tra sé, infastidita.

«Obbligo o verità?», chiese David, distraendola.

«Verità».

«Perché ti interessa tanto la mia vita privata?»

«Curiosità femminile. Sei un single convinto, dici che non ti fidi delle donne... Volevo capire perché, e mi pare di aver intuito che è stata quella brutta storia a segnarti».

«Non è stata l'unica batosta presa. Da ragazzino mi invaghivo di chiunque, ero alla spasmodica ricerca di un legame serio e duraturo, forse per contrastare quello barcollante dei miei genitori. Victoria è stata la cantonata più eclatante, ed è riuscita a confermare, una volta di più, che l'amore è pura utopia», disse lui, bevendo poi un lungo sorso di whisky.

«Mia madre ha tradito mio padre per scappare con il giardiniere e ricominciare una vita senza di me; il mio ex mi ha tradita, la mia prima volta è stata con un ragazzo che mi ha voluta solo per scommessa e le mie storie successive sono state un fiasco», ribatté Heaven, con un sorriso triste. «Io però ci credo ancora, nell'amore. Anche se gli vado incontro con i piedi di piombo».

«Allora sei più coraggiosa di me», tagliò corto lui, restituendole la bottiglia. «Andiamo avanti?».

Heaven annuì, rifletté un momento, poi lo guardò attentamente. «Obbligo o verità?»

«Verità».

«Sei davvero venuto a letto con me solo per vincere dei soldi ai tuoi amici?».

David affondò gli occhi nei suoi. «Mi sono seduto al tuo tavolo perché loro credevano che non sarei stato in grado di farlo. Ma quello che è successo dopo non è stato frutto di una macchinazione. E ti ricordo che stavo per andarmene».

Quindi l'aveva desiderata davvero. Un ragazzo bellissimo, dal cuore ferito, si era lasciato trascinare in una notte di passione, non solo per gioco o per noia, ma perché realmente era stato bene in sua compagnia.

Il suo sciocco cuore romantico si intenerì.

"Ora non metterti a fare la crocerossina", l'ammonì l'inconscio. "Anche se gli sei piaciuta abbastanza da portarti a letto, non significa che riuscirai a farlo credere di nuovo nell'amore!".

Heaven bevve avidamente per annacquare la razionalità. La sensazione che provava al pensiero di essere riuscita ad attrarre David, e la minuscola speranza di poterci riuscire un'altra volta, era corroborante come quel liquore e voleva assaporarla appieno. Pericolosa o meno che fosse.

«Obbligo o verità?», chiese David, riprendendosi la bottiglia. Lei scelse verità.

«Perché hai fatto sesso con me e non con il tuo ex?».

Sospirando, Heaven appoggiò le mani dietro di sé, allungando le gambe. «Non lo so. Fino a quella notte non ero mai riuscita ad andare oltre un certo limite. Will pensava che il problema fossi io, che fossi frigida».

David quasi sputò il whisky. La fissò con occhi allucinati, poi scoppiò a ridere.

«Che ti prende?», gli chiese.

«Tu non eri affatto frigida, semmai era lui a essere un idiota».

Heaven sorrise. «Oh, menomale. Per anni ho pensato di avere un serio problema».

«Se alla tua prima esperienza sei riuscita a farmi perdere la bussola, pensa cosa saresti in grado di fare adesso, dopo anni di pratica», mormorò lui con sguardo intenso, prima di passarle la bottiglia.

Heaven diede un lungo sorso, senza staccare gli occhi da lui. «Be', oddio, non è che in questi anni io abbia avuto centinaia di esperienze, ma...».

«Non mi interessa», la interruppe David, seccamente.

«Ti dà fastidio pensare a me mentre faccio sesso con altri uomini?», chiese lei, meravigliata dalla sua reazione.

David esitò. «Non mi hai fatto la domanda di rito».

«Obbligo o verità?»

«Obbligo».

«Ti obbligo a rispondere!».

Lui sorrise della sua mossa astuta, poi assunse un'aria noncurante. «Sì, mi dà fastidio. Suppongo sia normale, dal momento che sono possessivo per natura... e che per un momento sei stata mia».

"Ora svengo", pensò Heaven, il cuore impazzito nel petto. Sentirsi definire "sua", anche se per poco, era inebriante.

«Tocca a me». David inarcò le sopracciglia, chiedendole silenziosamente di scegliere. Quando lei scelse verità, poggiò la bottiglia tra di loro e la fissò, gli occhi ardenti. «Verresti di nuovo a letto con me?»

«Avrei dovuto scegliere obbligo», bofonchiò Heaven. «Togliermi i pantaloncini sarebbe stato meno imbarazzante».

«D'accordo, cambia pure», la sfidò David.

Heaven tentennò, guardandolo. La testa le girava, ma non era certa che fosse solo a causa del whisky. «O... Obbligo?»

«Dammi un bacio», mormorò, inginocchiandosi di fronte a lei. «Sulla bocca. *Con* la lingua», precisò.

«Vuoi anche deciderne la durata?», balbettò lei, eccitata e a disagio allo stesso tempo.
«Quella la decideremo insieme».
"E va bene, tanto ormai sei perduta per sempre", sospirò il suo inconscio, mentre lei allungava le mani a circondare il viso di David, posando le labbra sulle sue.
Era banalmente umana e terribilmente stupida, oltre che parzialmente ubriaca. Non aveva davvero nessuna possibilità di resistergli.
"Se sarà solo per una volta, pazienza", si disse, baciandolo con tutto il desiderio che solo lui sapeva accenderle dentro.
David le circondò la vita con le grandi mani calde e la strinse al petto, strappandole un brivido di piacere. Le loro bocche si fusero in un unico respiro, le loro mani si cercarono, avide, sfiorando e stringendo tutto ciò che potevano, come dotate di volontà propria.
Heaven sentiva il sangue rombare forte nelle orecchie, la testa vorticare e una smania incontrollabile crepitare sulla pelle.
Lo desiderava. Voleva tutto di lui, tanto da stare male. Per un momento temette l'intensità di ciò che provava e si tirò indietro, ansante come dopo una lunga corsa. Alzò gli occhi e ciò che vide le strappò un gemito: negli occhi di David si specchiavano le sue stesse paure e perplessità.
«Non è una buona idea, vero?», sussurrò.
«No, affatto», rispose David, continuando a mordicchiarle piano le labbra.
Heaven sentiva il suo corpo rigido contro di sé, e resistette a stento al peccaminoso bisogno di muoversi su di lui. Con le mani scivolò sulla pelle liscia delle ampie

spalle e delle braccia, fino a stringergli i polsi, poi lo aiutò a lasciarla andare.

Per quanto ne avesse voglia, non poteva farlo. Un'altra notte d'amore, che il giorno dopo sarebbe stata solo un ricordo piacevole e nulla più, l'avrebbe dilaniata. Aveva pianto disperata, dopo la sua prima volta, e non solo all'idea di aver regalato la propria verginità per una scommessa, ma al pensiero di non provare mai più quelle sensazioni stupende. E così era stato. Dopo David, nessun altro ragazzo l'aveva fatta sentire altrettanto bella, speciale e desiderata, per nessuno aveva provato il bisogno fisico e mentale di perdersi e godere di quella totale mancanza di controllo.

Perché peggiorare ulteriormente le cose, quindi?

«Tu mi farai morire», disse David in un soffio, allontanandosi da lei.

«È l'alcol che ragiona per noi. E forse anche la noia. Siamo bloccati qui, da soli... Questo ci rende per forza più interessanti», sdrammatizzò Heaven.

"Di' che non è vero! Dimmelo!", lo pregò in silenzio.

«Hai ragione. E poi tu a malapena mi tolleri, giusto?», chiese lui, fissandola.

«Sì, infatti», mentì.

Uno strano uggiolio li fece voltare all'unisono, interrompendo quell'intimità.

Poco distante da loro, Jeanne e il cane selvaggio dell'isola erano intenti in qualcosa di molto simile a ciò che per poco non era successo tra loro.

David balzò in piedi. «Ma che diavolo... Jeanne! Vieni subito qui!».

«Oddio, stanno... facendo *sesso*?!», esclamò Heaven, incredula.

«Quel figlio di una cagna!». Furioso, David corse verso i due animali, mettendo in fuga il maschio, che sparì tra gli alberi. Jeanne abbassò le orecchie, consapevole di aver fatto arrabbiare il suo padrone, e subì la ramanzina che lui le fece, quasi avesse colto in flagrante la sua stessa fidanzata.

Heaven lo vide tornare da solo, dopo aver ordinato alla piccola di restare in un angolo, e lesse la rabbia sul suo volto. Era così ombroso che le venne da ridere.

«E così la tua donna ti ha appena tradito», disse, reprimendo una risata.

«Sgualdrina... E io che pensavo fosse diversa!».

«Oh, dài, era solo sesso senza sentimento! Jeanne ti ama, ma non ha resistito al fascino dell'indigeno selvaggio!». Heaven non riuscì più a contenersi e scoppiò a ridere di gusto.

David fece una smorfia. «Non è divertente».

Per tutta risposta, lei rise ancora più forte.

«Vado a farmi una nuotata», bofonchiò allora lui, sfilandosi i bermuda e correndo verso il mare.

Heaven smise lentamente di ridere e rimase a guardarlo sparire tra le onde scure, per poi lasciarsi cadere sulla coperta, le braccia spalancate.

Che serata...

La testa era leggera come una piuma e le stelle sembravano roteare, sicuramente per effetto dell'alcol ingerito. Ogni sua terminazione nervosa pareva liquefatta, e questo di sicuro era merito del desiderio potente che David aveva risvegliato in lei. La risata liberatoria, infine, aveva alleggerito ulteriormente la tensione, spazzando via i pensieri, le insoddisfazioni, i dubbi sul futuro e la solitudine che si portava sempre addosso.

Era proprio vero: non era necessario molto, al mondo, per essere felice. Bastava avere accanto la persona giusta, quella con cui sentirsi realmente se stessi, e tutto diventava più bello.

Si lasciò sfuggire un sospiro sconsolato.

Era cotta di David Cooper, senza speranza. E se i soccorsi non fossero arrivati in fretta, rischiava di complicare ancora di più le cose.

Complicarle tanto da innamorarsi perdutamente di lui.

Quando uscì dall'acqua, lei era addormentata.

"Dio sia lodato", pensò fuggevolmente David. Se l'avesse vista ancora in attesa vicino a quel falò, con la luce del fuoco a dorarle la pelle, quel casto reggiseno che su di lei sembrava la più fine lingerie e quegli shorts minuscoli che lasciavano scoperte le sue splendide gambe, non avrebbe risposto di sé.

Non che guardarla dormire fosse molto meglio...

Era rannicchiata su un fianco, il viso rivolto verso il mare, la bottiglia di Johnnie Walker quasi vuota accanto a lei e i capelli sciolti sulle spalle. Aveva un sorriso sulle labbra, probabilmente indotto dalla sbronza, e una mano affusolata a farle da cuscino. Nemmeno l'ombra violacea del livido sul fianco o la caviglia lievemente gonfia riuscivano a intaccarne la perfezione.

Jeanne sonnecchiava accanto a lei. Nel sentirlo avvicinarsi aprì un occhio e lo guardò, testando il suo umore, e David le rivolse una smorfia ancora offesa.

«Con te facciamo i conti dopo».

Tornò a concentrarsi su Heaven. Moriva dalla voglia di svegliarla e riprendere da dove si erano interrotti, ma lei aveva ragione, era una pessima idea. Aveva deciso di non far entrare mai più una donna nella sua vita e aveva intenzione di mantenere quel proposito. Soprattutto con lei.

Heaven Taylor era pericolosa, ogni ora di più; riusciva a insinuarsi nelle pieghe della sua anima e mirava a farci il nido. Era una ragazza da storia seria e non da avventura di una notte, questo lo aveva sempre saputo, anche quando l'aveva lasciata davanti a casa sua, in accappatoio, convinto che lei lo avesse solo usato.

Scosse la testa, ancora incredulo per ciò che lei gli aveva confidato quella sera, una rivelazione che gli aveva chiarito un po' le idee sulla ragazza che era stata. Davvero il suo fidanzato le aveva fatto credere di essere frigida?!

Era tutto l'opposto. Aveva una sensualità innata, non maliziosa o volgare ma carica di dolcezza e ingenuità; un mix esplosivo, che portava un uomo a sentirsi ansioso di insegnarle ogni cosa e, allo stesso tempo, scoprire tra le sue braccia un nuovo modo di amare, più totale e appagante. Perché, con lei, sarebbe stato duraturo.

"E non è stato duraturo con Victoria, forse? Sei anni, per poi essere piantato in asso davanti a tutti", ricordò, amaro.

Non si poteva sapere fin dall'inizio cosa riservava una storia d'amore, anche quando la ragazza in questione sembrava quella più giusta. C'era sempre la possibilità di prendere una cantonata.

Rassegnato, si allontanò da lei, tornando alla sua postazione vicino alla palma, dove aveva lasciato cadere il suo album da disegno. Senza quasi accorgersene, lo prese e iniziò a disegnare, l'anima concentrata su un unico pensiero.

Due ore dopo, il fuoco si era ormai spento e cinque fogli riposavano sulla sabbia davanti a lui. Aveva ritratto Heaven in tanti modi diversi, semplicemente ricordando le sue espressioni durante quei due giorni passati insieme. Avrebbe potuto continuare a farlo per tutta la notte, ma aveva gli occhi che gli bruciavano per via del sale e per aver disegnato tanto con poca luce.

Mise via i fogli e si sfregò il viso con le mani, pensando che forse era meglio svegliarla e tornare sulla barca. Ma, d'un tratto, una strana luce lo incuriosì.

L'acqua, sulla battigia, era cosparsa di puntini azzurri, brillanti come lucine di Natale. Si estendevano per un bel pezzo e si muovevano al ritmo delle onde, come se il mare fosse trapuntato di stelle.

Si alzò, fissando quello scenario più attentamente. Aveva sentito parlare di quel fenomeno, ma non lo aveva mai visto con i propri occhi. Era incredibile. Ad Heaven sarebbe piaciuto da impazzire.

Si avvicinò a lei e la scosse delicatamente. «Ehi, sbronza addormentata... Ce la fai ad alzarti un minuto?»

«Stiamo annegando?»

«No».

«Rischiamo la vita in qualche modo?»

«No, ma...».

«Allora non è importante», borbottò lei, sistemandosi meglio sulla coperta.

Ridacchiando, David la tirò per le braccia, mettendola

seduta e strappandole un'imprecazione. «Questo ti varrà una preghiera in più per punizione, domattina!», le intimò, in risposta.

Heaven si sfregò gli occhi con le mani, poi cercò di metterlo a fuoco. «Insomma, che succede?»

«Guarda».

Anche nella semi oscurità, lesse la meraviglia che si accese nei suoi occhi alla vista delle luci.

«Che cos'è?»

«Si chiama bioluminescenza. Sono piccoli organismi viventi che emettono luce attraverso reazioni chimiche. Funziona un po' come per le lucciole, ma è molto più fiabesco». La prese per mano, aiutandola ad alzarsi. «Vieni».

Avanzarono fino alla battigia, immergendo i piedi tra i microscopici puntini azzurri. Heaven, dapprima titubante, iniziò a ridere quando vide le loro orme illuminate, sulla sabbia. Disegnò con le dita, danzò nell'acqua luminosa che le arrivava alle caviglie, lo trascinò con sé in mezzo a quelle onde magiche, felice come una bambina. A ogni movimento, l'acqua assumeva una sfumatura davvero surreale.

«È la cosa più bella che io abbia mai visto!», esclamò, ridendo.

E David non poté che concordare, incantato a osservarla, desiderando poter immortalare quel momento.

Ma non aveva bisogno di una macchina fotografica, né di un disegno, per renderlo indimenticabile. Era certo che quell'attimo di irreale bellezza si sarebbe impresso nel suo cuore per sempre.

Capitolo 9

Fu un vociare gracchiante a destarli.

Heaven si sollevò di scatto dalla sabbia, per poi gemere sommessamente. Adesso capiva cosa intendevano le persone comuni con il termine "dopo sbornia". Le sembrava di oscillare, aveva gli occhi che le bruciavano, un feroce mal di testa e una forte nausea.

Si guardò intorno, confusa. Jeanne abbaiava vicino agli scogli che portavano alla barca, mentre David dormiva accanto a lei, sulla coperta, la faccia nascosta da un braccio.

Il sole era alto nel cielo, il mare brillava e il caldo era soffocante. Heaven mugugnò, asciugandosi il collo con il dorso della mano. Non vedeva l'ora di togliersi il sale, la sabbia e la calura di dosso. Forse potevano andare nuovamente a fare qualche tuffo al lago. Sarebbe stata ore sotto il getto della cascata, era un posto così meraviglioso…

«Ehi, voi! State bene?».

Il gracidio divenne più chiaro, facendola voltare verso il mare. Una pilotina della Guardia Costiera era ferma al largo, a pochi metri dalla *Fairytale*, e cercava di richiamare la loro attenzione usando un megafono.

Li avevano trovati. Erano arrivati i soccorsi.

Impiegò un momento a reagire, non sapeva bene come sentirsi al riguardo. Tre giorni prima avrebbe voluto essere salvata immediatamente e tornare a casa propria, lontana da David e dal mare, per poter pensare al lavoro e alla propria vita. Ma ora...

Si voltò a guardare David ancora una volta. Aveva il petto lucido di sudore e i boxer bassi in vita lasciavano scoperta una stuzzicante parte di pelle più chiara; l'avambraccio cosparso di peluria sottile gli copriva parte del viso e l'altra mano riposava sull'addome piatto e scolpito.

Una visione.

Desiderava rannicchiarsi accanto a lui e ignorare la voce dei soccorritori, fingere di non avere una vita al di fuori di quell'isola e restare in quell'angolo di paradiso per sempre. Ma non era una mossa intelligente, e il solo fatto di avere il magone al pensiero dell'imminente distacco ne era una prova evidente.

Cercò a tastoni la maglietta che si era sfilata la sera precedente, la infilò e si alzò in piedi. La testa vorticò e la nausea si fece più forte, ma Heaven strinse i denti e cercò di attirare l'attenzione della Guardia Costiera. Poi si chinò su David, scuotendolo per una spalla.

«Ehi, sveglia... Ci hanno trovati».

«Mandali via, sto bene dove sto», grugnì lui, senza alzare il braccio dal viso.

Heaven ridacchiò. «Potrei anche farlo, ma penso che

il proprietario della barca voglia averla indietro. E se ci tolgono quella, moriremo di fame in pochi giorni».

Dopo vari tentativi, la sua voce fece presa sulla coscienza di David, che si sollevò sui gomiti. Gli occhi grigi e semichiusi fissarono il suo volto, suscitandole un'ondata di desiderio. Stropicciato com'era, con la barba incolta e l'ampio petto in bella vista, era sexy da morire.

«Ok, sono sveglio. Che succede?»

«Sono arrivati i soccorsi».

David fissò il mare, schermandosi gli occhi con una mano, poi sospirò. «Suppongo ci tocchi tornare alla barca, allora».

«Temo proprio di sì».

Rimasero per un momento in silenzio, guardandosi intorno. Nessuno dei due lo disse ad alta voce, ma il pensiero di non rivedere più quel fazzoletto di terra li rendeva malinconici, soprattutto dopo la notte appena trascorsa. Avevano passato ore a godersi il panorama, in particolare lo scenario magnifico della bioluminescenza, e poi a chiacchierare di ogni argomento, sdraiati sulla coperta, gli occhi fissi sulle stelle che brillavano nel cielo nero, fino a quando non erano crollati addormentati.

Quel brusco risveglio li aveva colti di sorpresa. Forse non erano ancora pronti a tornare alla vita di tutti i giorni, ma non potevano fare altrimenti.

Raccolsero in fretta le loro cose e si avviarono. Mentre camminava verso la *Fairytale*, Heaven sentì tornare a galla tutti i dolori che nelle ultime ore sembrava aver dimenticato. La caviglia doleva in modo insistente, pur riuscendo a sostenere il peso della gamba, e il fianco livido pulsava senza sosta. Per di più, aveva i muscoli del collo rigidi e lo stomaco attorcigliato. Anche il suo corpo sembrava ribellarsi all'idea di tornare alla vita di tutti i giorni.

Quando la barca della Guardia Costiera li affiancò, lasciò che fosse David a spiegare l'accaduto, ringraziandolo mentalmente per non averle dato la colpa di quel naufragio.

Scese in cabina, dove si tolse la t-shirt di David per indossare la sua camicetta. Le dispiacque vedere la maglietta sul letto, consapevole di non avere più il diritto di indossarla. Stavano per tornare a una realtà in cui lei e David, probabilmente, non avrebbero avuto più nulla a che fare l'uno con l'altra.

Con aria triste recuperò il suo marsupio e vi ripose la collana di conchiglie, l'unico ricordo tangibile di quell'avventura, poi prese la macchina fotografica, provando ad accenderla senza successo. Se la mise al collo, sconsolata, e si incamminò fuori.

David la incrociò sulle scale. «Hanno comunicato la nostra posizione al proprietario della *Fairytale*, verrà a rimorchiarla quanto prima. Perciò dobbiamo andare via con loro, adesso. Hai preso tutto?»

«Sì, sono di nuovo nei miei panni», disse Heaven, sforzandosi di sorridere.

Annuendo, David andò a recuperare le sue cose.

Durante il rientro non parlarono, ognuno perso nei propri pensieri. Impiegarono poco più di un'ora ad arrivare al molo di Long Beach, dove scesero finalmente a terra. Sbrigate alcune scartoffie, si ritrovarono alla stazione dei taxi, sotto il sole cocente che faceva tremolare l'aria ammorbata dallo smog, spaesati dal rumore del traffico e dal viavai cittadino, nuovamente circondati da ferro e cemento: tutte cose a cui non erano più abituati.

«Mi sembra di esser stata via tre mesi, e non tre giorni», disse Heaven, schermandosi il viso con le mani.

David estrasse dalla sua sacca sportiva un cappellino blu e bianco e glielo mise sulla testa. «Tieni questo, hai il naso tutto rosso. Dopo il naufragio e le avventure sull'isola, ti manca anche un'insolazione».

«Grazie. Te lo farò riavere».

«Non importa, ne ho altri».

E così, dopotutto, le sarebbe rimasto qualcosa di lui.

Indossando quel cappello, che recava ancora tracce del profumo di David, Heaven si sentì un po' meno sola.

Si fissarono per un attimo, a disagio. Era il momento di separarsi e sembrava che nessuno dei due fosse in grado di fare il primo passo. Ma l'arrivo di un taxi spezzò il silenzio, costringendoli a muoversi.

«Io sto a Hermosa Beach. Tu in che direzione vai?», chiese David.

«Devo recuperare la mia auto, che è rimasta a Malibu... o almeno spero ci sia ancora».

«Ti serve una mano? Vuoi che venga con te?».

"Oh, lo vorrei, ma...". «No, grazie. Sarai stanco, vai pure a casa. Io recupero l'auto e provo ad andare in redazione, sperando che nel mentre non mi abbiano licenziata».

David estrasse dal portafoglio un biglietto da visita e glielo porse. «Il mio indirizzo e il mio numero di telefono».

«Vuoi che ti chiami?», chiese Heaven con studiata indifferenza, gli occhi fissi sui numeri neri.

Lui esitò. «Se hai bisogno... E poi ti devo un paio di disegni, ricordi?»

«Giusto», sorrise lei, cercando di nascondere la delusione. «Sappi che ti tormenterò fino a quando non li avrò fra le mani».

«Giuro che ci lavorerò il prima possibile».

Altro silenzio imbarazzato, poi lei fece un passo avanti. «Allora, ciao», disse. E, prima di ripensarci, si alzò sulla punta dei piedi e gli posò un bacio sulla guancia ispida.

«Ciao Heaven», mormorò lui, l'espressione indecifrabile.

Per evitare di scoppiare a piangere, Heaven corse verso il taxi e salì, chiudendo con forza la portiera. Diede l'indirizzo al tassista e si appoggiò al sedile, chiudendo gli occhi e obbligandosi a non voltarsi indietro.

Doveva assolutamente dimenticare quel breve interludio sull'isola, se voleva concentrarsi sulla propria vita, e avrebbe iniziato bandendo David Cooper dalla sua mente. A partire da subito.

Vedere la sua auto dove l'aveva lasciata fu un vero sollievo; un po' meno trovare una multa salata per il mancato pagamento della sosta. Gettò il foglietto sul sedile e si mise al volante, boccheggiando per il gran caldo che regnava nell'abitacolo.

Desiderava andare subito a casa, fare una lunga doccia e mettersi dei vestiti puliti ma, adesso che era tornata alla realtà, l'urgenza di recarsi alla «L.A. Rumors» e cercare di blandire il suo capo le si rovesciò addosso come una secchiata d'acqua gelida.

Guidò come un automa, come dopo un lungo sonno. Il

traffico, i clacson, i semafori, tutto le sembrava assurdo e brutto, dopo la quiete dell'isola. Tuttavia, durante il tragitto rientrò lentamente nei suoi tristi panni, ed era nuovamente padrona di sé quando giunse sotto la sede della rivista.

Era tutto come lo aveva lasciato. Le scrivanie ingombre, i telefoni che squillavano senza sosta, i colleghi che andavano avanti e indietro per lo stretto corridoio coperto di moquette verde acido, le vetrate che guardavano sul parco divertimenti degli Universal Studios, in lontananza.

Non appena comparve sulla porta, Heaven attirò tutti gli sguardi su di sé. Doveva sembrare una selvaggia, con quella camicetta scolorita, i pantaloncini sdruciti, i capelli crespi e le guance rosse di sole.

«Ma guarda chi si è degnato di tornare: la piccola Taylor!». Cal Parker, il direttore del giornale, uscì dal suo ufficio in quel preciso istante, dirigendosi immediatamente verso di lei. Gli bastò una sola occhiata al suo aspetto per arrivare alla conclusione sbagliata. «Vedo che ti sei fatta una vacanza al mare. Be', magari la prossima volta avvisaci che hai bisogno di ferie, anziché sparire a ridosso dell'uscita del numero nuovo. Ho dovuto affidare il tuo pezzo sui ritocchini delle star a Meghan».

Lo sapeva! Quella sgualdrina sognava di soffiarle il posto da quando era arrivata in redazione!

Scuotendo la testa per deviare da quel pensiero inutile, Heaven mostrò la reflex a Parker. «Non sono stata in vacanza, stavo lavorando! Ho seguito Tori Scott fino a Malibu, e l'ho vista con il suo amante. Ho scattato delle foto...».

Gli occhi scuri di Parker si illuminarono di avidità e la sua testa semi pelata si tinse di rosa. «Foto belle? Si vedono bene? Cristo, Taylor, ti aumento lo stipendio! Anzi, no, ti faccio socia della rivista, se quegli scatti sono almeno accettabili! Sai quanto ci frutteranno? Milioni!».

Stava per trascinarla nel suo ufficio, quando Heaven abbassò la macchina fotografica. «Sì, be', c'è un piccolo problema: la reflex mi è caduta in acqua e non si accende più. Ma possiamo provare a vedere se sulla memory card è rimasto qualcosa...».

«Come diavolo si fa a essere così idioti?!». Parker le strappò la macchina fotografica dalle mani e la portò nel suo ufficio – seguito da un gran numero di curiosi –, inserendo la memory nel computer. «Prega, Taylor, o puoi trovarti un altro lavoro», l'ammonì.

Ed Heaven pregò, intensamente, fino a quando le sue speranze non si infransero alla vista della scritta nera sullo schermo del PC.

Dispositivo danneggiato

«Merda...», mormorò.

Parker le rivolse un'occhiata dura. «Com'è successo?»

«Mi sono appostata sugli scogli e ho sfidato la tempesta, ma dopo aver scattato le foto sono caduta in mare... ed è andato tutto in fumo».

«E hai aspettato tre giorni per venire qui a dirmelo? Forse, asciugandola subito, potevamo recuperare tutto!».

«Sono rimasta bloccata su un'isola fino a poche ore fa, sono appena tornata! Non mi vede?», sbottò Heaven, indicando il proprio aspetto.

«Ma certo, sei finita su un'isola deserta e ti sei cibata di bacche e licheni per sopravvivere, per poi tornare a nuoto fin qui e consegnarmi le fotografie», la derise lui. «Ci credo, sicuro».

«Non ho detto questo, ma ero davvero…».

«Dacci un taglio, ragazzina. Vi ho assegnato un compito e nessuno di voi è riuscito a portarlo a termine», disse Parker, fissando tutti malamente. Poi tornò con lo sguardo su di lei. «Bastava dire: "Non ce l'ho fatta", senza inventarsi tante balle così evidentemente assurde».

«Non sono balle!».

«Be', non mi interessa. Sei fuori».

Heaven impallidì. «Ehi, aspetti, perché? Non ha licenziato tutti quelli che hanno fallito, perché io devo andarmene?»

«Devo operare tagli al personale; uno vale l'altro, dal momento che siete un branco di incapaci».

«Se solo mi desse un'altra opportunità, forse potrei…».

«Facciamo così: io adesso ti licenzio. Se poi mi porti materiale valido su Tori Scott, ti riassumo all'istante e ti do quello che vuoi».

Heaven lo vide voltare le spalle a tutti e uscire dall'ufficio, furibondo, e a lei non restò che seguirlo, deviare verso la propria scrivania e svuotarla dei pochi oggetti personali che aveva.

«Cavolo, Heaven, che abbronzatura fantastica! Dove sei stata?», le chiese Meghan McCoy, la sua odiosa collega, con aria perfidamente compiaciuta, mentre si arricciava un boccolo scuro tra le dita, comodamente seduta sulla sua poltrona. Di sicuro pensava di mettere le grinfie sul suo tavolo, ora che lei era fuori gioco.

Be', se lo poteva tenere. Non avrebbe rimesso piede in quella bettola per nessun motivo al mondo.

Mandando mentalmente al diavolo tutti, Heaven recuperò i suoi pochi averi e uscì dall'edificio.

Avrebbe trovato quella dannata modella, anche a costo di pedinarla e dormire in auto per giorni. E dopo aver scattato le foto che voleva, le avrebbe vendute al miglior offerente.

Alla faccia di Cal Parker e della sua schifosissima rivista di serie B!

La casa risuonava di risate e musica ad alto volume, di profumi maschili mischiati a fragranze femminili, di voci chiassose e risatine sciocche, e l'alcol scorreva a fiumi.

Quando aveva detto a Robert di invitare un paio di amici da lui, per una serata scacciapensieri, non aveva inteso dare un party sfrenato, ma forse avrebbe dovuto immaginare il risultato: il suo amico non era famoso per le mezze misure.

Seduto sul divano immacolato, nella sua casa sulla spiaggia, David sorseggiava una birra, lo sguardo perso fuori dalla vetrata che guardava sul mare. Il sole stava calando sull'orizzonte, tingendo tutto di arancioni intensi, rossi e viola, e il mare brillava tanto da far male agli occhi.

Eppure, non gli suscitava nulla.

Quei tramonti spettacolari, che sull'isola lo avevano incantato, dalla finestra di casa erano scenari come tanti, niente più e niente meno di un rapido momento di colore. L'odore del mare non era forte come sul ponte della *Fairytale*, il verso dei gabbiani non era l'unico suono da udire in mezzo al frusciare delle palme.

Heaven non era l'unico volto da osservare ventiquattr'ore su ventiquattro.

Bevve un altro sorso di birra, cercando Jeanne con lo sguardo, ma non la vide in giro. Probabilmente si era rifugiata di sopra, disturbata da tutti quegli schiamazzi. Aveva quasi voglia di imitarla.

Non era in vena di festeggiare. Aveva cercato compagnia solo per evitare di sentire l'eco dei propri pensieri in quella grande casa vuota. Da quando era tornato si sentiva solo, apatico, non aveva voglia di far nulla se non stare sdraiato sul letto a pensare e ripensare a ciò che avrebbe potuto fare se fosse stato ancora sull'isola insieme ad Heaven.

Avrebbero potuto esplorare i dintorni con attenzione, fare immersioni in quelle acque cristalline piene di pesci colorati, inventare qualche gioco per ammazzare la noia. E, perché no, fare l'amore per tutto il resto del tempo, come se non esistesse una sola altra cosa importante al mondo.

E poi l'avrebbe ritratta, come ossessionato, ogni volta che ne avesse sentito la necessità. Cosa che aveva provato a fare, appena tornato a casa, salvo scoprire, frustrato, che non riusciva a mettere insieme una sola linea senza averla davanti.

Si alzò, irritato.

Dunque c'era cascato di nuovo, si era fissato su una ragazza al punto da immaginare le sue giornate con lei, da averne bisogno per sentirsi vivo. Ogni volta che si era lasciato andare a un sentimento simile era finita male; eppure, chissà perché, non riusciva a smettere di ripetere gli stessi errori. E dire che si era impegnato, negli ultimi anni, per evitare qualunque fregatura.

Salutarla, due giorni prima, era stato deprimente. Anche Heaven era parsa triste, così come triste era stato il proprio rifiuto di gettare in lavatrice la maglietta che lei aveva indossato sull'isola, e che ancora recava lievi tracce del suo profumo dolce.

"Sembro un malato d'amore, che schifo", pensò, acido.

«Ehi, Coop». Peter gli si affiancò, un bicchiere di rum e Coca in mano e una sigaretta dietro l'orecchio. «Hai un minuto?».

Ansioso di distrarsi, David annuì. «Più di uno».

«Devo parlarti di una cosa. Ieri io e Robby abbiamo incontrato Victoria».

David rimase impassibile. «E allora?»

«Era in un ristorante, tutta imbacuccata per non farsi riconoscere. Sai, ora che è diventata famosa ha i giornalisti alle calcagna».

"Compreso uno scricciolo dagli occhi blu", pensò David con un sogghigno, al pensiero della piccola Heaven abbarbicata su uno scoglio per spiare la sua ex, Victoria – Tori – Scott.

«Be', per fartela breve: ci ha riconosciuti e si è seduta con noi. Sembrava contenta di vederci. Abbiamo ricordato un po' i vecchi tempi...».

«Vieni al dunque, Pete».

«Sì, insomma, noi volevamo snobbarla. All'inizio siamo stati un po' stronzi con lei, ma Vicky è stata comprensiva, ha detto che dopo quello che ti ha fatto non meritava di meglio. Ci ha parlato di una festa per il suo trentesimo compleanno, nella sua villa a Beverly Hills, la prossima settimana, e vorrebbe invitare anche tutto il vecchio gruppo. Compreso te». Gli porse un biglietto da visita con un numero di telefono scritto a mano sul retro.

David sospirò nell'afferrarlo. A quanto sembrava, Victoria stava tornando alla carica.

«Vuole fare una rimpatriata?»

«Una specie. Dice che sarebbe carino, per un giorno, avere con sé persone che la ricordano per ciò che era e non per quella che è adesso». Peter lo studiò, attento. «Che dobbiamo fare? Non abbiamo accettato, ma ci ha fatto promettere di pensarci e darle una risposta entro un paio di giorni. E inoltre, amico, sarà pieno di quelle sventole di modelle sue amiche!».

David sorrise. Robert e Peter erano due scavezzacolli, ma erano amici leali, sempre dalla sua parte. Avrebbero rinunciato a una festa piena di donne solo per non fargli un torto.

«Se è pieno di modelle da favola, dovreste andarci», disse, strizzandogli l'occhio.

«E tu non vieni?»

«Anche ammettendo di averne voglia, cosa che non è, sarebbe un tantino strano, non trovi?»

«Be', se cambi idea faccelo sapere».

Mentre annuiva, suonarono alla porta. Scusandosi con il suo amico, David andò ad aprire e il cuore fece una strana capriola nel petto non appena vide chi c'era dall'altra parte. Gli sembrò di tornare finalmente a respirare a pieni polmoni.

Sulle scale d'ingresso, Heaven si guardava intorno con aria imbarazzata. Aveva i capelli sciolti sulle spalle, una minigonna di jeans e un top di un rosa assurdo, intonato alle sneakers che portava ai piedi. Semplice, senza trucco, eppure bellissima. Il sole preso nei giorni precedenti le aveva regalato una leggera spruzzata di efelidi sul naso, e David provò l'incredibile desiderio di chinarsi a baciarle tutte, una per una.

«Ciao», disse lei, esitante.

Le labbra di David si stirarono nel primo vero sorriso che si concedeva da giorni. «Ciao, Heaven».

«Mi dispiace disturbarti. Mi pare evidente che sono piombata nel bel mezzo di una festa. Magari avrei dovuto telefonare...?».

Era a disagio. Quant'era dolce!

«Sono solo un paio di amici rumorosi», minimizzò lui. «Qualcosa non va?»

«No... Cioè, sì... Insomma, sono venuta a chiederti un favore enorme».

Oh. Non era lì solo perché aveva sentito tremendamente la sua mancanza.

"Sogna, Cooper", si derise.

Un po' deluso, annuì e fece un passo indietro, spalancando la porta. «Vuoi entrare?».

Heaven esitò. La musica che usciva dalla porta era fastidiosa, così come il vociare della gente in salotto. Perfino David tremò al pensiero di tornare dentro.

In quel momento, dietro di lui apparve Bethany, una delle tante "amiche" portate da Robert. «Ehi, Dave, non vieni?», tubò la biondina, affiancandolo. David la vide scrutare Heaven con un'occhiata a raggi X, e percepì immediatamente l'ostilità che emanò.

«Va' pure, io arrivo», le disse, senza guardarla.

Heaven fece un passo indietro, le mani nelle tasche posteriori. «Senti, torna pure dai tuoi amici. Io devo andare».

«Non dovevi chiedermi qualcosa?»

«Posso telefonarti domani. A dire il vero non so nemmeno perché sono venuta».

In quel momento, Robert passò dietro di loro, sbirciò fuori dalla porta e si immobilizzò. «Santarellina Taylor? Sei proprio tu?», esclamò, sorpreso.

«Harris», disse Heaven, con un cenno di saluto pieno di diffidenza.

Peter arrivò di corsa, richiamato dal nome pronunciato dall'amico. «Guarda chi si rivede! Che ci fai qui?», le chiese. Poi guardò David e inarcò le sopracciglia chiare. «Ci siamo persi qualcosa?»

«Uscite insieme?», rincarò Robert.

A quelle parole, Bethany si voltò di scatto verso David, fulminandolo con un'occhiataccia. «Dunque è così. Non è quello che mi avevi fatto capire!».

«Ci vediamo, Cooper», disse Heaven, fredda, scendendo le scale.

David passò la propria birra a Robert, si tirò la porta dietro le spalle e la seguì.

«Aspetta!», le urlò, raggiungendola.

Heaven rallentò, senza fermarsi. «Torna alla tua festa, davvero. La prossima volta telefonerò».

David l'afferrò per un braccio. «Fermati un momento». Quando riuscì a guardarla negli occhi, lesse freddezza in quelle stupende iridi azzurre. «Che ti prende?»

«Non mi prende niente».

«Sei arrabbiata con me?»

«Perché dovrei?»

«Dimmelo tu. Sei arrivata con un sorriso e sei scappata via un attimo dopo con un muso lungo». Ammiccò, divertito. «Non sarai mica gelosa, vero?».

Lei inarcò un sopracciglio, con aria così insultata da fargli venire voglia di baciarla. «Di chi? Di quella bionda tinta, con le tette rifatte e il neo posticcio sulle labbra?»

«Ha un neo? Sul serio?», chiese lui, perplesso, mentre il cuore gli si scaldava. «In ogni caso, non intendevo gelosa di Bethany, ma di non essere stata invitata alla festa». Ridacchiò, avvicinandosi di più. «Ma la tua risposta mi fa pensare che lo fossi per altro».

«Speraci pure, se ti fa sentire figo», borbottò lei, sfuggendo il suo sguardo.

Non lo faceva sentire figo. Lo faceva sentire un dio.

David le prese una mano, trascinandola verso la spiaggia. «Vieni, facciamo due passi, così potrai dirmi perché sei venuta a cercarmi».

Riluttante, Heaven si lasciò trascinare fino a quando non raggiunsero una delle postazioni dei bagnini. David si appollaiò sulla ringhiera di legno e la fissò. «Allora?».

Con le braccia strette al petto, Heaven giocherellò con la sabbia, disegnando cerchi con la punta di un piede. «Mi hanno licenziata, per quella storia delle foto mancate».

«Vorrei dirti che mi dispiace, ma credo davvero che tu possa avere di meglio».

«Lo penso anch'io, ma prima devo fare una cosa. Devo ottenere uno scoop su Tori Scott per dare uno schiaffo morale a Cal Parker e alla sua schifosa rivista». Finalmente alzò gli occhi a guardarlo, l'aria determinata. «E ho bisogno del tuo aiuto».

«Che vuoi che faccia?», sospirò David.

«Hai detto che la conosci da tempo. Non potresti rivederla, scoprire qualcosa su di lei, dirmi dove va, che impegni ha durante la giornata? Qualunque cosa che mi aiuti a tenerla d'occhio, cosicché io possa provare a immortalarla nuovamente». Si morse un labbro, a disagio. «Se fosse tua amica, non te lo chiederei. Ma mi è parso di capire che non ti piace, perciò non dovrebbe costarti molto aiutarmi a smascherarla. In fondo non è una bella persona, sta tradendo il suo povero marito...».

David sorrise. «Se ti senti in colpa al punto da inventare motivi validi per sbatterla sui giornali, perché vuoi farlo?»

«Non mi sento in colpa, sono una giornalista: è il mio lavoro!», sbottò Heaven, poco convinta. Poi prese un profondo respiro. «Ok, non ne sono entusiasta, non era questo che sognavo di fare nella vita. Ma è la sola cosa che posso fare per dare una lezione a quel cretino del mio ex capo, che mi ha buttata fuori su due piedi senza nemmeno pensarci, lasciandomi senza lavoro. Mi serve una fonte di guadagno certa e alla svelta, se voglio continuare a pagare l'affitto e le bollette, e le foto compromettenti su Tori Scott sono la mia unica alternativa, al momento. Tutti i giornali vogliono quello scoop, compresa la "Star's Magazine". Se dovessi ottenerlo, avrei anche una possibilità concreta di lavorare per loro».

Il bigliettino di Victoria parve bruciare nella tasca dei pantaloni di David. Una coincidenza troppo perfetta. Per un attimo pensò di portare Heaven alla festa della sua ex ragazza, mostrando a Vicky quanto fossero migliorati i suoi gusti in fatto di donne e farle capire, una volta per tutte, che non aveva più nessuna speranza con lui. Ma non voleva decidere sotto l'influsso di quei magnetici occhioni blu. Preferiva pensare al da farsi a mente fresca.

Perciò prese tempo e si strinse nelle spalle. «Vedrò quel che posso fare».

Il viso di Heaven si rilassò. «Grazie, David. Non sai quanto...».

«A una condizione», la interruppe lui.

«E sarebbe?»

«Posa per me», disse d'un tratto. Aveva immaginato di metterla in imbarazzo chiedendole qualcosa di assurdo come un bacio, una notte insieme o qualcosa di altrettanto compromettente, ma l'idea di averla come modella si era insinuata nella sua mente con più prepotenza. Al solo pensiero, sentiva la voglia di mettersi al lavoro percorrergli le dita.

Heaven sbatté le palpebre, perplessa. «Intendi per un dipinto?»

«Uno o più di uno, lo vedremo».

«Per quanto tempo?»

«Finché io servirò a te, tu aiuterai me».

«E chi mi assicura che ti impegnerai per farmi avere l'aggancio con la Scott entro un tempo ragionevole e che non te ne laverai le mani una volta imbrattata qualche tela con la mia faccia?»

«Dovrai fidarti della mia parola».

«Fidarmi della parola di un ricattatore?», borbottò lei con una smorfia. Parve riflettere a lungo, tenendolo sulle spine, ma alla fine cedette. «Suppongo di non avere scelta. Ma una condizione voglio porla anch'io».

«Mmm, questo non so se puoi farlo…».

«Niente nudo!», lo ammonì lei, l'indice alzato. «Non mi vendo per delle stupide foto. Se non accetti, troverò un altro modo per seguire la Scott».

«E va bene, accordo accettato». David scese dalla ringhiera, atterrandole davanti. «Ora torniamo alla parte del discorso più interessante. Stavamo appurando la tua gelosia nei confronti di Bethany…».

«Non stavamo appurando proprio niente. La tua ragazza del momento mi ha guardata male e mi ha fatta innervosire, punto. Per non parlare dei tuoi amici».

«Bethany non è la mia ragazza. Lo vorrebbe, ma non mi interessa. Le ho detto chiaro e tondo che non ho intenzione di avviare relazioni sentimentali».

«Forse non lo ha capito bene. Del resto non mi è sembrata un genio», grugnì lei, a mezza voce.

Perché doveva essere così adorabile? Anche con quel broncio gli risultava difficile non desiderarla.

«Per quale motivo i miei amici ti hanno innervosita?», le chiese, cercando di resistere alla tentazione di stringerla forte.

«Non ricordo con piacere l'ultima volta che li ho visti. Mi sono sentita stupida e mi ci sento ogni volta che ci ripenso».

«Sono un po' grezzi, te ne do atto, ma non sono cattivi».

«Non importa. Hanno scommesso dei soldi su di me, ed è sufficiente perché non mi piacciano».

«Io invece li ringrazio. Senza di loro, forse non ti avrei mai incontrata».

Lei si portò una mano al cuore, grondante sarcasmo.

«Senti un po' che cosa dolce! Dire a una ragazza che, se non ti avessero pagato per provarci, non ti saresti mai accorto di lei, è proprio da principe azzurro».

«Ho detto *forse*. In quei giorni ero troppo trincerato dietro al mio malumore per guardarmi intorno, e loro mi sono stati d'aiuto, proponendomi quel gioco. La scommessa più bella di sempre». Sorrise dolcemente, scostandole i capelli che la brezza serale le aveva soffiato sul viso.

Heaven lo fissò, incerta. «Non c'è bisogno che ricorri al tuo vasto repertorio di frasi da abbordaggio, abbiamo già stabilito che tra noi non può funzionare».

«Hai ragione. Ritiro tutto», sospirò David, metà divertito e metà esasperato.

Heaven gli porse un foglietto e fece un passo indietro. «Questo è il mio numero di telefono. Aspetto tue notizie per quell'aggancio. Ora è meglio che vada. Buon proseguimento di serata!».

«E te ne vai così?»

«Vuoi un inchino?», chiese lei, ironica.

David ridacchiò, mentre l'attirava tra le sue braccia. «Voglio il bacio della buonanotte», mormorò, prima di posare le labbra sulle sue.

La baciò in modo lento, dolce e profondo, fino a quando non la sentì sciogliersi contro di sé. Prima di perdere del tutto il controllo, la lasciò andare.

«Bene, ora puoi andare», disse, roco.

Heaven lo fissò per un attimo, ancora illanguidita, poi lo afferrò per il bavero della camicia. «Non dirmi quello che devo fare», borbottò, prima di baciarlo a sua volta.

Un bacio più rapido ma ugualmente profondo, che infiammò entrambi.

A fatica, lei si tirò indietro, gli occhi socchiusi. «Ora torna pure dai tuoi amici a fare un'altra scommessa», sussurrò. Poi scappò via, lasciandolo sulla spiaggia in preda a un desiderio feroce.

Quando David rientrò in casa, trovò Robert e Peter seduti sul divano, le espressioni stupide di chi la sapeva lunga.

«Che scena romantica», tubò Robert, sbattendo le ciglia.

Peter si portò le mani al cuore. «Mi sono commosso!».

Con un sorrisetto, David si sedette in mezzo a loro. «Deficienti».

«Da quanto va avanti questa storia?». Robert lo scrutò attentamente. «Non vedo quell'espressione ebete sulla tua faccia da un bel pezzo».

«Vuoi portartela a letto di nuovo!», esclamò Peter. «Scommetto che ce la fai. Ormai non è più una sfida tanto grande...».

Invece lo era eccome, pensò David sospirando.

Forse la più grande e la più rischiosa della sua vita.

Capitolo 10

Non lo sentiva da *tre* giorni.

Non erano nulla, in fondo, ma a lei sembravano un'eternità.

Dopo aver condiviso con lui ogni momento, sull'isola, ritrovarsi di nuovo sola, senza nemmeno la distrazione del lavoro a distogliere la sua mente dai ricordi, era davvero triste.

Si era sforzata di non telefonargli, non aveva scuse. Era già andata a trovarlo senza un vero motivo, facendo la figura della stupida mostrandosi indispettita per la biondina che si trovava in casa sua, e non voleva farlo di nuovo. Questa volta toccava a lui fare un passo nella sua direzione… sempre ammesso che ne avesse voglia.

"Be', quando ti bacia come se volesse mangiarti, di voglia ne dimostra abbastanza", insinuò una vocina nella sua testa.

Al solo ricordo del bacio famelico che si erano scambiati l'ultima volta, Heaven ebbe un brivido. Senza dubbio, David era attratto da lei. La domanda da milioni di dollari era: *quanto*? Fino a che punto quell'attrazione poteva soddisfarla?

Essere un corpo come un altro, utile solo a scaldargli il letto, non era abbastanza per lei. Nonostante i dubbi e i timori di cui aveva tenuto conto in ogni istante, come deterrente, non era proprio riuscita a non invaghirsi di lui. E adesso sentiva acutamente la sua mancanza.

Chi poteva passare del tempo in compagnia di David senza essere minimamente sfiorata dal suo fascino? Di sicuro non lei, che non aveva una storia degna di nota da... Be', da sempre!

Le sporadiche relazioni che si era concessa da quando si era trasferita in città erano state inutili perdite di tempo, e decisamente poco soddisfacenti. Era triste pensare che quell'unica notte d'amore con Cooper possedesse ancora lo scettro di miglior esperienza sessuale della sua vita.

Tuttavia, non era solo un fattore estetico a tenere avvinto il suo pensiero, ma la dolcezza che spesso le aveva riservato, la sua risata, quell'arroganza che usava come scudo per proteggere il suo cuore. Adorava ogni singolo dettaglio di quell'uomo, difetti compresi.

Sospirò per la millesima volta, chiedendosi cosa stesse facendo in quel momento. Era quasi ora di cena, probabilmente stava per uscire con quelle due teste di legno dei suoi amici, facendo scommesse a discapito di un'altra povera malcapitata, una ragazza ingenua che si sarebbe ritrovata a vivere la notte più meravigliosa della sua vita, una notte da rimpiangere per il resto dei suoi giorni...

"Smettila di pensare a lui!", si impose. Non era forse uscita in fretta e furia di casa proprio per evitare che la sua mente si fossilizzasse su riflessioni deprimenti?

Ogniqualvolta si sentiva giù di corda, si recava lassù, a

Mount Lee, proprio nei pressi delle enormi lettere bianche della Hollywood Sign, per provare a osservare i suoi problemi dall'alto e ridimensionarli. Niente sapeva liberarle la mente come la vastità e la bellezza dell'intera città vista da quella montagna. Un tempo il mare aveva avuto lo stesso potere, ma dopo l'avventura sull'isola sembrava che anche le onde le parlassero di David.

Era un caso senza speranza. Quella sera nemmeno lo spettacolo meraviglioso del tramonto su Los Angeles riusciva a risollevarle l'umore.

Aveva passato l'intera mattinata a consegnare curriculum a tutte le redazioni giornalistiche che aveva scovato, ansiosa di trovare un impiego. Necessitava di una distrazione seria e, soprattutto, di un modo veloce per fare soldi, o avrebbe potuto dire addio al suo appartamento e tornare da suo padre con la coda tra le gambe. Un bello smacco rientrare da perdente nella stessa casa da cui era fuggita in cerca di indipendenza e fortuna.

Anche per questo aspettava con ansia una telefonata di David: avevano un accordo, doveva trovarle un aggancio con Tori Scott e aiutarla a procurarsi uno scoop coi fiocchi al più presto. Sapeva, però, che anche se fosse riuscita a infiltrarsi nella vita della modella potevano passare settimane, addirittura mesi, prima di riuscire a ottenere delle foto interessanti. Ma da qualche parte doveva pur cominciare, mantenendo viva la speranza di non essere battuta sul tempo da qualche giornalista favorito dalla sorte. La volta precedente aveva avuto un'enorme fortuna, riuscendo a immortalare Tori e il suo amante al primo colpo, e non era sicura di riuscirci una seconda volta.

"Se solo lui si facesse vivo…".

Furiosa nel veder tornare la propria mente al punto di partenza, si alzò dalla sporgenza di roccia su cui si era accomodata e si spazzolò il fondo dei pantaloncini con gesti secchi.

Prima di quel dannato naufragio non aveva mai permesso alla nostalgia di invaderla, aveva sempre cercato di godersi ogni attimo, di tenersi impegnata con qualunque espediente utile. Non poteva lasciare a un semplice uomo il potere di intristirla al punto tale da tenerla immobile come un cane davanti a una finestra, in attesa del ritorno del padrone. Doveva assolutamente reagire.

Si rimise in marcia, ansiosa di trovare qualcos'altro da fare per distrarsi.

Forse poteva fermarsi su una delle terrazze panoramiche e sperare di vedere una stella cadente, era il periodo giusto. E Dio solo sapeva quanto avesse bisogno di veder realizzato un desiderio…

«Un altro insulso pensiero romantico e mi lascio rotolare giù dalla montagna», sibilò tra i denti, mentre rientrava a passo di carica sul sentiero che portava dritto all'osservatorio di Griffith Park.

«Mi passi accanto e nemmeno mi saluti?».

La voce di David le giunse da un punto imprecisato alle sue spalle, mandandole il cuore in fibrillazione. Guardandosi intorno con circospezione – temendo si trattasse solo di un'allucinazione dovuta all'estremo desiderio di rivederlo –, Heaven lo scorse seduto su una panchina nascosta, un album da disegno sulle ginocchia. Poco distante, la piccola Jeanne esplorava il territorio con aria tranquilla.

Gli si avvicinò, imbambolata davanti a quel sorriso munito di fossette. «Che ci fai qui?»

«Edward tiene una lezione di astronomia all'osservatorio, stasera. Non ci vediamo da un sacco di tempo, così sono venuto a salutarlo e a vedere come se la cava in veste di professore. Ma visto che ero in anticipo, ho deciso di fare una passeggiata insieme a Jeanne». David si alzò, seguendo il cane con lo sguardo. «È diventata pigra, da quando siamo tornati. Non ha voglia di fare niente».

«La capisco», disse quasi tra sé Heaven, gli occhi puntati sull'animale.

«Oh, anch'io... E con estremo dispiacere della mia agente, che sta cercando in tutti i modi di convincermi a preparare una mostra per la fine dell'estate». David indicò l'album che aveva lasciato sulla panchina, con espressione rassegnata. «Proprio non riesco a mettere insieme nulla di interessante».

«Nemmeno quel paio di disegni che mi dovevi, suppongo, dal momento che non ne ho più saputo niente».

«Non si può dire che tu mi abbia tartassato di telefonate come avevi minacciato di fare, per ricordarmeli. Credevo non ti interessassero più».

«Ho deciso di essere buona e non stressarti, pensando che mi avresti telefonato tu una volta pronti». Un modo come un altro per dire: "Ti ho dato il mio numero di telefono, razza di mulo, perché non lo hai usato?!". Chissà se aveva colto il messaggio subliminale?

Vide un angolo di quelle labbra meravigliose tendersi verso l'alto, ma David fu lesto a cambiare argomento. «E tu che ci fai, qui?»

«In casa mi annoiavo, così sono venuta quassù a godermi il panorama. Ma stavo andando via».

«Perché non ti fermi ad assistere alla lezione di Edward? Forse ci sarà anche tua sorella».

«Oh, davvero?». Assurdo che lo sapesse David e non lei.

Lui parve intuire il corso dei suoi pensieri. «Così mi è parso di capire. Non te ne aveva parlato?»

«No. Ma a onor del vero non ci sentiamo molto spesso. Lei è sempre molto presa dal suo lavoro in ospedale, e io… be', al momento sono impegnata a *cercarlo*, un lavoro», disse, con una punta di amarezza nella voce. «La fortuna non è girata per entrambe allo stesso modo».

«Sono certo che troverai la strada più adatta a te, non appena sarai pronta. Non hai bisogno di affannarti per dimostrare qualcosa».

«Facile a dirsi. Nonostante il tempo trascorso lontana dalla sua influenza, sento ancora il fiato di mio padre sul collo e l'ansia di trasformarmi in una persona speciale ai suoi occhi».

«Potresti anche essere il procinto di vincere il Pulitzer, ma non cambierebbe niente: finché non capirai che sei già speciale, per il semplice fatto che non esiste nessun'altra persona al mondo che sia uguale a te, non sarai mai soddisfatta», disse David, con un sorriso dolce. «Pensaci. Al di là di una banale omonimia, di Heaven Taylor ce n'è una sola ed è piena di sfumature. E se per qualcuno potrebbe essere solo un puntino nel mondo, per qualcun altro potrebbe essere tutto. Ma prima devi convincerti del tuo valore, o nessuno se ne accorgerà».

Heaven rimase in silenzio, la gola contratta per le emozioni trattenute.

In un attimo, con poche parole e nessuna dichiarazione personale, David era riuscito a farle capire una grande verità e a farla sentire più leggera e meno sola. Aveva ragione, doveva lavorare su se stessa se voleva star bene tra la gente, apprezzarsi prima di cercare approvazione negli altri, e darsi tempo, senza pretendere di avere tutto e subito.

Ingoiando il magone, gli rivolse un sorriso tremulo. «Grazie».

David spezzò il silenzio denso di emozione che seguì, guardandosi intorno. «Mi stupisce vederti qui, paranoica come sei. Non hai paura di imbatterti in qualche vipera? Con questo caldo, in mezzo a tutta questa vegetazione, sarebbe plausibile».

Heaven iniziò a guardarsi intorno con circospezione, facendolo ridacchiare. «Alle vipere non avevo pensato. Tempo fa hanno avvistato un leone di montagna, qui nei paraggi, lo sapevi? Ma è stato preso e riportato alla riserva, perciò non credo esistano tante possibilità di fare un simile incontro. In ogni caso, me ne stavo giusto andando. Tu resta pure qui: se ho un po' di fortuna, un carnivoro di qualunque specie ti sbranerà quella linguaccia che usi sempre a sproposito», gli disse, con aria impettita, gettando la coda di cavallo dietro la schiena e voltandosi verso l'osservatorio, pronta ad andarsene.

«Non la uso *sempre* a sproposito», mormorò lui al suo orecchio, prima di fischiare per richiamare Jeanne e seguirla.

Heaven rabbrividì di piacere, sia per l'allusione a ciò

che lui era in grado di fare con la lingua che al pensiero di passare un altro po' di tempo in sua compagnia.

«Hai già cenato?», le chiese David, affiancandola.

«No. Pensavo di ordinare una pizza una volta arrivata a casa».

«Ma avevi accettato di restare per la lezione di Eddy!».

«Io non ricordo di aver detto una cosa del genere».

«E dài, mangia qualcosa con me. Prometto che non te ne farò pentire», propose lui, circondandole le spalle con un braccio.

Di questo ne era certa, pensò Heaven, respirando avidamente il suo profumo ormai familiare.

«Cosa proponi?», chiese, cercando di darsi un contegno.

«C'è un chiosco di panini all'entrata. Potremmo mangiarne uno al volo e poi raggiungere la terrazza per la lezione».

Non suonava romantico come "Propongo di sdraiarci sull'erba, in un angolino riparato, e mangiarci di baci a vicenda", ma poteva andare. Qualunque cosa, pur di stare con lui.

Perciò annuì. «Vada per il panino».

Raggiunsero il chiosco proprio mentre il sole svaniva dietro l'orizzonte e mangiarono seduti su una panchina tra gli alberi. Sembravano una coppia come le tante presenti, che chiacchierava alla luce del crepuscolo, gli occhi fissi sull'enorme distesa di luci colorate che era la città sotto di loro.

Heaven fece tesoro di ogni minuto e di ogni nuova informazione ottenuta su di lui. Ogni piccola scoperta fatta, in quegli ultimi minuti, aveva contribuito a dipingere un quadro più dettagliato e reale dell'uomo che ormai le aveva rubato il cuore.

Scoprì che David aveva un debole per gli anelli di cipolla e i doppi cheeseburger, e che riusciva a mangiarne due senza battere ciglio, mentre lei a malapena riusciva a finirne uno; lo ascoltò parlare di Edward e degli altri suoi amici, di come si erano conosciuti e delle loro scorribande scolastiche. Apprese che Eddy aveva cambiato idea a metà dell'istituto d'arte, capendo che la sua strada era molto diversa da quella scelta in precedenza e che virava incomprensibilmente verso studi scientifici; si stupì nel sapere che Robert Harris, oltre a essere un perdigiorno, era un grafico pubblicitario di talento, e che il tizio biondo, Peter, collaborava alla creazione di un fumetto per ragazzini... tra una donna e l'altra. Il loro legame, incentrato sulle uscite serali ai tempi del college, si era fatto più stretto e maturo negli ultimi anni, ed Heaven riuscì finalmente a considerare quei tre come esseri umani, nonostante ciò che le avevano fatto anni prima. In fondo, forse avrebbe dovuto ringraziarli per aver messo sulla sua strada un uomo fantastico come David.

Quando si avviarono alla terrazza panoramica sulla quale si sarebbe svolta la lezione speciale, assistette ai saluti genuinamente felici di David ed Edward che si rivedevano dopo tanto tempo. Lei stessa salutò il futuro cognato con più calore del solito: anche se aveva avuto modo di vederlo diverse volte insieme a sua sorella – durante le brevi e sporadiche riunioni famiglia a cui aveva partecipato in quegli ultimi anni –, farlo attraverso gli occhi di David glielo rese più simpatico.

Seppe proprio da lui che Grace lo avrebbe raggiunto

appena possibile, e si chiese cosa avrebbe pensato la sorella nel vederla lì insieme a David. Probabilmente ne sarebbe rimasta stupita: Heaven non le aveva mai raccontato quel che c'era stato tra lei e David, troppo umiliata per come si erano svolte le cose, e Grace aveva dato per scontato che lei lo avesse fatto fuggire a gambe levate con il suo atteggiamento rigido e bacchettone, quella sera lontana, o che David si fosse stufato piantandola in asso al pub di Santa Monica, pur non dicendolo apertamente.

"Se solo sapesse...".

Ma sapere cosa, in realtà? Che un ragazzo dai sani appetiti sessuali aveva approfittato di una ragazza inesperta per passare una serata divertente? O che quella stessa ragazza era riuscita, a distanza di anni, a solleticare la sua libidine in un paio di occasioni?

Perché tra loro non c'era nient'altro, e lei purtroppo ne era ben consapevole: David non le aveva fatto nessuna promessa, si limitava a essere gentile e a stuzzicarla. Questo non significava nulla.

Con l'umore in rapido peggioramento, si sistemò in un angolo della terrazza, abbastanza vicina alla classe di Edward da ascoltare la lezione, ma sufficientemente lontana per non disturbarla. David era al suo fianco, momentaneamente impegnato a scrivere sul suo cellulare.

«Abbiamo la possibilità di ammirare uno sciame meteorico ogni volta che la Terra, durante la sua orbita intorno al Sole, attraversa l'orbita di una cometa, e questo avviene ogni anno attorno alla stessa data», stava dicendo Edward, con voce paziente. «Esistono quattro sciami meteorici famosi: le Leonidi, visibili nel mese di novembre; le Geminidi, attive a dicembre e molto più spettacolari, a causa del loro lento passaggio nell'atmosfera; le Quadrantidi, visibili a gennaio, e le più conosciute Perseidi, visibili esattamente in queste serate di metà agosto».

«Cosa mi sono perso?», bisbigliò David all'orecchio di Heaven, poggiando le mani alla ringhiera e imprigionandola all'interno del cerchio delle sue braccia.

«Un sacco di cose interessanti», rispose lei. «Fammi ascoltare».

«Nonostante si parli di "stelle cadenti", le Perseidi sono in realtà minuscoli pezzettini di polvere e roccia ghiacciata, abbandonati dalla cometa Swift-Tuttle nel suo passaggio intorno al Sole e che, impattando nella nostra atmosfera, bruciano per attrito creando quella bellissima scia luminosa che ci piace tanto», riprese Edward. «La cometa è transitata per l'ultima volta vicino al nostro pianeta nel 1992 e non ripasserà fino al 2126...».

«Ci pensi?», chiese Heaven, piano, gli occhi puntati al cielo. «Ogni anno migliaia di persone stanno con il naso all'insù e gli occhi pieni di meraviglia a esprimere desideri ai detriti di una cometa. Mesi e mesi a sperare di vedere le stelle cadenti per poi scoprire che sono solo spazzatura, gli scarti di qualcosa di molto più bello».

«Non sono i suoi scarti, fanno parte di lei», ribatté David. «Ed è questo che intendevo prima: ogni cosa è speciale, a modo suo. Una cometa è senz'altro una cosa meravigliosa, ma noi ogni anno stiamo con il naso in su ad aspettare la sua polvere. E ogni volta che ne vediamo un granello ci sembra di aver visto qualcosa di magico». La mano di David si posò sulla sua, inondandola con il proprio calore. «Se vogliamo vederla in quest'ottica, siamo tutti stelle cadenti: piccole parti di qualcosa di più grande, ma comunque degni di essere *visti*».

Commossa, Heaven ruotò il palmo della mano per intrecciare le dita a quelle di David, che ricambiò la stretta con forza. Stava per abbandonarsi contro il suo petto, quando una voce familiare spezzò l'incanto, creando un momentaneo vuoto nella sua mente.

«Heaven?».

Si voltò all'unisono con David, la mano ancora stretta nella sua, e vide suo padre immobile alle loro spalle, insieme a una Grace piuttosto sorpresa.

«Ciao sorellona, non credevo di incontrarti qui!», disse quest'ultima, avvicinandosi per darle un bacio sulla guancia. Heaven la vide lanciare un'occhiata curiosa in direzione di David, che fece educatamente un passo indietro, ma mai curiosa quanto il padre, che faceva passare il suo severo sguardo verde dall'uno all'altra, chiedendosi a cosa avesse appena assistito.

«Grace, papà… Che sorpresa! Cioè, in realtà sapevo che Grace sarebbe venuta perché Edward lo ha detto a David e…». Cavoli, stava balbettando come una stupida!

Grace si diresse verso il suo ragazzo, lasciando Heaven a vedersela con la palpabile curiosità del padre, che avanzò di un passo.

«Come stai?», le chiese, osservandola.

«Oh, bene! Scusa se non mi sono più fatta sentire, ma… ho avuto un paio di settimane piuttosto movimentate al lavoro», improvvisò Heaven. Sperò che lui non le chiedesse di entrare nel dettaglio, o sarebbe venuto fuori tutto quanto: il suo quasi annegamento nell'oceano, dovuto a un atto sconsiderato fatto in nome di un lavoro che lui non approvava; le giornate passate su un'isola deserta con un uomo che l'aveva toccata intimamente più di una volta, e i sentimenti che lei aveva iniziato a provare per il suddetto uomo…

Non gli avrebbe mai svelato niente del genere, ovviamente, ma il reverendo aveva sempre avuto un superpotere: leggeva tra le righe. E di solito non sbagliava neanche una virgola.

«Sul serio? Grace mi ha detto che nelle ultime settimane non sono usciti articoli firmati da te, su quella rivista per qui lavori», disse infatti lui, scavandole nella mente con una sola occhiata alla ricerca della verità.

Heaven stava cercando una scusa plausibile per giustificare la mancanza di un articolo firmato con il proprio nome, qualcosa che le evitasse di dire a suo padre che era stata licenziata, ma il genitore sembrò aver già deciso a chi imputare la sua "distrazione" lavorativa.

Con suo sommo orrore lo vide allungare una mano verso David, l'aria attenta di chi non vuole perdersi nemmeno il più piccolo dettaglio.

«Noi non ci conosciamo», disse, sicuro. «Sono Ben Taylor, il padre di Heaven. E lei?»

«David Cooper», rispose semplicemente David, stringendogli la mano.

Il reverendo attese qualche delucidazione in più, che non arrivò. Li guardò entrambi per qualche istante, poi si rassegnò a passare all'attacco. «State insieme?».

Sentendosi morire dentro, Heaven si volse a guardare David di sottecchi, mordendosi un labbro. Lui le restituì lo sguardo, lasciando a lei la patata bollente.

«No, papà. Lui è un amico di lunga data di Edward», rispose, liquidando l'argomento.

«Non l'ho mai visto prima».

«David è un pittore famoso, ed è sempre in giro per il mondo. È qui stasera proprio perché non vedeva Edward da tempo». Heaven prese a sfregarsi le braccia. Quando era partita di casa era accaldata e ansiosa di distrarsi, ma a quell'ora tarda il freddo che regnava sul tetto della città le fece rimpiangere di non essersi vestita in modo più adeguato.

Anche suo padre dovette pensarlo, perché si sfilò il cardigan che indossava sopra la camicia e glielo porse. «Forse un paio di pantaloni più lunghi sarebbero stati una protezione migliore contro il freddo», insinuò a mezza voce, il tono sereno che contrastava con il solito sguardo di rimprovero. Heaven accettò il cardigan, cambiando discorso.

«Che ci fai qui?»

«Tua sorella doveva venire per vedere Edward, e siccome ero in ospedale per dar conforto a una famiglia, le ho dato un passaggio. Tu?»

«Ero venuta a vedere le stelle cadenti, ma stavo giusto andando via», disse, d'impulso. Anche se le seccava dover interrompere quella serata, sapeva bene che suo padre sarebbe rimasto lì fino a quando lei, o David, non fossero andati via. Ormai l'atmosfera era decisamente distrutta, tanto valeva tornarsene a casa.

«Ti accompagno alla macchina», disse David, avvicinandosi a lei.

"Stupido uomo coraggioso", pensò Heaven, tentando di farlo desistere con un'occhiata. Ma David non sembrò voler cogliere il messaggio e le rimase accanto mentre lei salutava il padre, al quale rivolse un cenno cortese. Insieme, si avviarono lungo la strada che portava al parcheggio, seguiti da due penetranti e acuti occhi verdi.

«Tu sei pazzo», sibilò Heaven non appena furono fuori portata d'orecchio.

«Non sto facendo niente di male», sorrise lui.

«Sì, ma gli hai messo in testa un milione di domande! E così siamo a quota due milioni, adesso. Non hai visto come ci guardava quando è arrivato?»

«Davvero suggestiva la sua occhiata da papà protettivo e diffidente. Se mai avrò una figlia, spero di saperla emulare».

Heaven lasciò correre, ma arrivata davanti alla sua auto lo affrontò. «Adesso tu torni su, così che possa vedere che non siamo andati via insieme per fare chissà che cosa, e ti tieni alla larga da lui per evitare che ti faccia il terzo grado. Intesi?».

David la fissò. «Cosa hai paura che potrei dirgli?»

«Proprio nulla! Ed è questo il problema. Io so come cavarmela con la sua curiosità, perciò lascia che sia io a risolvere la cosa».

«E come farai?».

Heaven spalancò le braccia e gli occhi blu. «Semplice: cambierò identità e Stato, e non potrà mai più trovarmi!».

David rise, poi scosse la testa. «Non ha visto niente, perciò non hai nulla da spiegare».

"Lo so che non c'è niente tra noi, grazie tante! Non c'è bisogno di ricordarmelo!", pensò di dirgli, lievemente seccata dalle sue parole.

«Per noi forse non c'è nulla da spiegare, ma per lui vederci mano nella mano è stato sufficiente», rispose invece, mantenendo l'espressione il più indifferente possibile. «Comunque non importa, me la cavo da anni. Non sei certo il primo ragazzo che vede a meno di dieci metri da me». David non rispose e lei aprì la macchina. «Buonanotte».

«Ho l'aggancio che volevi», disse lui, fermandola.

Heaven sgranò gli occhi, l'irritazione svanita quasi del tutto. «Sul serio? Con la Scott? Dove, quando e come ci sei riuscito? Ma soprattutto, cosa aspettavi a dirmelo?»

«Non è la prima cosa che mi è venuta in mente di dirti quando ti ho vista». Il suo sguardo era così intenso da farla arrossire. «La festa si terrà nella sua villa a Beverly Hills, fra due giorni», proseguì David. «Le ho telefonato stamattina e lei mi ha invitato: è il suo trentesimo compleanno, ci saranno vecchi amici e nuove conoscenze».

«Un party a Beverly Hills... Sarà un evento esclusivo!». Heaven esitò, pensierosa. «Con che scusa potrei entrare?»

«Nessuna scusa. Sei con me».

"In qualità di cosa? Amica? Accompagnatrice? Fidanzata per finta?".

Avrebbe voluto chiederglielo, ma temeva di sembrare troppo ansiosa di conoscere la risposta, perciò evitò e preferì riflettere sul da farsi.

«Devo assolutamente comprarmi un vestito adatto all'occasione, o quantomeno noleggiarne uno. Sarà una vera faticaccia, non ho la più pallida idea di cosa possa rivelarsi adatto a feste del genere».

«Le commesse sapranno il fatto loro».

«Sembrerà strano, detto da una donna, ma non so nemmeno da dove iniziare le ricerche».

«Direi che West Hollywood è la meta più sensata. E c'è sempre Rodeo Drive...».

«Per acquistare qualcosa in Rodeo Drive dovrei vendermi quasi tutti gli organi interni», borbottò lei, amareggiata.

«Per carità, stanno bene dove sono», disse lui. «Sono sicuro che qualunque cosa indosserai, sarà perfetta», aggiunse con un sorriso sincero.

Nascondendo il piacere che quelle parole le provocarono, Heaven fece una smorfia. «Parli così perché non mi hai mai vista fare shopping».

«Mi fido delle tue scelte. Ad esempio, a differenza di tuo padre, approvo in pieno questi pantaloncini». David lanciò un'occhiata di apprezzamento alle sue gambe esageratamente nude ed Heaven ringraziò il cielo per il buio che nascose il suo rossore.

Sospirò. «Non credo che basti così poco per far colpo su una modella quotata come la Scott, ma grazie di averci provato».

«Se ti serve aiuto, posso sempre venire con te», propose David. «Anzi, potremmo fare così: ci vediamo dopo pranzo, andiamo a fare compere e poi, per ringraziarmi, vieni da me e ti metti a mia completa disposizione per qualche ora».

Heaven deglutì. «A tua *completa* disposizione? In che senso?».

La risatina di David le fece correre un brivido caldo lungo la schiena. «Pensavo di ritrarti, come da accordi... Ma se hai altre idee, sono disponibile ad ascoltarle».

«Speraci, Cooper», bofonchiò lei, tremendamente imbarazzata dalla piega che avevano preso i suoi stessi pensieri. Salì in auto chiudendogli la portiera in faccia e improvvisando un'attenzione meticolosa nel mettersi la cintura di sicurezza. Tutto pur di non guardarlo e rivelargli più di quanto non facesse già il suo atteggiamento da ragazzina infatuata.

David picchiò sul finestrino con le nocche, il familiare sorrisetto odioso in bella mostra sulle labbra. Quando Heaven, controvoglia, lo aprì, lui mise la testa all'interno.

«Ti passo a prendere, se mi dai il tuo indirizzo».

«Abito a Silver Lake, vicino alla biblioteca pubblica. Possiamo vederci lì davanti».

«Allora a domani, alle due. Sii puntuale, ok?». David le fece l'occhiolino, ed Heaven sentì le farfalle nello stomaco.

Ormai era alla frutta: un solo sguardo e si sentiva tremare.

Con un breve cenno di assenso, mise in moto e si allontanò velocemente da quella tentazione dagli occhi grigi; certa, purtroppo, che avrebbe passato il resto della serata a contare le ore che la separavano dal loro prossimo incontro.

Capitolo 11

«Che ne pensi?».

"Penso che è una tortura stare qui a guardarti e non poterti toccare".

Ecco che ne pensava dell'ennesimo vestito che le vedeva indosso. Accompagnarla a fare spese era stata l'idea più stupida che gli fosse mai venuta in mente.

Quell'abito nero, molto elegante, le fasciava il corpo in modo sexy fino al ginocchio; lo scollo quadrato metteva in mostra solo una piccola parte di seno, ma abbastanza perché gli facesse venire voglia di accarezzarle la pelle con il dorso delle dita fino a strapparle un brivido. Ed era certo di riuscirci: aveva potere sul suo corpo.

Peccato non ne avesse altrettanto sul proprio: ancora uno spogliarello dietro a quella tenda che mostrava il suo profilo conturbante in controluce, e la situazione si sarebbe fatta imbarazzante.

Muovendosi a disagio sulla poltroncina, si strinse nelle spalle. «Ti stanno tutti bene».

Heaven si guardò nello specchio a figura intera posto accanto al camerino, l'aria scettica. «Un vestito come questo renderebbe molto di più su una donna alta, io invece sembro una bambina che gioca a fare la gran dama», disse seccata.

Era nervosa. Aveva provato una mezza dozzina di abiti, scartandoli uno dopo l'altro: troppo semplice, troppo appariscente, troppo scollato, troppo corto...

Per quel che lo riguardava, Heaven era bellissima comunque, il che lo rendeva fin troppo suscettibile. Era stanco di stare seduto fuori dai camerini a vederla sfilare davanti a lui, quando l'unica cosa che aveva voglia di fare era infilarla a forza dentro uno di quei cubicoli e baciarla fino a stordirla.

Quante probabilità aveva di convincerla a scegliere un vestito qualunque e poi portarla a casa, chiudere a chiave la porta e fare l'amore con lei fino a farle gridare pietà?

Diamine. La cotta stratosferica che aveva preso stava peggiorando a vista d'occhio.

Aveva provato a rallentare, a non cercarla per qualche giorno, a dedicarsi al suo lavoro come prima di naufragare con lei in mezzo al Pacifico. Ma non appena l'aveva vista a Griffith Park, la sera precedente, aveva capito che dissimulare i propri sentimenti stava diventando faticoso. Heaven Taylor riusciva a insinuarsi nei suoi pensieri contro la sua stessa volontà, e lui non sapeva che fare per evitarlo.

«Quest'abito è di classe», disse il commesso che da qualche minuto si stava occupando di Heaven, riportandolo alla realtà. «Il nero è adatto a qualsiasi occasione, e il taglio le dona... Come farebbe ogni altro abito presente in negozio, ne sono sicuro».

David inarcò un sopracciglio a quel complimento smielato, e lanciò un'occhiata in direzione di Heaven. La vide sorridere, vagamente imbarazzata, e sentì una piccola fitta di fastidio.

"Sei geloso?", insinuò una vocina nella sua testa.

Che sciocchezza. Supponeva di non essere l'unico uomo ad avere gli occhi, era naturale che qualcun altro notasse la bellezza rasserenante di Heaven.

«Vorrei comunque provare qualcos'altro, un capo che mi renda speciale e allo stesso tempo mi faccia sentire a mio agio», stava dicendo lei al commesso, con voce dolce.

Per poco il ragazzo non si inchinò. «Farò del mio meglio, torno subito».

Non appena si fu allontanato, David la raggiunse. «Un altro paio di sorrisi e ti chiederà di sposarlo».

«Tu dici?», chiese lei, fingendo noncuranza. Tuttavia, era evidente un certo compiacimento sul suo volto.

«Fidati, sono un uomo. So come funziona».

«Be', è strano ma piacevole. Non sono abituata a essere corteggiata apertamente da un bel ragazzo, credevo mi stesse facendo più complimenti possibili solo per spingermi a comprare un vestito».

"Bel ragazzo?", si chiese David, voltandosi a cercare il commesso con lo sguardo. Non gli era parso nulla di speciale. Ma era alto, biondo… Probabilmente il suo tipo.

Lo detestò con forza.

E che significava: "Non sono abituata a essere corteggiata apertamente"? E i suoi approcci, allora? Non erano forse chiari come il sole?

"Quindi anche tu la stai corteggiando!".

Be'… Insomma… Forse un po'.

«Spero si riveli bravo a trovare un abito adatto a me

quanto a farmi i complimenti», continuò Heaven, guardandosi allo specchio. Lisciò con una mano la seta che le ricopriva il fianco, e David ebbe voglia di fare la medesima cosa. Anzi, di *rifarlo*. Aveva avuto tra le mani quel corpo tentatore più di una volta e il ricordo iniziava a non bastargli più.

"E la regola del non toccare due volte la stessa donna?".

«Vuoi che ti aiuti a cercare qualcosa?», si offrì, ansioso di distrarsi. La sua coscienza gli stava proprio rompendo le palle, quel pomeriggio, ponendogli quesiti che non si sentiva ancora pronto ad analizzare.

«Provaci. Vediamo se sei in grado di fare meglio del commesso», sospirò Heaven, andando a togliersi di dosso l'abito nero.

David si mise a girellare tra gli espositori. Non aveva idea di cosa lei intendesse per "qualcosa che mi renda speciale e allo stesso tempo mi faccia sentire a mio agio", ma era sicuro che non ci volesse poi così tanto. Heaven aveva la capacità di rendere bello ogni abito, anche se non sembrava rendersene conto. Nonostante non fosse più timida e impacciata come quando l'aveva conosciuta, mostrava ancora una certa vena di insicurezza, nonché un evidente bisogno di approvazione. Soprattutto in vista di ciò che l'aspettava.

Era comprensibilmente in ansia e David la capiva. Voleva far colpo su Tori Scott e non sfigurare tra gli invitati ricchi, belli e forse snob che sarebbero stati presenti alla festa. E ancora non sapeva che, senza ombra di dubbio, sarebbe stata l'invitata con più occhi addosso.

Quando aveva telefonato alla sua ex per dirle che accettava il suo invito alla festa, Victoria era parsa soddisfatta di essere riuscita a convincerlo, ma David aveva smorzato il suo entusiasmo sul nascere ponendo una sola condizione.

«Verrò solo se posso portare con me una persona».

«La tua ragazza?», aveva chiesto lei, fredda ma cortese. «Dunque sei andato avanti. Mi avevano detto che, dopo di me, nessuna donna aveva suscitato il tuo interesse».

«Ero solo troppo preso dal lavoro per dedicarmi a qualcosa di serio», aveva ribattuto David. «Ma adesso è diverso».

«Allora è proprio una cosa importante... Bene, portala pure. Non vedo l'ora di incontrarla».

Il tono mellifluo di Tori lo aveva messo in allarme. David la conosceva: avrebbe studiato Heaven fin nei minimi dettagli, cercando di capire cosa avesse più di lei e quale fosse il suo punto debole, per poi colpirla a morte e uscire vincitrice dal confronto. Questo gli faceva venire una gran voglia di proteggere la "piccola Taylor" e tenerla il più lontano possibile dalle grinfie di quella donna, ma non era sicuro di riuscire a convincerla ad abbandonare l'idea dello scoop e, quindi, a rinunciare alla festa.

"Dunque i problemi saranno due, quella sera", sussurrò la sua coscienza.

Eccola che ricominciava...

Non era preoccupato solo per l'accoglienza che Victoria poteva riservare a un'ipotetica rivale, era un altro il motivo che lo teneva sulle spine. Aveva lasciato intendere a Tori che lui ed Heaven fossero una coppia, e la notizia si sarebbe sparsa a macchia d'olio, rendendo la cosa ufficiale.

“Ed è la stessa cosa che ha pensato il padre di Heaven vedendovi insieme, dal momento che non hai avuto il coraggio di smentire”.

Era in bilico su un burrone, più di quanto avesse sospettato fino a quel momento. Avrebbe avuto il fegato di lanciarsi nel vuoto e ammettere la realtà dei fatti?

Per quanto l’idea di stare con lei in modo concreto fosse piacevole, i vecchi dubbi e le paure inerenti ai legami seri lo rendevano ancora irrequieto. Non voleva iniziare a farsi mille domande, essere costretto a dare risposte, tanto meno fare progetti. Voleva godersi quella situazione giorno dopo giorno, senza affrettare nulla. E il rischio di fare del male ad Heaven con la propria insicurezza era uno dei motivi per cui voleva andarci piano.

Un angolo di tessuto dai colori pastello attirò la sua attenzione. Incuriosito, tirò l’abito fuori dall’espositore per osservarlo meglio. Era lungo fino a terra, leggero, con un corpetto a pieghe e una gonna che fluttuava a ogni movimento. I colori erano tenui ma allegri, il taglio semplice e romantico; lo scollo a cuore lo rendeva sexy e l’unica spallina gli donava un’aria sbarazzina.

Ricordava un arcobaleno… Gli ricordava *lei*.

Era assolutamente perfetto.

Tornò in fretta da Heaven, per poi fermarsi di botto a pochi passi dalla tenda. Anche il commesso era tornato, un abito bianco tra le braccia, e aspettava che la sua cliente uscisse dal camerino… cercando di sbirciare al suo interno.

«Mai sentito parlare di privacy?», scattò, piazzandosi davanti a lui. Il bellimbusto – Killian, secondo il nome riportato sul cartellino attaccato alla camicia – lo studiò.

«È la sua ragazza?», chiese.

"Su, rispondi!", lo sfidò la sua coscienza.

Heaven scostò la tenda in quel momento, indosso una corta vestaglietta color cipria ben chiusa, e fissò entrambi con curiosità. «Che succede?».

David rimase in silenzio, l'aria truce. Il commesso, invece, sfoderò un sorriso.

«Credo che il suo ragazzo abbia frainteso il mio atteggiamento. Io sto solo cercando di fare il mio lavoro per soddisfare una cliente», disse, per nulla contrito.

Heaven sbatté le palpebre, perplessa. Guardò brevemente David, chiuso in un ostinato silenzio, poi liquidò la faccenda scrollando le spalle. «Ne sono sicura, non si preoccupi. E comunque, lui non è il mio ragazzo».

David serrò la mascella così forte che per un attimo temette di farsi saltare via qualche dente.

Che bisogno c'era di precisare? Voleva rassicurare il commesso circa la sua disponibilità?

Heaven *voleva* che quel pagliaccio ci provasse ancora con lei?

Tenne per sé il proprio malumore in rapido aumento e le consegnò il vestito. «Ho pensato che questo facesse al caso tuo».

«Davvero? Perché?», chiese Heaven, accarezzando lo chiffon colorato.

«È romantico, semplice e brilla in modo sobrio. Ma si fa notare comunque».

Heaven arrossì appena, sotto l'abbronzatura. «È molto bello. E lo stile impero mi farà sembrare più alta...».

«Inutili dettagli. Provalo e basta».

Heaven stava per tirare la tenda, quando il commesso si fece avanti.

«Se posso darle un consiglio, credo dovrebbe provare questo», disse, mostrandole il suo abito. «Sono sicuro che risulterà perfetto su di lei. Ha un'allacciatura un po' complessa sulla schiena, ma l'aiuterò a indossarlo», aggiunse, indicando il camerino con un cenno della testa.

David avrebbe riso, se non fosse stato troppo concentrato a fulminarlo con gli occhi. Se credeva che lo avrebbe lasciato entrare lì dentro con lei, si sbagliava di grosso!

«Sono sicuro che ce la farà da sola», disse, a denti stretti.

«Se è il caso, le chiederò una mano», replicò Heaven, più gentilmente, sparendo dietro la tenda e lasciando i due uomini a guardarsi in cagnesco.

Pochi minuti dopo la videro uscire con l'abito arcobaleno indosso, e David dimenticò ogni altra cosa.

Era bellissima. Elegante e raffinata, pur mantenendo un aspetto semplice e dolce. I colori tenui ponevano in risalto la sua pelle dorata e si sposavano alla perfezione con i capelli castani, e la sfumatura di azzurro presente sul vestito faceva risplendere il blu dei suoi occhi. Sembrava uscita da una favola.

Heaven cercò il suo sguardo, prima di guardarsi allo specchio. «Come sto?»

«Sei stupenda», rispose, con assoluta convinzione.

«In effetti mi sento a mio agio, è molto morbido e mi piace l'effetto che fa quando mi muovo», disse lei, allargando il tessuto e facendo una piroetta.

«Le sta bene, naturalmente. Ma non sarà troppo semplice?», chiese il commesso, spezzando l'incantesimo e riportando il dubbio sul suo volto. «Di che genere di evento si tratta, se posso permettermi?»

«Un party molto glamour, a Beverly Hills».

Killian sorrise. «Si sa quanto le donne si diano da fare per risultare al meglio, in queste occasioni. Se vuole davvero stendere tutti e distinguersi, provi l'abito che le ho portato io. La farà sembrare una vera diva».

Vedendo l'esitazione sul volto di Heaven, David strinse i denti. «Non ha bisogno di sembrare una diva, le basterà essere se stessa».

«Almeno lo provi, cosa le costa? Se non altro avrà vagliato davvero tutte le alternative», continuò il commesso, ignorandolo completamente. «Se il suo accompagnatore è stanco di aspettare, può andare a prendere un caffè, mentre io mi occupo di lei».

Heaven gli lanciò uno sguardo colpevole. «Lo so che ti sto facendo impazzire, David, ma voglio essere sicura. Perciò, se vuoi farti un giro…».

«Non vado da nessuna parte, provalo pure», sbottò David tornando a sedersi, gli occhi fissi su quel guardone finché Heaven non finì di cambiarsi.

«Non so se è adatto a me…», balbettò lei poco dopo, scostando la tenda e stringendo contro il seno il corpetto slacciato.

David sbiancò.

Quel vestito era… *audace*. A dir poco! Delineava ogni curva del suo corpo fino al ginocchio, per poi allargarsi, facendola somigliare a una sirena ammaliatrice. La scollatura morbida finiva ben oltre il solco fra i seni, e il tutto andava intrecciato dietro il collo con una clip di brillanti che il solerte commesso si premurò subito di sistemare.

La schiena restava completamente nuda, spingendo l'occhio umano a scendere fin dove il tessuto si appoggiava dolcemente sui fianchi, nella speranza di scorgere qualche centimetro di morbida pelle proibita.

Heaven teneva i capelli sollevati sulla nuca e osservava il suo riflesso, pensierosa, mentre Killian le sistemava l'abito. Lisciandolo *ovunque*. Con *troppo* zelo.

Altri cinque secondi con quelle manacce su di lei, e gli avrebbe spaccato quel muso di gomma.

«Come mi trovi?», domandò Heaven, guardandolo attraverso lo specchio.

«Esageratamente nuda», rispose David, ferale, gli occhi fissi sulla schiena liscia di lei. Digrignò i denti quando il tizio si raddrizzò, accarezzandole la pelle esposta in un gesto apparentemente casuale.

«Sapevo che sarebbe stata strepitosa! Il bianco fa risaltare l'abbronzatura e si sposa bene con i suoi colori, e il taglio evidenzia la sua figura minuta ma perfetta. Se vuole fare colpo, con quest'abito lo farà. Si fidi di me: nessuno riuscirà a toglierle gli occhi di dosso», sorrise Killian con uno sfacciato occhiolino.

«Sul serio?». Heaven arrossì, cosa che fece sorgere in David istinti omicidi.

Per evitare di dare spettacolo facendo mangiare con la forza l'abito bianco a quel buffone vestito da damerino, si mise a girellare per il negozio.

Adesso ricordava perché invaghirsi di una donna era una cosa stupida. Non si fidava di loro, come aveva potuto dimenticarlo? Erano volubili, instabili, si lasciavano fregare dal primo belloccio che sapeva usare bene le parole e risvegliare la loro vanità.

Gelosia, dubbi, possesso, insicurezza. Erano tutte emozioni di cui aveva fatto volentieri a meno, in quegli anni. In passato si era sentito uno zerbino ai piedi di Victoria, tanto da essersi ripromesso di non mettersi mai più nella condizione di provare una simile rabbia. Poi era arrivata Heaven, ed era bastato un tizio intraprendente per fargli vedere rosso!

Non andava affatto bene, doveva mettere un freno a quella storia il più in fretta possibile.

«Eccomi».

A quella voce si voltò, trovandosi a fissare il volto acceso di piacere di Heaven.

Che aveva da essere così felice? Aveva il numero di telefono del bollente commesso nella borsetta? A quanto sembrava, non erano solo i suoi complimenti a farla arrossire: chiunque poteva riuscirci.

«Hai scelto?», le chiese, mostrandosi indifferente, anche se sentiva un muscolo pulsare furiosamente sulla propria mascella.

«Sì. Killian si occuperà di far sistemare il vestito, così sarà pronto per la festa di sabato. Ha perfino trovato le scarpe più adatte al modello».

«Un vero mago del look», biascicò, ironico. «Abbiamo finito?».

Heaven annuì e insieme uscirono dal negozio.

«Tutto bene?», la sentì chiedere, mentre gli camminava accanto.

«Sì», mentì.

«Sei sicuro?»

«Ho detto di sì».

Heaven sospirò. «Farò finta di crederci».

«Fa' come credi».

Lei si fermò, a pochi passi dal parcheggio. «Non è il caso di essere antipatico».

«Scusa, non era mia intenzione».

«Ho fatto qualcosa che ti ha infastidito?»

«No».

«Non eri così lugubre, un'ora fa».

«Ho solo mal di testa, sarà la confusione», mentì David, riprendendo a camminare.

«Puoi andare a casa, se sei stanco. Io chiamerò un taxi».

L'idea di restare solo lo galvanizzò, per un momento. Sfogare la sua rabbia improvvisa – e del tutto ingiustificata –, magari con una bella nuotata, gli avrebbe sicuramente fatto bene.

Ma la realtà era che non voleva che lei andasse via, tanto meno lasciarla lì, in balia di commessi solerti. Nonostante tutto, voleva ancora portarla a casa sua e ritrarla. Forse più di prima.

Prese un profondo respiro per calmarsi. «Avevamo un patto: io ti aiutavo con lo shopping e tu mi aiutavi con il lavoro. Ricordi?»

«Non credo che il tuo stato d'animo sia l'ideale per dipingere».

«Sbagli, ogni emozione può essere utile se incanalata nel modo giusto. Non preoccuparti, ho già un'idea per un quadro», le disse, afferrandola per un braccio e sospingendola verso il parcheggio.

Non era del tutto una bugia. L'idea di ritrarre Heaven in mezzo a un mare di sangue, proveniente dal corpo dilaniato di un commesso biondo, era alquanto allettante.

«Manterrò comunque il patto, una volta incontrata la

Scott, se è questo che ti preoccupa. Non dobbiamo per forza farlo oggi», propose lei, ragionevole.

«Io invece voglio farlo adesso».

«Ma...», tentò ancora lei. David si chinò sul suo viso pulito.

«Sali in macchina, o ti ci carico personalmente», disse, tra i denti.

«Non puoi costringermi».

«Vuoi scommettere?». David la sollevò di peso, così rapidamente da strapparle un piccolo urlo, e si avviò alla macchina.

Heaven scalciò. «Sei un prepotente! Mettimi giù o mi metto a urlare!».

«E chi credi che verrà a darti una mano? Killian, magari?»

«Sono abbastanza sicura che accorrerebbe», disse lei, con una strana espressione.

David si arrestò a un passo dalla sua Mustang rossa e la rimise a terra, la mascella tesa. «Se vuoi attirare la sua attenzione, ci sono altri metodi, che non prevedono per forza la necessità di farmi passare per un cavernicolo. Ti basta entrare e chiedergli di uscire. Non ti tratterrò», sibilò.

«Ma certo che non lo farai», ribatté lei, con una smorfia ironica. Tuttavia, aprì la portiera dell'auto e salì.

"Lei sa".

Quella consapevolezza lo colse all'improvviso, facendogli digrignare i denti.

Senza proferire parola, scivolò sul sedile di pelle nera e partì sgommando verso Hermosa Beach.

Capitolo 12

La sua villetta era molto bella, spaziosa e piena di luce. Pareti chiare, arredi moderni, pavimenti scuri e caratteristici. E tantissime vetrate che guardavano sull'oceano.

Avrebbe voluto approfondire ogni aspetto di quel posto, ma non appena entrarono, salutati calorosamente da Jeanne, David non perse tempo a mostrarle la casa e le indicò il piano di sopra.

«Seguimi», disse, precedendola verso una scala in marmo che spariva al primo piano.

Heaven lo seguì, rassegnata.

Quanto sarebbe andato avanti con quel suo assurdo malumore? Se in un primo momento quell'atteggiamento l'aveva divertita – soprattutto una volta intuite le motivazioni –, ora iniziava a irritarla.

Uomini… Tante chiacchiere e pochi fatti.

Perse il filo dei propri ragionamenti quando David entrò in quello che doveva essere il suo regno lavorativo, e rimase a bocca aperta a guardarsi intorno.

La stanza non era grandissima, ma la quasi totale mancanza di mobilia – erano presenti solo due scaffali, un tavolo e una seggiola – la rendeva spaziosa. Le strette porzioni di muro tra le ampie finestre prive di tende erano bianchissime, aumentando la sensazione di luminosità; tutto il resto era un tripudio di colori: dai pennelli nei barattoli, ai tubetti di acrilico e olio sparsi sul tavolo; dalle tavolozze ormai asciutte al camice chiazzato di macchie appeso a un gancio vicino alla porta. Nell'aria si respirava odore di acquaragia mischiato al profumo di David e a quello del mare, che entrava dalle finestre aperte, un sentore pungente ed estremamente piacevole che le piacque subito.

Non aveva mai visto lo studio di un pittore, e le fece uno strano effetto sapere che era lì dentro che David creava i suoi magnifici quadri. Negli anni si era imposta di non cercare notizie su di lui, ma negli ultimi giorni aveva spulciato ogni sito internet possibile e aveva visto centinaia di immagini dei suoi lavori. Era bravissimo, le sue tele erano quasi delle fotografie, tanto erano perfette. Ne vide un paio impilate contro una parete, e una iniziata su un cavalletto, e le studiò con interesse, mentre David rovistava in giro.

«Lavoreremo qui?», domandò.

«No, in camera da letto».

A quelle parole, Heaven si volse di scatto a guardarlo. «Come, scusa?»

«Ho un'idea ben precisa di cosa voglio dipingere, e mi serve un letto», rispose lui, continuando a radunare il materiale utile.

«Forse non ricordi il nostro accordo: niente pose equivoche, e non mi spoglio».

David inarcò un sopracciglio, guardandola con aria annoiata. «Stai serena. Forse è difficile da accettare, ma non tutti quelli che ti guardano ambiscono a vederti nuda».

Oh, era una bugia così smaccatamente prevedibile, la sua, che avrebbe riso, se non fosse stata infastidita dal suo tono.

Evitò di rispondergli per le rime e lo seguì, quando lo vide uscire dalla stanza.

La camera da letto era semplice e prettamente maschile, tutta arredata nei toni dell'azzurro e del legno scuro. Heaven si guardò intorno, mentre David sistemava il cavalletto ai piedi del letto king size, provando un'intima agitazione nel trovarsi di fronte a quelle lenzuola spiegazzate e nell'immaginare il corpo di David adagiato nel mezzo.

Chissà quante donne aveva amato su quell'enorme materasso...

Quel pensiero la irritò, facendole stringere un pugno.

«Metti questa», le disse David, arrivandole alle spalle. Heaven si voltò, notando la camicia azzurra che lui teneva in mano. «Solo questa e gli slip, ma niente reggiseno. Mi deforma le linee».

Heaven deglutì. «Si può sapere che razza di ritratto vuoi farmi?»

«Nulla di sconcio, tranquilla. Ora va' a cambiarti, la luce che entra dalla finestra è perfetta, non voglio perdere tempo». David si allontanò, non lasciandole altra scelta che entrare nel bagno adiacente e cambiarsi.

Tornata fuori, con indosso quella camicia che le arrivava a metà coscia, avvolta dal profumo di David e ferma davanti al suo letto, iniziò a essere tesa. Se solo lui non fosse stato tanto serio, forse si sarebbe sentita meno a disagio.

David alzò gli occhi dal cavalletto e la fissò per un lungo istante, senza parlare. Il sole che entrava dalla finestra alle sue spalle tenne in ombra la sua espressione ed Heaven se ne rammaricò. Negli ultimi tempi aveva iniziato a capirlo un poco, anche solo guardando quegli occhi grigi, e questo le aveva dato fiducia. Ma in quel momento si sentì in posizione di svantaggio.

«Devi sederti al centro del letto, le ginocchia ripiegate sotto di te. Cerca di metterti il più comoda possibile», disse lui con voce strana, alzandosi.

Heaven obbedì, a disagio più che mai. Il suo cuore accelerò quando lo vide posare un ginocchio sul materasso e allungare una mano verso di lei. Sentì le dita calde posarsi sulla sua coscia nuda e il fiato defluì dai suoi polmoni finché lui decise di lasciarvela.

«Devi aprire i primi tre bottoni della camicia». David la guardava con occhi così attenti da farle tremare le mani, rendendole difficile il compito. Ci riuscì, con qualche difficoltà, e gli lanciò un'occhiata, in attesa. Lui diede uno strattone al tessuto per scoprire la curva della clavicola, poi le sfilò il fermaglio con cui teneva i capelli legati sulla nuca. Con aria estremamente concentrata glieli sistemò sulle spalle, indugiandovi tanto da farle correre brividi lungo la schiena. Infine, le prese il mento tra le dita, il viso pericolosamente vicino al suo.

«Resta semi voltata verso la finestra. Pensa a qualcosa che ti piace e rilassati», disse a voce bassa, prima di allontanarsi.

"Rilassarmi?!", si chiese Heaven, guardandolo tornare

al cavalletto. Non ci sarebbe riuscita nemmeno con l'aiuto di qualche potente ansiolitico!

Pensa a qualcosa che ti piace…

Nemmeno quel consiglio l'avrebbe aiutata. Tutto ciò che le piaceva le stava di fronte e la cosa non poteva certo calmarla.

Quella situazione stava diventando invivibile, la tensione emotiva tra loro era alle stelle e si avvertiva anche senza affrontare esplicitamente l'argomento. Non sapeva più che fare per deviare i pensieri che sorgevano spontanei nella sua testa, né per fermare il tremito che la scuoteva quando i loro corpi entravano in contatto. Sapeva soltanto che doveva tenere duro e sperare che quell'attrazione violenta svanisse, così com'era iniziata, dal momento che lui non sembrava affatto intenzionato a dare una svolta al loro rapporto.

Provò a concentrarsi su altri pensieri, i più positivi che scovò, come l'eventualità di riuscire a lavorare finalmente per la «Star's Magazine». Immaginò la sua ipotetica rubrica, gli eventi culturali che avrebbe potuto recensire, gli spettacoli, i concerti, le mostre… magari anche quelle di David…

Chissà se il quadro che lui stava per realizzare sarebbe stato esposto in una galleria d'arte importante? Il suo volto sarebbe diventato famoso come quello della Gioconda?

Per un attimo si immaginò, tutta sorridente, all'interno di un libro di storia dell'arte, e il pensiero le strappò un sogghigno.

«A che stai pensando?», chiese David, senza staccare gli occhi dalla tela.

«Oh, a una cosa buffa».
«E sarebbe?»
«Mi chiedevo se, un giorno, qualche studente di storia dell'arte rischierà di imbattersi nella mia faccia su un libro di testo, grazie al tuo ritratto».
David non sorrise, ma rilassò le spalle. «Per la mia carriera sarebbe un orgoglio, finire sui libri di scuola».
«Con tutti i quadri meravigliosi che hai dipinto, potrebbe anche succedere». Heaven cercò di farlo parlare, stanca del suo silenzio. «A proposito, questo dipinto cosa dovrebbe rappresentare?»
«La ragazza che guarda fuori dalla finestra denota voglia di novità, speranze, aspettative e possibilità. Rappresenta il bisogno di assorbire il mondo esterno, la necessità di sondare la vita e pensare al futuro. Allo stesso tempo, vedere la ragazza dietro la finestra è un modo per guardarsi dentro, per esplorare l'inconscio».
«Wow... È molto profondo. Incredibile pensare che sia opera tua», scherzò.
David fece una smorfia. «Io sono molto sensibile».
«Il più delle volte sembri solo parecchio volubile».
«Non devo spiegare i miei stati d'animo alla gente. Chi vuole capirmi, si sforza di farlo».
«Guarda che non c'è niente di male a mostrare i propri sentimenti».
«Tu lo fai?». Lei esitò, e David stirò le labbra in un sorrisetto. «Appunto».
Aveva ragione, nemmeno lei mostrava tutto ciò che provava. Anzi, più i sentimenti erano forti e più aveva paura di esprimerli.
«Mostrare ciò che si ha dentro è difficile», continuò

David. «Ti esponi e rischi di venir giudicato, deriso, rifiutato. Chi riesce a farlo ha un enorme coraggio, o una cieca fiducia nei propri sentimenti… così tanta da aver voglia di gridarli al mondo intero».

«Deve essere bello sentirsi così pieni di emozioni e renderle pubbliche, senza pensare alle conseguenze».

«Immagino di sì».

«Certo, c'è anche chi le prova ma, per vigliaccheria, finge di non averne», lo provocò.

«Magari pensa semplicemente che non ne valga la pena», rispose lui, senza guardarla.

"Oh, ma davvero?", pensò, con un moto di stizza.

Non la incantava. Sapeva di non essergli indifferente, e non solo per via della forte attrazione che si sprigionava tra loro ogni volta che si ritrovavano insieme.

Tanto per cominciare, David non aveva negato un coinvolgimento nei suoi confronti, sotto le domande esplicite di suo padre, e questo le aveva scaldato il cuore come mai prima. "Non lo ha neanche confermato", azzardò il suo inconscio, ma lei si rifiutò di ascoltarlo.

Quel pomeriggio, poi, aveva visto peggiorare l'umore di David di pari passo con le avance del commesso del negozio di abbigliamento. Era stato quasi divertente trovarsi in mezzo a due galletti pronti a prendersi a beccate per lei! Sapere di essere in grado di ingelosire un uomo come David, semplicemente accettando i complimenti di un altro, l'aveva fatta sentire più forte, più sicura di sé.

Aveva una gran voglia di rischiare, di lasciarsi andare e vedere dove quelle sensazioni l'avrebbero portata. Era pronta a mettersi in gioco, non più come la ragazzina inesperta e desiderosa di attenzioni che era quando lo aveva conosciuto, ma come una donna consapevole dei propri mezzi e delle proprie necessità. Se prima pensava che solo sforzandosi di essere speciale poteva ottenere l'ammirazione della gente, ora sapeva di poterla avere semplicemente restando se stessa.

Non sentiva il *bisogno* di piacere a David. Voleva semplicemente che lui riconoscesse quella realtà.

«Io credo valga sempre la pena di vivere un'emozione. Tu no?», gli chiese quindi, guardandolo con attenzione.

David la fissò a lungo, facendola rabbrividire per l'intensità che lesse nei suoi occhi. Ma non rispose, se non con un banale: «Rimettiti in posizione, mi stai distraendo».

Tentò ancora.

«Che ruolo avrò, domani sera, alla festa?», chiese, con finta indifferenza. «Sì, insomma, come mi presenterò alla gente?»

«Con il tuo nome, suppongo».

«Non fare il finto tonto, hai capito che intendo. Se arriviamo insieme, la gente si chiederà chi sono per te. Voglio solo essere preparata, per potermi adeguare al ruolo».

David si fece guardingo. «Non ci sarà alcun bisogno di dare informazioni. Lascia che la gente pensi quello che vuole».

Dio, era veramente un osso duro!

Heaven cambiò ancora tattica. «Vieni a prendermi a casa? O ci vediamo direttamente a Beverly Hills?»

«Perché?»

«Verrei con la mia auto se potessi, ma con quell'abito... e quei tacchi! Se non vieni tu, mi farò accompagnare».

Lui si adombrò. «Passo da te alle nove».

«Perfetto. Allora andrò nel primo pomeriggio a ritirare il vestito, sperando che vada bene. Killian mi ha assicurato che sarà perfetto, ma io sono comunque un po' preoccupata per questa festa: non è il mio ambiente e non vorrei sfigurare».

«Stai tranquilla, ti sei assicurata l'attenzione generale». Il tono era freddo e gli occhi fissi sul pennello, ma la mascella di David era tesa. Lo stava trascinando nella trappola.

«In realtà sarebbe meglio se passassi inosservata, vista la mia missione».

«Avresti dovuto pensarci prima».

«Prima di cosa?»

«Prima di farti consigliare un abito che mostra più di quanto copre!», sbottò infine lui.

Heaven sorrise, trionfante. «Tu sei geloso!».

David gettò il pennello nel piccolo secchio colmo d'acqua che aveva di fianco. «Vuoi chiudere il becco e lasciarmi lavorare?»

«Assolutamente no, parliamone! Sei diventato scontroso non appena quel tale ha iniziato a flirtare con me, e il malumore non ti è più passato. Anzi, torna a galla ogni volta che tiro fuori l'argomento!», insisté lei, divertita.

Lui sbuffò, passandosi una mano tra i capelli. «Ma per favore… Perché dovrei essere geloso?»

«Già, perché dovresti? Sei stato molto chiaro al riguardo. Non vuoi legami e non ti fidi delle donne; quei pochi momenti di intimità che ci sono stati tra noi non erano altro che giochi scherzosi e senza un seguito, giusto?», disse lei, balzando giù dal letto e incrociando le braccia al petto. «Il che mi lascia libera di farmi corteggiare da chi mi pare. Killian mi pare un ottimo inizio: biondo, occhi azzurri, gentile e mai avaro di attenzioni. Magari è un tipo che vuole impegnarsi...».

«Oh, certo, si è capito da come ti spiava da dietro la tenda, da come ti metteva le mani addosso senza il minimo pudore e dalle non troppo velate avance che faceva, nonostante inizialmente non sapesse se ero il tuo ragazzo o no. Che uomo da sposare! Chi ti dice che non faccia così con tutte le clienti?», la derise David, camminando per la stanza come un leone in gabbia.

«Forse è così. Oppure è solo più intraprendente di te, un tipo che non si ferma davanti a niente e nessuno quando decide che vuole qualcosa!», sbuffò sarcastica.

David interruppe il suo andirivieni a pochi centimetri da lei. «Pensi che io non lo sia? Che non abbia il coraggio di prendermi ciò che voglio?»

«A me sembra che ci giri troppo intorno», rispose Heaven, gli occhi fissi nei suoi.

Si fissarono in cagnesco per alcuni istanti, poi David chinò la testa, catturandole le labbra in un bacio rude, deciso. Le strinse la nuca in una morsa quasi dolorosa, saccheggiando la sua bocca senza alcun riguardo, la rabbia che evaporava dalla sua pelle.

Ma se era una punizione, quella che aveva in mente, non sortì l'effetto desiderato.

Heaven provava la sua stessa frustrazione. Si sollevò sulla punta dei piedi, rispondendo al bacio con altrettanta foga, le mani immerse nei suoi riccioli scuri.

Il contatto fra i loro corpi fu come una scintilla. Il bacio divenne sempre più profondo, quasi aggressivo ed estremamente passionale, e le loro mani si fecero sempre più avide. Dopo quella che parve un'eternità, David staccò le labbra dalle sue, il fiato corto.

«È questo che vuoi? Che mi prenda ciò che desidero?»

«È ciò che desidero anch'io», rispose lei, cercando nuovamente le sue labbra.

David cedette.

La strinse forte a sé, lasciando vagare le mani sotto la camicia, sulla sua schiena liscia, sui fianchi armoniosi, mentre con le labbra la divorava. Heaven gli strinse le braccia al collo e si perse in quel bacio, inalando il profumo della sua pelle che, mischiato all'odore del mare e dei colori a olio, le dava alla testa. Si sentiva bruciare per lui, avrebbe potuto prendere fuoco.

Le labbra di David presero a tracciare una scia languida lungo la sua mascella, proseguirono fino all'orecchio e infine si soffermarono sulla gola, che mordicchiò piano, strappandole un mugolio. Heaven si costrinse a lasciargli andare il collo per accarezzargli le spalle e la schiena, per poi risalire lungo il petto ampio in una lunga e lenta carezza. Fermando la mano all'altezza del cuore si accorse che batteva all'impazzata, proprio come il suo, e la gioia la invase, spingendola a cercare nuovamente le sue labbra.

David non si fece pregare e riprese a baciarla, con una passione a stento trattenuta, mentre le sue mani diventavano più audaci e sfioravano punti più sensibili. Senza alcuno sforzo la sollevò di peso, spingendola a cingergli i fianchi con le gambe, mentre lei gli baciava il mento e il collo, incapace di interrompere quel contatto.

Caddero avvinti sul materasso, in preda al desiderio più feroce. Avevano girato intorno a quella passione per troppo tempo, sfidandola, sfiorandola appena per paura di bruciarsi, e adesso non erano più in grado di resistervi. Dovevano assecondarla, attraversarla, anche se la possibilità di scottarsi era più elevata che mai.

Pelle contro pelle, si baciarono e accarezzarono fino a quando non credettero di impazzire. Heaven mormorava il suo nome quasi invocandolo, gli occhi annebbiati dal desiderio, e quando David finalmente entrò in lei, placando per un istante il bisogno urgente che consumava entrambi, si lasciò sfuggire un singhiozzo.

Ecco dove voleva stare, per sempre. Tra quelle braccia forti, accarezzata da quelle mani delicate, con quell'uomo sensibile e a volte ruvido, insicuro dietro la maschera da canaglia arrogante. Forse lui non si rendeva conto di quanto fossero perfetti insieme, ma non aveva importanza. Lei poteva aspettare che ci arrivasse. E se anche avesse ottenuto da lui solo qualche breve momento di intenso piacere, ne sarebbe comunque valsa la pena.

I movimenti lenti e decisi di David ricatturarono la sua mente, oltre al suo corpo, e tutto tornò a farsi denso, infuocato, privandola di ogni facoltà se non quella di assecondare quella danza antica e stringerlo forte, quasi a volersi fondere con lui. Aprì gli occhi e lo vide intento a fissarla, il volto teso, gli occhi colmi di emozioni contrastanti. Heaven allungò una mano a sfiorargli la guancia contratta e gli sorrise dolcemente, prima di baciarlo. Le parve di sentire i suoi muscoli rilassarsi.

Raggiunsero il piacere insieme e ricaddero tra le lenzuola, stretti in un abbraccio, recuperando il fiato e aspettando che il battito cardiaco tornasse a livelli accettabili.

«Se avessi saputo prima a cosa poteva portare civettare con un commesso, ci avrei messo più impegno», mormorò Heaven, sfregando la guancia contro il petto di David.

«Un po' di impegno in più e avresti visto scorrere del sangue», grugnì lui, attorcigliando una mano tra i suoi capelli e tirando piano, come avvertimento.

«Comunque non stavo civettando».

«Ci tenevi solo a precisare che io non sono il tuo ragazzo».

Heaven poggiò il mento sul suo stomaco, guardandolo. «Ma è così, Mr. NonVoglioImpegniSeri. O hai per caso cambiato idea?».

David tenne gli occhi chiusi, mentre le accarezzava pigramente la schiena. «E se fosse?».

Heaven si lasciò sfuggire un sorriso felice, tornando ad accoccolarsi contro di lui. «Potrei approvare», disse piano.

Capitolo 13

«Sta' ferma e concentrati».

«Dovresti metterti qualcosa addosso, mi distrai».

«Se tu guardassi la mia faccia, anziché il mio meraviglioso fisico, non ti distrarresti».

«Anche la tua faccia mi distrae, soprattutto se mi guardi così».

Seduto tra le lenzuola, spiegazzate dal continuo movimento a cui erano state sottoposte per tutta la sera, David si chinò a rubare un bacio ad Heaven, che era talmente rilassata da sembrare ubriaca. Eppure, quella volta non era stato l'alcol ad averla spinta a lasciarsi andare, era stato il loro reciproco desiderio a operare la magia.

Seduta sul letto, la sua camicia addosso e i capelli tirati in cima alla testa per lasciare il collo libero, continuava ad accarezzarlo, a sfiorarlo con le dita e con le labbra, come se non riuscisse a tenersi lontana da lui. La luce del giorno era sparita, lasciando il posto al tenue chiarore della luna che entrava dalla finestra e della lampada sul comodino, ma loro non vi badavano: chiusi in quella camera, non avevano bisogno di nulla se non della reciproca compagnia.

Dopo aver fatto l'amore più volte, reso estremamente piacevole un lungo bagno, cenato con una pizza direttamente tra le lenzuola, e poi fatto ancora l'amore, neanche David ne aveva ancora abbastanza di lei. Adesso, però, era di qualcosa di più intimo che aveva bisogno.

Aveva ripreso in mano la sua tela, tenendola in bilico sulle ginocchia, ansioso di trasferire sul dipinto l'espressione che lei aveva negli occhi. Gli toccava l'anima. Era uno sguardo così puro, dolce e pieno di luce, da fargli venire voglia di buttare al vento dubbi e timori e dirle che voleva averla accanto ogni istante della sua vita. Ma si era sbottonato già abbastanza, mostrandosi geloso come Otello e lasciandole intendere che poteva aver cambiato idea riguardo al non desiderare una storia duratura, e la cosa lo preoccupava. Sapeva che del buon sesso ottenebrava anche la mente più razionale, e forse non era stata una buona idea lasciarsi andare in quel modo. Non voleva sbagliare con lei, rischiare di affrettare le cose o ingigantire una sensazione che poteva non corrispondere al vero. Voleva prendersi il tempo di capire, prima di esternare ciò che provava, perché Heaven meritava di avere accanto una persona assolutamente certa dei propri sentimenti e disposta a gridarli ai quattro venti.

Ora, ciò che gli premeva di più era godersi la sua vicinanza e avere per sé quei suoi occhioni blu così pieni di promesse, un ricordo tangibile dei momenti più dolci che avesse mai vissuto.

Dipinse, concentrato, per più di un'ora, nel silenzio rotto solo dalla musica che usciva dallo stereo e dal rumore del mare fuori dalla finestra aperta. Era così assorto che, quando lei parlò, la sentì appena.

«È quasi mezzanotte».

«Mmh mmh...».

«Forse è ora che torni a casa».

La mano di David si bloccò sulla tela, mentre un unico pensiero premeva per uscire.

Non te ne andare!

«È ancora presto...», tentennò, guardandola di sottecchi.

Heaven sospirò. «Forse per te, che sei un uomo di mondo. Io a quest'ora vado a letto, di solito».

«Ma è venerdì sera! Non esci mai nel week end?»

«Molto di rado».

«Allora rimediamo. Andiamo a farci un giro».

«Ma... usciremo già domani sera!».

David mise da parte il dipinto e si alzò, tirandola in piedi. «Non fare l'ottantenne e vai a vestirti».

«Ho solo i miei jeans e la maglietta scolorita dei Sette Nani», borbottò lei. «Elegantissima per una serata fuori».

«Non era un granché nemmeno la tua mise da sabato sera di quattro anni fa, ma mi hai adescato comunque e ormai sono fregato», scherzò lui, dandole un rapido bacio. «Però non legarti i capelli».

Mentre lei si avviava verso il bagno, David mise via la tavolozza e la tela, e si accinse a vestirsi per uscire.

Avrebbe voluto restare in casa, su quello stesso letto, con Heaven, per tutta la notte, ma una parte di lui vacillava ancora.

Quante volte aveva chiesto a una donna di fermarsi a casa sua, negli ultimi quattro anni?

Nessuna.

Se ne era mai pentito?
No.
Questa volta poteva essere diverso?
Forse.
Ed era quel piccolo dubbio a frenarlo. Si era già fidato, in passato, sbagliando clamorosamente. Poteva sbagliare ancora.
Tuttavia, non era nemmeno pronto a lasciarla tornare a casa e porre fine a quella giornata. L'unica alternativa che aveva era farla proseguire in modo meno impegnativo di una notte sotto lo stesso tetto.
«Dove andiamo?», chiese Heaven poco dopo, uscendo dal bagno.
«Decideremo strada facendo. Non mi piace fare progetti», le rispose, finendo di abbottonarsi la camicia.
«A me sì, ti evitano di finire fuori strada».
«Non avevi progettato di andare a bere a Santa Monica, quattro anni fa, né di passare la notte con me. Non avevi nemmeno progettato di naufragare su un'isola deserta, o di venire qui, oggi, e finire nel mio letto. Eppure sono stati i momenti più belli della tua vita», ammiccò lui.
Heaven fece una smorfia, dandogli un pugno sul braccio. «Che presuntuoso…».
«Ma è la verità».
«E va bene, mi hai convinto. Portami dove vuoi. Jeanne viene con noi?»
«Se vuole. Ultimamente è strana, non ha molta voglia di muoversi. La porterò dal veterinario appena posso».
Come previsto, il cane sembrò non avere alcuna voglia di abbandonare la sua cuccia, perciò uscirono soli.
Fecero un lungo giro con la capote abbassata, respiran-

do l'odore della notte e del mare agitato dal vento; poi si ritrovarono a Santa Monica, nello stesso pub in cui si erano conosciuti.

Seduti allo stesso tavolo di allora, ordinarono due mojito, ridacchiando al ricordo di quella sera lontana.

«Ero terrorizzata», confessò Heaven, rimestando il ghiaccio nel bicchiere.

«Perché?»

«Perché non ero abituata a essere abbordata come le ragazze normali, men che meno da un tipo come te. L'unico che mi avesse mai "corteggiata" era Will, e sotto preciso invito di mio padre».

«E a te andava bene uscire con un tizio scelto da altri?»

«Avevo vent'anni suonati, ero ansiosa di sapere cosa significasse avere un fidanzato! E comunque, Will non era poi così male. Era simpatico, educato, carino...».

David fece una smorfia, bevendo il suo cocktail. «Discutibile».

Heaven rise. «Ok, non era *stratosfericamente* affascinante come te...».

«Ora ci siamo».

«Ma era alla mia portata», concluse lei. «Non ero certo una bomba mozzafiato. All'università i ragazzi mi consideravano quasi trasparente; se qualcuno si fermava a parlarmi era perché accanto c'era mia sorella, o una qualsiasi delle mie compagne di corso. Perfino i tuoi amici mi prendevano in giro per il mio aspetto da santarellina, come ricorderai».

«Fidati, tesoro: se stavano scommettendo su chi di loro poteva riuscire a portarti a letto, era perché ti trovavano carina. L'acquasanta nella borsetta era solo una tentazione in più!», rise David, guardandola con tenerezza. «Ma se ti avessero conosciuta meglio, come ho fatto io, avrebbero capito subito che eri mille volte più bella della solita sventola poco vestita su cui amano puntare lo sguardo».

Lei arrossì appena. «Guarda che sono già venuta a letto con te, non c'è bisogno che mi lusinghi», scherzò, imbarazzata.

«Ci siamo solo scaldati, il meglio deve ancora venire», promise lui, con un occhiolino malizioso. Poi tornò serio. «Comunque, penso seriamente ogni cosa che ho detto. Sei bella, fuori e dentro. Questo ti pone un gradino al di sopra del genere di donna che di solito attira lo sguardo di un maschio comune».

«Grazie», rispose lei, con un sorriso dolce. Poi si raddrizzò. «Comunque, per la cronaca, non ho mai portato l'acquasanta nella borsetta!».

David ridacchiò.

«E tu? Che hai pensato la prima volta che mi hai vista? Sii sincero», chiese ancora Heaven.

«Credevo che la tua freddezza fosse scoraggiante. E ho anche pensato che fossi infedele, perciò darti una lezione portando avanti la scommessa dei miei amici mi sembrava una punizione adeguata», rispose lui, facendole strabuzzare gli occhi.

«Infedele, io?!»

«Mi avevi detto di essere impegnata, ma un attimo dopo ti lasciavi accarezzare da me e ti fermavi a bere un cocktail! Solo in un secondo momento mi hai confessato che tu e Will non stavate più insieme».

«Dissi che ero impegnata per tenerti alla larga. Non mi fidavo dei tipi come te, che di certo sembravano c'entrare ben poco con una come me. Credevo ti fossi avvicinato solo per fare da palo al tuo amico e non sono andata tanto lontana dalla verità», bofonchiò Heaven.

«In ogni caso, quando mi hai guardato sono rimasto colpito dai tuoi occhi. Non ne avevo mai visti di quella sfumatura d'azzurro. Sono ipnotizzanti».

«Buono a sapersi».

«E poi mi hai fatto ridere, e rilassare. Ero uscito con i ragazzi per distrarmi, ero arrabbiato e inacidito, volevo solo svagarmi per qualche ora. Ma loro continuavano a parlare del mancato matrimonio, a dire che avevo il cuore spezzato e che non avrei potuto rimettermi in pista tanto presto... Mi irritavano. Mi è bastato un quarto d'ora con te per dimenticare tutto».

«Anche la tua ex?»

«Dimenticare Victoria è impossibile», sospirò David. Poi sorrise, compiaciuto, quando vide lo sguardo di Heaven raffreddarsi. «Non si può dimenticare una persona che ti chiama in continuazione per chiederti perdono, sperando di ricominciare da capo semplicemente mettendo una pietra sopra alla figura di merda più enorme della tua vita».

Heaven inarcò un sopracciglio. «Voleva tornare con te dopo averti mollato sull'altare? Che faccia tosta!».

«Quella non le è mai mancata».

«E che fine ha fatto, poi? Si è rassegnata?».

David si strinse nelle spalle. «Si è sposata ma, se mi vedesse con un'altra, potrebbe comunque provare a riguadagnare terreno. Non che le importi di me, è semplicemente fatta così: deve sapere di poter ancora controllare tutto ciò che è stato suo».

«Dovrebbe trovarsi un hobby. Che so, magari collezionare figurine», sbuffò Heaven, seccata.

«Chi è gelosa, adesso?», scherzò David, cercando il suo sguardo.

«Non saprei… Chi?», finse lei, guardandosi intorno. David le afferrò una ciocca di capelli e la tirò a sé per un bacio.

Terminati i loro cocktail, si alzarono e uscirono sul pontile, affollato nonostante fossero molto tardi, e si diressero alla spiaggia.

In modo del tutto spontaneo, Heaven si incamminò insieme a lui, prendendolo per mano, e quel gesto apparentemente innocuo mise David in tensione.

Era piacevole camminare così, le dita intrecciate in una notte d'estate, su una spiaggia quasi deserta. Ma era una cosa così da coppia… E loro non lo erano.

Oppure sì?

"Sei pronto a buttarti?", si chiese, il cuore che batteva forte nel petto.

Per quanto tempo aveva sognato di poter avere una ragazza dolce e carina accanto, una persona da tenere per mano, con cui giocare tra le lenzuola, ridere, scherzare e progettare un futuro comune. Era quello che aveva sperato di ottenere da Victoria, ciò che avrebbe voluto vedere tra i suoi genitori. Aveva rinunciato a un rapporto simile a malincuore, stanco di sentirsi tradito e di soffrire. Solo che, adesso, rispolverare quel suo lato romantico pareva ancora più difficile che tenerlo nascosto.

Heaven valeva quel salto nel buio?

I suoi dubbi, o forse la rigidità con cui le stava vicino,

dovettero essere palesi, perché lei d'un tratto si fermò, a pochi passi dalla riva, l'espressione malinconica.

«Questo non significa niente», gli disse, sollevando le loro mani intrecciate. Davanti al suo silenzio sorpreso, sorrise. «Lo so come ti senti. Ti stai chiedendo in che direzione sta andando questa *cosa* che c'è tra noi, se è il caso di portarla avanti o di porvi un freno finché c'è ancora tempo. Ti stai domandando quanto io sia presa da te, se mi immagino già con il velo e quattro bambini con gli occhi grigi, e come dirmi che tu, invece, non sai nemmeno se vorrai dormire con me stanotte».

David si irrigidì. Come diavolo faceva a leggergli nella mente?!

Heaven continuò a fissare le loro mani giunte. «Anch'io mi sento così... più o meno. Mi chiedo dove stiamo andando, se è il caso di buttarmi o evitare sul nascere di farmi illusioni, e cosa provi quando mi sei vicino. Tu non ami fare progetti, mentre è nella mia natura farli. Sono il tipo di persona che si apre lentamente ma, quando lo fa, poi vuole tutto. Perciò sì, io voglio tutto da te. Forse non mi immagino ancora in abito bianco, ma probabilmente stasera penserò a cosa faremo domani, e il giorno dopo ancora». Si strinse nelle spalle e lo fissò, con aria serena. «Comunque, ciò che provo è affar mio e me ne assumo la piena responsabilità. Tu sei stato molto chiaro fin dall'inizio, pertanto non ti costringerò a prendere nessuna decisione, né a fare passi affrettati. Per quanto mi è possibile, proverò a essere come te e a vivere il momento senza pormi domande».

«Dio, Heaven, tu sì che sai come incasinarmi il cervello», mormorò David, passandosi la mano libera tra i capelli.

Lei rise. «Non voglio incasinarti niente, davvero! Ci tenevo solo a mettere le cose in chiaro. Al momento voglio solo una cosa da te». Heaven alzò il viso per incontrare il suo sguardo. «Sii onesto. Con me e con te stesso, sempre. Preferisco una brutta verità a una bella bugia».

«Questo posso farlo. Ma voglio da te la stessa cosa».

«Hai la mia parola», promise lei.

David sospirò, cercando di alleggerire il momento. «Be', che si fa? Firmiamo un patto col sangue?».

Lei arricciò il naso. «Per carità, mi fa senso. Però ho un'idea!». Aprì la sua tracolla capiente e ne estrasse una bottiglietta d'acqua. Rovesciò il contenuto sulla sabbia, scrollandola per bene, poi si sedette sulla spiaggia. Dalla borsa emersero anche un bloc-notes e una penna.

David sbirciò da sopra la sua spalla e rise nel vederla scrivere, con una calligrafia pulita e precisa:

Io sottoscritta, Heaven Taylor, nel pieno delle mie facoltà mentali – solo lievemente ottenebrate da un mojito notturno! –, prometto solennemente di:

- essere sempre sincera con David;
- vivere questa "cosa" che c'è tra noi così come viene, senza inutili paranoie;
- non mettergli fretta in nessun modo;
- avvisarlo tempestivamente e in modo deciso, qualora dovessi rincretinire di colpo e decidere che non lo voglio più vedere;
- non offendere il suo ego chilometrico civettando con i commessi di West Hollywood.

Aggiungo il mio numero di telefono, affinché chiunque trovasse questo messaggio possa chiamarmi e rendersi testimone delle mie promesse mantenute.

Appose la data, firmò con uno svolazzo e gli porse il foglio. «Ora tocca a te», gli disse, con un'espressione divertita.

David lo prese e si sedette accanto a lei.

Io sottoscritto, David Cooper, nel pieno delle mie facoltà mentali – ci vuole ben più di un mojito per stendermi! –, prometto solennemente di…

Si fermò con la penna a mezz'aria, incerto. Guardò Heaven, accoccolata sulla sabbia accanto a lui, l'espressione allegra e fiduciosa, e sentì lo stomaco contorcersi.

Era troppo tardi per muoversi piano.

Era irrimediabilmente innamorato di lei.

Le rubò un bacio veloce, poi si alzò in piedi e scrisse qualcosa sul foglietto, senza mostrarglielo.

Mentre arrotolava il tutto, lei corrugò la fronte.

«Ehi, aspetta, che hai scritto?»

«Non te lo dico».

«Ma non è giusto! Tu hai letto quel che ho promesso io!».

«Non era nei patti», scherzò, fregandole l'elastico che teneva al polso per legare il messaggio.

«Se questo è un indice della tua onestà, cominciamo bene», bofonchiò Heaven, con un broncio adorabile che le valse un altro bacio.

David prese la bottiglia e vi infilò dentro il foglio, richiudendo il tappo in modo stretto. «E adesso?»

«Dovremmo lanciarla in acqua».

«Allora ci vuole un posto più alto».

Tornarono sul pontile, percorrendolo fino in fondo. Da lì, David scagliò la bottiglia più lontano che poté, affidando al mare le loro promesse.

«Ok, è fatta», sorrise David.

«Il mare è molto mosso, stanotte… chissà dove finirà?», chiese Heaven, provando a seguire il profilo della bottiglietta agitata dai flutti.

«Magari nella pancia di uno squalo».

«Già, ti piacerebbe... Così nessuno sarà mai testimone dei tuoi voti infranti!», sbuffò lei.

«Esattamente!», scherzò David, circondandole le spalle con un braccio.

Heaven si lasciò stringere. «E adesso che si fa?»

«È stata una lunga e intensa giornata, perciò direi di andare a dormire, o domani sera arriveremo alla festa con delle occhiaie profondissime, cosa che Tori ci farà notare immediatamente».

«Il cielo non voglia! Portami a casa, allora».

«Io ho un'idea migliore. Perché non ti fermi a dormire da me?».

La sentì trattenere il fiato e sollevare il viso per guardarlo. «Sei sicuro?»

«Sì», disse sincero. Poi inscenò un'aria preoccupata portandosi una mano al colletto della camicia e tentando di allentarlo. «Sono *assolutamente* sicuro...».

Per tutta risposta, lei gli diede una gomitata nello stomaco, ma annuì. «Va bene, verrò a dormire a casa tua. Ho visto che hai una bella camera per gli ospiti, potrei sistemarmi lì. Tanto non ho nessuna intenzione di venire a letto con te», disse, con espressione candida, prima di avviarsi a passo spedito verso il parcheggio.

«Questo lo vedremo», la minacciò David seguendola, un sorriso ebete sulle labbra.

Capitolo 14

Si era data terribilmente da fare per quella serata, e sapeva di essere carina. Ma quando aprì la porta del suo appartamento, alle nove in punto, e lesse la meraviglia negli occhi grigi di David, si sentì davvero una principessa.

«Non è l'abito che mi aspettavo», mormorò lui, immobile sull'uscio.

«Credevi davvero di vedermi addosso quel volgarissimo abito bianco?», chiese, divertita, facendo un passo indietro per lasciarlo entrare.

David grugnì. «Potevi dirlo subito».

«E privarmi del divertimento di vederti geloso? Avrei voluto avere il coraggio di indossarlo sul serio, ma... non faceva per me». Afferrò la borsetta in tinta con il vestito arcobaleno, e lo guardò, improvvisamente seria. «Sarò all'altezza di una festa simile? Sono piuttosto nervosa».

«Una parola e andiamo altrove, ovunque tu voglia», disse lui.

«Non tentarmi», sospirò Heaven. «Non ho ricevuto nessuna proposta di lavoro e il mio conto in banca sta agonizzando. Devo assolutamente cercare di scattare un paio di foto compromettenti a quella donna, è la mia unica speranza di fare soldi facili. Altrimenti, non mi resterà che tornare da mio padre».

David annuì. «Come vuoi». Fece un passo avanti e le circondò la vita con le mani. «Tornando alla tua domanda: sei bellissima e assolutamente all'altezza di qualunque festa», mormorò, prima di chinarsi a posarle un bacio leggero sulle labbra.

«Mai bella quanto te», sussurrò Heaven. In completo scuro e camicia bianca aperta sulla gola, era una visione che azzerava la salivazione. Si sentiva davvero fortunata a mostrarsi in giro insieme a un tale esemplare maschile, nonché incredula al pensiero che lui volesse fare lo stesso con lei. Simili serate capitavano solo nei romanzi o alle eroine dei film, non alle figlie dei pastori poco avvezze alla socializzazione.

«Andiamo? Prima arriveremo e prima potremmo andarcene», disse David, intrecciando la mano alla sua.

Heaven lo seguì fino all'auto, emozionata. Qualcosa era cambiato nel loro rapporto, anche se non sapeva bene cosa, ma di certo si era fatto più stretto.

Era così felice quella mattina, quando, aprendo gli occhi, aveva visto il volto di David addormentato accanto al suo. Passare tutta la notte con lui, svegliarsi nel suo letto, fare colazione tra le lenzuola e giocare sulla spiaggia insieme a Jeanne l'aveva fatta sentire bene, nel posto giusto. Lasciarlo per occuparsi degli ultimi preparativi in vista della serata l'aveva riempita di tristezza, anche se sapeva che si sarebbero rivisti nel giro di poche ore e che avrebbero passato un'altra notte insieme. Si trovava in quella fase in cui l'amore rende stupidi, in cui anche un solo minuto lontano dall'oggetto del proprio desiderio diventa un'agonia.

Ma David? Lui cosa provava, oltre a quella forte attrazione e a una certa tenerezza? Sembrava contento di stare in sua compagnia, era pieno di dolci attenzioni e di passione nei suoi confronti, ma era restio a parlare dei propri sentimenti.

Heaven aveva giurato di non mettergli fretta, di vivere quella relazione appena iniziata senza ansie o aspettative, ma era difficile amare così tanto e non avere la certezza di essere ricambiati. Tuttavia doveva riuscirci, e non solo perché glielo aveva promesso. Aveva deciso di non lasciarsi andare alle solite elucubrazioni paranoiche e voleva mantenere il punto, vivere quella storia alla giornata. David aveva ragione, erano stati gli eventi non programmati i più emozionanti della sua vita, perciò si sarebbe rimessa al destino e avrebbe preso ciò che veniva come un dono.

Aveva avuto paura di vederlo allontanarsi, spaventato a morte, dopo avergli confessato che per lei le cose si stavano facendo serie, ma dopo si era sentita incredibilmente più leggera. Il coraggio di parlare senza filtri dei propri sentimenti l'aveva fatta sentire libera, le aveva fatto capire che osare, rischiare pur di raggiungere un obiettivo, bastava a farla sentire una persona migliore, più di tutti i sacrifici fatti per dimostrarlo agli altri.

Voleva godersi quel momento in tutta serenità. David le regalava emozioni preziose, che mai avrebbe potuto dimenticare: comunque fosse andata a finire quella storia, sarebbe sempre stata felice di averla vissuta.

Si rilassò, godendosi il tragitto in auto fino a Beverly

Hills. Ma arrivarono fin troppo in fretta, ed Heaven si sentì a disagio nel medesimo istante in cui scorse l'enorme villa bianca dalle grandi finestre illuminate.

Si era aspettata una casa lussuosa, ma vederla dal vivo, con i giardini curati alla perfezione, l'immensa piscina e gli invitati eleganti che si muovevano come in un film, faceva un certo effetto.

David l'aiutò a scendere dall'auto, sorridendo della sua espressione preoccupata.

«Non farti intimorire, è tutta apparenza».

«Avrei dovuto mettere l'abito bianco per adeguarmi a tanta magnificenza», borbottò lei, sollevando i lembi del vestito per incamminarsi sul vialetto lastricato.

«Neanche per idea, avrei dovuto uccidere tutti solo per averti guardato».

In quel momento, sulla porta comparve Tori Scott ed Heaven sospirò, rassegnata. «Ogni tentativo di rendermi attraente sarebbe stato comunque inutile. Nemmeno presentandomi nuda avrei potuto competere con una donna del genere».

«Dave! Quanto tempo!», esclamò la modella non appena li vide, scendendo le scale con passo regale, un sorriso entusiasta sulle labbra. Indossava un abito verde così aderente da non lasciare niente all'immaginazione e sufficientemente scollato da attirare tutta l'attenzione maschile; i capelli rossi erano chiusi in uno chignon morbido, dal quale fuoriuscivano alcune ciocche arricciate ad arte per incorniciare il viso bello e perfettamente truccato che le riviste americane tanto amavano fotografare, e i tacchi vertiginosi la rendevano quasi inumana, tanto era alta.

Heaven si sentì in imbarazzo solo a guardarla. Il suo abito era bello, certo, ma semplicissimo se paragonato a quello della padrona di casa, e la sua pettinatura laterale, con i boccoli castani che ricadevano sulla spalla nuda, risultava altrettanto banale. Si era truccata con cura ma senza esagerare, e le sue scarpe avevano sì dodici centimetri di tacco, ma non la ponevano comunque all'altezza di quella donna.

Vestita a festa o meno, Heaven si sentiva ancora la ragazzina con gli occhiali e l'abito fuori moda che restava intimorita davanti a una bellezza da capogiro. Solo che stavolta le bellezze erano due: Tori Scott *e* David Cooper, insieme. Una coppia davvero da favola.

"Lui sta con te, non con lei!", provò a ricordarle il suo inconscio.

Vero. Ma per quanto?

«Lei è Heaven», disse David, districandosi dall'abbraccio di Tori per prenderle una mano.

La modella puntò allora gli occhi ambrati su di lei, studiandola con attenzione. «La misteriosa accompagnatrice di cui non hai voluto dirmi nulla», disse, con voce ben modulata ma priva di calore. «Ben arrivata. Spero si divertirà alla festa», aggiunse. E in un lampo tornò a dedicarsi a David, senza più degnarla di uno sguardo.

Liquidata in meno di un minuto. Lo stesso tempo che Heaven impiegò a capire che la odiava.

Fece per allontanarsi, ma la mano di David strinse la sua, tenendola vicina. Non le rimase che ascoltare le chiacchiere insulse di Tori su un passato comune a lei e David, sentendosi chiaramente esclusa.

«Sono felice che tu sia qui. Ci sono un paio di mie amiche che muoiono dalla voglia di conoscere il grande D.J. Cooper, e una di loro vorrebbe addirittura chiederti di ritrarla!», stava dicendo la donna. «A proposito, lo faresti? Alletta anche me l'idea di possedere un mio ritratto fatto dalla mano di un pittore così stimato, non lo nego. Cioè, sono piena di tuoi disegni, ma adesso sei famoso…».

«Non lavoro su commissione», rispose David.

«Oh, non fare il prezioso! Non sarebbe una cattiva idea, sai? Io farei pubblicità a te e tu a me, è un favore reciproco».

«La tua pubblicità potrebbe risultare eccessiva per i miei standard, ma grazie del pensiero».

«Avrei dovuto approfittarne anni fa», sospirò la donna, con aria improvvisamente triste.

«Forse sì. Al momento, l'unica che riesco a dipingere è lei», sorrise David, portandosi la mano di Heaven alle labbra.

Il suo cuore si mise a battere furiosamente mentre incontrava lo sguardo dolce dell'uomo.

"Ah, quanto lo amo…", pensò. Si sarebbe messa a ridere, a ballare di gioia, e forse avrebbe fatto anche una linguaccia alla modella super chic, se non avesse pensato di apparire stupida. Si limitò a stringere più forte la mano di David, arrossendo appena.

Non vedeva l'ora di tornare a casa, gettarsi fra le sue braccia e dimostrargli quanto fosse felice.

«Piccola Taylor… Ma allora sei una donna *vera*!».

La voce di Robert Harris le strappò un sorriso. Voltandosi verso il nuovo arrivato, si ritrovò fissata dagli occhi azzurri dell'amico di David, apparentemente sorpreso dal suo aspetto.

«Lo prenderò come un complimento», rise.

«Lo è. Devo ammettere che adesso, vedendoti vestita così, inizio a pentirmi di averti lasciata a Coop. Se ci avessi provato io, quella sera...».

«Eri troppo ubriaco per reggerti in piedi», gli ricordò David.

«Voglio che chiamiate il vostro primo figlio "Robert", in onore di chi vi ha fatti incontrare!», scherzò l'uomo, ammonendoli con un dito.

«E il secondo Peter, perché anch'io mi sono tirato indietro per lasciarla a te», disse Peter, sopraggiunto alle spalle dell'amico.

Heaven arrossì di nuovo, mentre David ridacchiava.

Stanca di essere ignorata, Tori si inserì nella conversazione. «Di che state parlando? Siate buoni e fate ridere anche me, in fondo sto invecchiando... ho bisogno di buon umore!».

«Siamo stati io, Eddy e Peter a spingere David tra le braccia della piccola Taylor. Vedi, avevamo fatto una scommessa...», iniziò Robert, ma David lo fermò.

«E io l'ho vinta», disse, interrompendo una spiegazione dettagliata che poteva risultare poco carina nei confronti di Heaven, che gliene fu enormemente grata.

Anche se le cose erano finite bene, non amava ricordare come quella storia era iniziata. Non le faceva certo onore, non di fronte a una donna come la Scott, che poteva avere qualunque uomo solo schioccando le dita.

Robert parve capire e annuì, prendendo due bicchieri di champagne da un cameriere di passaggio e porgendone uno alla festeggiata. «Giusto. Chi l'avrebbe mai detto, comunque? Una semplice uscita tra amici, quattro anni fa, si è trasformata in un'occasione propizia».

«Quattro anni fa, davvero? Credevo fosse una cosa recente», disse Tori, un sorriso glaciale sulle labbra vermiglie.

Il silenzio che accolse quella frase si fece pesante. Gli amici di David sembrarono improvvisamente a disagio, ma lui rimase impassibile.

Heaven lo stava osservando, perplessa e in attesa di delucidazioni, quando due ragazze e un ragazzo si avvicinarono al loro gruppo, parlando con Tori e occhieggiando David, e il momento passò.

Mezz'ora dopo, David era ancora incastrato in una discussione sul proprio lavoro. Non riuscendo a liberarsi, scambiò un'occhiata d'intesa con i suoi amici, che imme diatamente circondarono Heaven.

«Vieni, dolcezza, andiamo a saccheggiare il buffet», disse Robert, scortandola verso i tavolini rigurgitanti vivande.

«Quell'occhiata significava che, da questo momento in poi, voi due sarete i miei guardiani personali?», chiese Heaven, rassegnata.

«Non vuole che tu stia da sola. Evidentemente è molto protettivo nei tuoi confronti», sorrise Peter. «È sempre stato attento a questo genere di cose. Dave è il classico bravo ragazzo».

«A proposito, vorremmo scusarci per come ci siamo comportati con te anni fa». Robert si strinse nelle spalle, l'aria per nulla dispiaciuta. «Eravamo giovani e nullafacenti, ci divertivamo facendo quel genere di cose».

Heaven rise. «Non mi sembri molto contrito. Forse

dovrei dire a mio padre di fare una chiacchierata con i tuoi...».

La minaccia lo fece sbiancare. «No, ti prego! Risparmiami la predica del reverendo Taylor! Quell'uomo mi ha sempre terrorizzato. Per giorni ho temuto che raccontassi a papino ciò che ti avevamo fatto, e ogni volta che squillava il telefono temevo fosse lui...».

«Allora sei già stato punito abbastanza, per questa volta ti perdono», concesse Heaven, con un cenno regale del capo. «Ma ti tengo d'occhio!».

Peter ridacchiò. «Sei simpatica, sai? Ci fa piacere sapere che David ha finalmente abbandonato i pregiudizi sulle donne, grazie a te. Io e Rob non siamo tipi romantici, ma lui sì. Era divertente averlo con noi, ma sapevamo che non sarebbe durata. È un tipo da storia seria e dovrebbe stare con una ragazza disposta a volergli bene davvero. Non come *lei*».

Heaven seguì lo sguardo del biondo e si ritrovò a fissare Tori, che svolazzava intorno ai suoi ospiti. Inarcò le sopracciglia. «In che senso?»

«Victoria non è mai stata quella che io considero il tipo da "storia seria", anche se lei e Dave sono stati insieme per tanto tempo. Io lo sapevo che aveva una cotta segreta per Mark, il migliore amico di David, solo che non potevo dimostrarlo e lui non voleva saperne di ascoltarmi. Ma se avessi scommesso dei soldi su quei due, il giorno del matrimonio avrei vinto un bel gruzzolo».

Il gelo la invase.

Come aveva fatto a non capirlo prima?

Victoria, la ex fidanzata di David... altri non era che Tori Scott!

Sentì una morsa allo stomaco e bevve un lungo sorso di champagne per calmarsi.

Perché non glielo aveva detto? Perché parlare della sua ex come se questa non fosse la modella più ricca d'America, la vittima dei suoi piani giornalistici, il motivo per cui erano lì quella sera?

Cercò David con lo sguardo, senza trovarlo. Forse era entrato in casa, o forse era stato attirato all'interno dell'ennesimo gruppetto di ammiratori. Era difficile seguire una persona, in mezzo a un centinaio di teste sparse in un giardino.

Aveva bisogno di trovarlo, di guardarlo in faccia e chiedergli spiegazioni.

Robert e Peter dovettero intuire che qualcosa l'aveva turbata, perché la osservarono con attenzione.

«Qualcosa non va?», chiese Robert.

«Sapevi che Victoria e David sono stati insieme, vero?». Peter si passò una mano tra i capelli. «Non dirmi che ho fatto una cazzata a dirtelo, o David mi ucciderà».

Heaven bevve ancora, e cercò di sorridere in modo convincente. «Sì, lo sapevo. David mi ha raccontato qualcosa in proposito. Non troppo, comunque, non ama parlare di quella storia».

«Nemmeno io amerei parlarne. La figura che gli ha fatto fare è stata davvero pessima. Lui ci ha scherzato sopra, ha fatto finta di niente, ma era evidente che soffriva. Per un bel po' io e Robby abbiamo temuto che ci ricascasse. Sai, la loro era una di quelle storie in cui la donna ti manipola come vuole e tu, nonostante tutto, non riesci mai a dire di no».

«Capisco».

«Comunque è acqua passata e lui adesso sta con te. Non mi sembri il tipo di stronza che può farlo soffrire, ma ti mettiamo in guardia lo stesso», la ammonì Robert. Poi le fece l'occhiolino. «Anche io posso minacciarti, visto?».

Heaven sorrise appena, poi si scusò ed entrò in casa, alla ricerca della toilette.

Si sentiva frastornata, come se ci fosse qualcosa che le sfuggiva. Non riusciva a capire perché David non le avesse detto subito, chiaro e tondo, che lui e Tori Scott erano stati così intimi da essere arrivati a un passo dal matrimonio. Gli aveva chiesto di aiutarla a incastrare quella donna con foto compromettenti e lui aveva accettato, portandola a quella festa. Per quale motivo? Per vendicarsi? Si sentiva ancora così ferito da aver bisogno di farla pagare alla sua ex?

"Oddio, dimmi che non ti sei illusa per niente", gemette, guardandosi allo specchio, mentre tutti gli antichi dubbi e le insicurezze più profonde tornavano ad affacciarsi in lei.

Doveva parlare con David, era l'unica soluzione.

Uscì dal bagno e si incamminò lungo i corridoi, sbirciando in tutte le stanze messe a disposizione per gli ospiti. C'era gente ovunque, ma di David nessuna traccia.

Stava per tornare fuori in giardino quando vide un volto familiare.

«Meghan?», chiese alla donna vestita da cameriera che le stava passando di fronte in tutta fretta.

La sua ex collega della «L.A. Rumors» si fermò, spalancando gli occhi. La squadrò da cima a fondo, poi la strattonò in un angolo, gli occhi attenti.

«Cosa ci fai qui?», sibilò.

«Stavo per farti la stessa domanda».

«Lavoro sotto copertura! Parker ha saputo di questa festa e ha fatto in modo di infiltrarmi tra gli addetti ai lavori. E tu? Per conto di chi sei qui?».

Heaven strinse le labbra. «Non è affar tuo».

Meghan la lasciò andare, distratta. «Senti, non è il momento. Sto tenendo d'occhio la Scott, quindi togliti dai piedi. Sarò io a ottenere quello scoop, rassegnati». Detto questo, si allontanò con il vassoio in bilico su una mano, cercando di passare inosservata.

Dopo il primo momento di stupore, Heaven tornò in sé. Non si era aspettata di trovare dei paparazzi infiltrati a quella festa super blindata, ma evidentemente qualcosa era trapelato. Ce n'erano altri in sala? Quanti falsi camerieri, baristi e dj giravano per la villa, indisturbati, in attesa di scattare qualche fotografia interessante?

Lei stessa era lì per quello, ricordò, anche se negli ultimi giorni aveva pensato sempre meno allo scopo iniziale di quella serata, presa com'era dai suoi sentimenti per David...

Che non le aveva detto nulla sulla sua passata relazione con la Scott...

Al diavolo lo scoop; parlare con lui era più importante.

Riprese a cercarlo tra la folla, stupita da quell'improvvisa sparizione. Sapeva che alcuni degli invitati erano stati suoi vecchi compagni di scuola, o lontani amici di gioventù, e che la sua carriera artistica suscitava molto interesse fra la gente comune, ma aveva avuto la sciocca illusione di restargli accanto per tutta la sera, e non di ritrovarsi da sola in mezzo a quella folla, o scortata dai suoi amici.

Una ragazza le disse di averlo visto andare verso la terrazza, così si avviò in quella direzione.

Poco dopo, si pentì amaramente di averlo fatto.

Lui era lì. Ma non da solo. La padrona di casa gli stava abbarbicata addosso, baciandolo con ardente passione. Stavano addossati a una colonna, al buio, ignari di poter essere comunque visti dall'esterno. Ma forse a loro non importava di essere colti in flagrante. Forse avevano finalmente deciso di uscire allo scoperto...

Tori Scott e il suo amante misterioso.

Sentì la testa girare mentre le tessere del puzzle andavano a posto.

Dio... Come aveva fatto a essere così cieca?

L'uomo con gli occhiali da sole e il cappellino bianco e blu, a bordo dello yacht... Lo stesso cappellino che David le aveva dato per ripararsi dal sole, una volta tornati sulla terraferma dopo il naufragio... Era *lui*!

"No, non è possibile...".

E invece sì. Tutto quadrava.

Entrambi erano attraccati al largo di El Matador Beach, il giorno della tempesta. David doveva essere tornato alla sua barca quando le cose si erano messe male. Ma poi si era imbattuto in lei e si era fermato a soccorrerla...

Era parso seccato, quando aveva scoperto che lei aveva visto Tori con il suo amante. Le aveva detto che avrebbe dovuto farsi gli affari suoi...

Non era sceso in dettagli sulla sua storia con *Victoria* perché non voleva essere collegato alla sua fama, in nessun modo. Per mantenere il segreto sulla loro relazione clandestina!

E quella sera aveva cercato di convincerla a non andare, ma poi non aveva potuto far altro che portarla alla festa della sua amante... Che era parsa parecchio indispettita dalla sua presenza...

Con gli occhi pieni di lacrime, si voltò, andando quasi a sbattere contro Meghan, che sorrideva come una iena.

«Finalmente!», la sentì sussurrare, una piccola videocamera alzata a riprendere la scena che si svolgeva fuori dalla porta a vetri.

Heaven corse via, in preda alla nausea.

Meghan aveva appena ottenuto lo scoop più atteso del momento. Uno scoop che lei aveva avuto nel letto fino a poche ore prima.

Si rifugiò in bagno e si sciacquò il viso con mani tremanti, trattenendo le lacrime.

Si sentiva tradita, usata, sporca. Esattamente come quattro anni prima. Allora si era illusa di aver trovato la *persona giusta* e poche ore dopo aveva scoperto di essere stata solo una scommessa vinta.

E adesso? Che cos'era lei, per David? Un passatempo? O un modo come un altro per ingelosire la sua amante, una donna che aveva sposato un altro, al posto suo, ma alla quale non riusciva comunque a resistere?

Per un bel po' io e Robby abbiamo temuto che ci ricascasse. Sai, la loro era una di quelle storie in cui la donna ti manipola come vuole e tu, nonostante tutto, non riesci mai a dire di no..., aveva detto Peter.

I suoi amici erano al corrente di quella storia e l'avevano coperto, ingannandola? O forse David aveva mentito anche a loro, pur di non essere considerato uno stupido?

Desiderò ardentemente andarsene, il più lontano possibile da quella festa. Voleva stare sola e piangere in tutta tranquillità fino a quando non avesse esaurito tutte le sue lacrime.

Uscì dal bagno e corse verso la porta, scegliendo la via meno affollata per sgusciare via, sperando di non incontrare nessuno. Si fermò a riprendere fiato solo quando raggiunse il cancello, e lì chiamò un taxi, pregando con tutta se stessa che arrivasse in fretta.

Quando fu al sicuro nell'abitacolo, diede al tassista l'indirizzo di Pasadena, poi afferrò nuovamente il cellulare e chiamò casa.

La voce stentorea di suo padre rispose quasi subito, nonostante fossero le undici passate.

«Pronto?»

«Papà, sono Heaven. Posso... tornare a casa? Adesso?», chiese, con voce rotta.

Dopo un attimo di silenzio, suo padre sospirò. «Ti aspetto alzato», disse, prima di riagganciare.

Le lacrime scesero a rigarle il viso senza più controllo.

«Tu sei pazza», disse David, staccandosi le braccia di Victoria dal collo.

«Certo che lo sono. Ho lasciato uno come te per quel... quel...», sbottò lei, gli occhi annebbiati dall'alcol.

«Di chi parli? Di tuo marito... o di Mark?», le chiese, senza emozioni.

Tutto avrebbe desiderato da quella serata, tranne essere sballottato da una parte all'altra e mostrato in giro come un trofeo da quella donna. Si era adoperata bene per tenerlo alla larga dai suoi amici e da Heaven, e inizialmente non lo aveva capito, pensando di essere solo particolarmente stimato da persone che conosceva da sempre. Ma non appena si era reso conto del giochetto di Victoria, l'aveva piantata in asso per tornare dalla sua ragazza.

Solo che Vicky era peggio di un segugio, quando voleva.

L'aveva trascinato fuori con la scusa di dovergli parlare di una cosa importante e non aveva accettato un no come risposta. Stanco di lei e del suo atteggiamento presuntuoso, David l'aveva seguita con l'intento unico di mettere fine una volta per tutte ai suoi sciocchi tentativi di riguadagnare un terreno perso ormai da troppo tempo.

Ma lei gli si era buttata addosso, pronta a dimostrargli che potevano rispolverare vecchie emozioni, sentimenti mai spenti...

Non sapeva se gli faceva più rabbia o più pena.

«Vicky, questa tua fissazione per me ha del ridicolo», le disse, tenendola discosta da sé.

«Perché?».

David rise senza allegria. «Perché non è quello che vuoi, né lo voglio io! Mi hai perso definitivamente nel momento esatto in cui hai fatto un passo indietro sull'altare. E se te ne sei andata, è perché non eri innamorata di me. Lo sappiamo entrambi».

«Il mio è stato un attimo di sbandamento... E tu non hai più avuto storie serie, dopo di me».

«Sei anni buttati nel cesso sono tanti da metabolizzare, e per un po' non ho voluto rischiare di soffrire ancora.

Ma l'ho superato! Ho incontrato un'altra persona, sono andato oltre...».

«Quella Heaven? Che ha di speciale?», scattò lei, seccata.

«Qualunque cosa sia, mi basta. Parliamo di te, piuttosto. Hai lasciato me per correre dietro a qualcuno che ti voleva a intermittenza; hai abbandonato i tuoi sogni per vendere la tua immagine al miglior offerente; ti sei sposata con un uomo che tradisci sistematicamente. Quando non ti senti abbastanza amata, torni a reclamare le persone che ti hanno dimostrato affetto e, se non riesci a ottenerlo, ti butti sul primo che capita», le disse, con brutale sincerità. «Tu non volevi dimostrarmi che mi ami ancora, con questa scenetta della passione mai spenta. Volevi solo provare a te stessa che potevi riavermi. Be', ti sei sbagliata! Baciarti non mi ha riportato indietro nel tempo, mi ha solo fatto venire voglia di correre incontro al mio futuro».

Victoria si lasciò sfuggire un singhiozzo e David le sfiorò un braccio, dispiaciuto nonostante tutto. «Che cosa vuoi davvero, Vicky?»

«Qualcuno che non avrò mai», sussurrò Tori. E David comprese di chi stava parlando.

Mark. L'inafferrabile artista che un tempo aveva considerato suo amico e che adesso girava il mondo con una rock band di discreto successo.

«È lui l'uomo misterioso, vero?», le chiese, iniziando a capire.

Victoria annuì. «Ogni volta che torna in città ci vediamo. Non so resistergli. Ma poi lui riparte e mi dice che non vuole legami, e io… mi sento sola. Tu almeno mi amavi davvero».

Gli dispiaceva per lei, ma non poteva fare niente per aiutarla. Le aveva voluto bene per molto tempo, ma ora il suo cuore apparteneva a un'altra, una donna che lo stava aspettando e che non vedeva l'ora di riabbracciare.

«Cerca di stare lontana da Mark, Vicky: pensa solo a se stesso, lo abbiamo capito da tempo, e tu lo sai meglio di me. Cerca di far funzionare il tuo matrimonio, o trovati un altro… Insomma, vivi la tua vita come meglio credi. Ma lasciami libero di vivere la mia: io non posso darti più niente».

Victoria annuì, scusandosi a mezza voce.

Finalmente più leggero, David rientrò in casa. Non sapeva che ne pensava Heaven, ma lui ne aveva abbastanza di quella festa; non vedeva l'ora di andare via, tornare a Hermosa e perdersi tra le sue braccia, per cancellare il ricordo e il sapore di Victoria.

Quel che era successo con la sua ex lo faceva sentire a disagio. Anche se l'iniziativa non era certo stata sua, anche se non aveva partecipato a quel bacio ma l'aveva solo subito, si sentiva in difetto.

Doveva confessare tutto ad Heaven o dimenticare l'accaduto? Non le aveva nemmeno detto che Tori Scott era la sua storica ex fidanzata…

Non aveva premeditato di tenere quel segreto per sé, era capitato e basta. Inizialmente non vedeva il motivo di raccontarle quella parte dolorosa del proprio passato, soprattutto dal momento che, così facendo, avrebbe legato il suo nome a quello della modella più chiacchierata d'America, servendole la succosa notizia su un piatto d'argento. Il pettegolezzo del precedente legame tra lui e Tori non era ancora arrivato alla stampa, fortunatamente, e David intendeva mantenere le cose esattamente così, il più a lungo possibile.

Ma adesso che il rapporto tra lui ed Heaven si era fatto più serio, era giunto il momento di rivelarle la verità. Se non glielo aveva detto quella sera stessa, prima di arrivare a Beverly Hills, era solo per non aumentare il suo già estremo nervosismo.

Scorse i suoi amici nei pressi della piscina e si avvicinò a loro, ansioso di sistemare ogni cosa e togliersi un peso dalla coscienza.

«Dov'è Heaven?»

«È andata in bagno, e non l'abbiamo più vista. Credevamo fosse con te», disse Robert.

David si guardò intorno, mentre Peter faceva lo stesso.

«Forse ti sta cercando».

«Vedo se la trovo. Chiamatemi se la vedete». David afferrò il telefonino e chiamò il numero di Heaven, mentre scrutava tra la folla, senza ottenere risposta.

La cercò ovunque, dentro e fuori dalla villa; chiese di lei ad alcune persone ma nessuno sembrava averla vista.

Mezz'ora dopo, iniziava a essere preoccupato.

Disse a Robert e a Peter di tenere d'occhio la situazione e si diresse al parcheggio, per controllare che non si fosse rifugiata in auto. Heaven si sentiva a disagio, a quella festa, ma non così tanto da fuggire lontano da tutti... Oppure sì?

Perché non lo aveva chiamato per farsi portare via, in tal caso?

Provò a telefonarle ancora, più e più volte. Quando lei finalmente rispose, sospirò di sollievo.

«Dove diavolo sei finita? Mi stavo preoccupando!».

«Sono dovuta andar via», rispose lei, con voce atona.

«Perché?»

«Mi ha chiamata mio padre… non sta bene». Aveva una voce così strana.

«Spero niente di grave. Vuoi che ti raggiunga?», le chiese.

«No, non serve. Resterò a Pasadena qualche giorno per occuparmi della cosa».

Perplesso e un po' deluso, David annuì. «Ci sentiamo domani?».

Dopo un attimo di esitazione, la sentì sospirare piano. «Sì. Buonanotte».

Confuso, David fissò il telefono per un lungo istante, poi si lasciò andare contro il sedile, gli occhi chiusi.

Qualcosa non andava. Forse era solo preoccupazione, quella che aveva sentito nella voce di Heaven – del resto sapeva quanto diventasse ansiosa quando c'era di mezzo suo padre – ma non riuscì comunque a scrollarsi di dosso una sgradevole sensazione.

"E se ti avesse visto con Victoria?".

Quel pensiero lo colpì all'improvviso. In una simile eventualità, che avrebbe fatto Heaven? Sarebbe scappata via o lo avrebbe affrontato?

Afferrò il telefonino, pronto a richiamarla e chiarire subito la questione, poi si fermò. Se davvero il reverendo Taylor si era sentito male ed Heaven era corsa a Pasadena per stargli vicino, l'ultima cosa di cui lei aveva bisogno in quel momento era che lui aggiungesse motivi di nervosismo alla sua situazione. Perciò, per quella sera avrebbe aspettato, e la mattina dopo avrebbe deciso il da farsi.

Senza più alcuna voglia di festeggiare, scrisse un messaggio a Robert per avvisarlo che stava tornando a casa, e avviò il motore. Guidò lentamente fino a Hermosa, depresso al pensiero di passare la notte da solo e con un nodo doloroso all'altezza dello stomaco. La tentazione di voltare la Mustang e dirigersi a Pasadena era fortissima, ma in qualche modo riuscì a tenerla a bada.

Che cosa assurda. Fino al giorno prima non pensava di essere in grado di lasciarsi andare tanto da permettere a una donna di invadere il suo spazio personale, e adesso moriva dalla voglia di avere Heaven intorno, ventiquattr'ore su ventiquattro.

La casa gli parve desolatamente vuota, quando arrivò. Jeanne lo accolse con uno scodinzolio poco convinto, come se anche lei fosse triste, e David la accarezzò, lasciandosi cadere poi sul divano. Non si diede nemmeno la pena di spogliarsi, rimase lì sdraiato fino a quando il sonno non lo colse.

Quando si svegliò, il sole era alto e la sua schiena era a pezzi.

Per prima cosa controllò il telefonino, per assicurarsi che Heaven non lo avesse cercato, poi provò a telefonarle, senza ottenere risposta. Di pessimo umore, si tenne impegnato per un po' con una lunga doccia, un paio di tazze di caffè e una passeggiata lungo la spiaggia insieme a Jeanne, sperando che il tempo volasse per poter provare a chiamare nuovamente Heaven senza sembrare uno stalker.

Stava facendo zapping con il telecomando della tv, sul

divano, quando si imbatté in un canale di notizie. La rassegna stampa mostrava i titoli più importanti del giorno, ai quali prestò attenzione in modo molto distratto… almeno fino a quando il suo volto non gli restituì lo sguardo dalla pagina di una rivista patinata.

Alzò il volume, perplesso.

La «L.A. Rumors» esce straordinariamente con due giorni di anticipo, presentando lo scoop più atteso degli ultimi mesi. *Scoperto l'amante segreto di Tori!* è il titolo di punta. La scorsa notte, la modella è stata finalmente pizzicata in atteggiamenti molto intimi con il pittore D. J. Cooper, con il quale, stando ai pettegolezzi raccolti nelle ultime ore, è stata fidanzata per anni ai tempi del college. Che si tratti di un ritorno di fiamma? I due sono stati sorpresi da una fortunata reporter in incognito mentre si scambiavano un bacio appassionato, su una terrazza della villa della donna, a Beverly Hills, durante la festa di compleanno di quest'ultima. Il marito della Scott, Gerard Williamson, contattato dai giornalisti, non ha voluto rilasciare dichiarazioni, mentre la bella Tori si è chiusa in casa per sfuggire all'assedio dei media. Pare che nessuno sia ancora riuscito a scovare Cooper, per il momento, ma siamo certi che presto si avranno notizie più precise.

«Cazzo!», sbottò, alzandosi in piedi, gli occhi fissi sulle immagini buie eppure inequivocabili che lo ritraevano in compagnia di Victoria.

Ecco cosa aveva sempre voluto evitare, tenendosi a distanza dal mondo di Tori. Sapeva che, di pari passo con il successo della sua ex, prima o poi qualcuno avrebbe tirato fuori la storia del loro fidanzamento. Ma essere bollato come il suo amante segreto lo faceva incazzare tremendamente!

Afferrò il telefono e chiamò Victoria, che rispose subito.

«Che diavolo è successo?», le chiese tra i denti.

«Non ne ho idea! Non c'erano paparazzi qui, ieri! Erano

tutte persone fidate... Non capisco come possa essere successo!», esclamò lei, agitata. «Questo è un vero casino, un *vero* casino! Ho i giornalisti fuori dalla porta, Gerard mi ha fatto chiamare dai suoi avvocati... Porca puttana, se becco quel pezzo di merda che ci ha scattato quelle foto, io...».

David non l'ascoltò più. Una frase continuava a ronzargli in testa, assillante, nonostante cercasse di ignorarla.

Non c'erano paparazzi qui, ieri! Erano tutte persone fidate...

In realtà, una c'era.

"No...", pensò, tornando a sedersi.

Non poteva crederlo. Lei non avrebbe mai fatto una cosa simile.

Si prese la testa tra le mani, chiudendo gli occhi, mentre lo stomaco gli si attorcigliava per la rabbia e la profonda delusione.

Heaven *era* una giornalista, l'unica che Victoria non conosceva, tra le persone invitate alla festa. Ed era lì proprio per accaparrarsi uno scoop in grado di risolvere tutti i suoi problemi economici e dare una svolta alla sua carriera.

«Non ci posso credere», mormorò, massaggiandosi le tempie.

La sua fuga improvvisa, la scusa del padre che stava male, la freddezza che gli aveva riservato al telefono... Era corsa dal suo ex capo a venderlo? Era quello il motivo della sua frettolosa sparizione?

Non poteva essere stato così stupido. Non poteva aver messo il proprio cuore in mano a una donna del genere.

In un lampo si alzò, afferrò le chiavi della macchina e uscì.

Doveva parlare con lei. Se davvero aveva appena regalato a una rivista scandalistica la sua vita privata e la sua quiete, solo per guadagnare qualche spicciolo, voleva almeno che lei glielo dicesse in faccia.

Guidò fino a Pasadena come un indemoniato e, quando frenò davanti alla villetta dei Taylor, aveva la mascella dolorante. Durante il tragitto si era fermato a comprare una copia di quella rivista spazzatura, per mostrarle quanto in basso era appena caduta, e la stringeva tra le mani mentre si avviava alla porta.

Bussò con forza e attese. Per un attimo si chiese se Heaven fosse realmente lì o se la sua intenzione di passare qualche giorno dal padre non fosse solo una scusa, un'altra bugia che lei aveva usato per prendere tempo. In ogni caso non aveva importanza: l'avrebbe trovata, prima o poi.

Quando la porta si aprì, sentì il cuore precipitargli in fondo allo stomaco.

Aveva ancora addosso il vestito della sera prima, ma nient'altro nel suo aspetto ricordava la bellezza elegante che era apparsa al suo fianco alla festa. I capelli erano sciolti e in disordine, gli occhi gonfi e rossi e non aveva più una sola goccia di trucco sul viso pallido.

Sembrava affranta.

"Forse si sente in colpa per averti appena strappato via il cuore", pensò, amaro.

La guardò con freddezza, sventolandole il giornale davanti agli occhi e poi gettandolo ai suoi piedi. «Era tutto qui, vero, quello che volevi?».

Lei fissò la copertina della rivista, lo sguardo assente. «A me sembra ciò che volevi tu».

«Non fare giochetti con me», scattò David. «Sai cos'è quello?», chiese, indicando la foto in prima pagina. «È un tradimento bello e buono».

«Su questo siamo d'accordo», rispose Heaven. Alzò gli occhi blu su di lui, riuscendo perfino a sembrare ferita. «Credevi che non lo avrei scoperto? Che mi sarei fatta abbindolare tanto da non fare due più due?»

«Che cosa?!», esclamò lui, allibito.

«Mi hai presa in giro fin dall'inizio. Ti sei tenuto ben stretto il tuo segreto, hai giocato con me e hai pensato che potevi distrarmi abbastanza da farmi smettere di pensare all'amante misterioso di Tori Scott. Bravo... Ci sei quasi riuscito».

«Ti sei convinta che io sia l'uomo misterioso di Victoria? E così, per farmela pagare, mi hai venduto ai giornalisti?»

«È bastato solo incastrare bene i pezzi: eravate entrambi in mare, il giorno in cui vi ho visti sullo yacht; l'uomo che ho fotografato indossava lo stesso cappellino che tu hai dato a me tre giorni dopo. Eri seccato, quando hai capito chi ero e cosa stavo cercando di fare, hai provato a dissuadermi in più di un'occasione. E poi lei era l'amore della tua vita, quella che ti ha piantato all'altare, che forse non hai mai dimenticato...». Heaven si passò una mano tra i capelli, spenta come un fiore appassito. «Ti avevo chiesto solo un po' di onestà, David, nient'altro».

David l'afferrò per un braccio, costringendola a guardarlo. «Eravamo entrambi in mare per pura coincidenza, e ognuno sulla sua imbarcazione! Il cappello che ti ho dato è lo stesso che indossano tutti gli alunni dell'istituto d'arte che io e Tori abbiamo frequentato, il che significa che migliaia di persone ne possiedono uno! E ti ricordo che sono stato *io* a fare in modo che tu partecipassi a quella dannata festa!».

«Bella serata, a proposito. Mi hai mollata insieme ai tuoi amici dopo nemmeno mezz'ora e sei sparito, per andare ad appartarti con la tua ex. Volevi darle uno schiaffo morale, portandomi con te? Del resto ti capisco, lei ti pianta il giorno delle nozze e poi si sposa con un altro. Non potevi arrivare alla festa da solo, giusto? Che figura ci avresti fatto?», disse Heaven, ora meno assente e più arrabbiata. «E tanto che siamo in argomento, quando volevi dirmi che era lei la famosa "quasi moglie" del tuo passato? Perché sai, l'ideale sarebbe stato dirmelo non appena ti ho detto che stavo cercando del materiale su di lei! "*So chi è Tori Scott... l'ho quasi sposata!*"».

«Dirlo a una giornalista che cercava proprio una notizia del genere per mantenere il proprio posto di lavoro? Con tutta la fatica che ho fatto negli ultimi anni per non far trapelare la cosa? Rendere pubblica la mia passata relazione con una modella tanto chiacchierata mi avrebbe messo al centro di un'attenzione che non desideravo affatto!», scattò lui. «E comunque, io non ero fidanzato con *Tori Scott*, la modella, ma con Victoria, ex studentessa che sognava di diventare una stilista! Non ho mai voluto avere niente a che fare con la donna che è diventata dopo avermi lasciato, per me era un capitolo chiuso».

Heaven fissò la copertina del giornale ancora una volta. «Non si direbbe».

David scosse la testa. «Non starò qui a giustificarmi per quello che *credi* sia successo, non con chi non ci ha pensato due volte prima di vendermi ai giornali per lenire il proprio amor ferito! Sempre ammesso che sia vero e che non fosse tutta una macchinazione, fin dall'inizio».

«Le foto non sono mie».

«Certo, come no! E magari tuo padre si è sentito male proprio al momento giusto...».

«Quella era una scusa per andarmene e prendere tempo». Heaven lo fissò, riuscendo a sembrare addolorata. «Non ho scattato io quelle foto, ma ero lì. Vi ho visti».

«Tu pensa che coincidenza», sbuffò lui, ironico, pur sentendo una fitta di colpevolezza.

«Quindi credi davvero che io abbia messo in scena tutto questo solo per uno scoop? Che alta opinione che hai di me».

«E tu di me!».

Lei scosse le spalle, amareggiata. «Forse il problema di fondo è proprio questo, David. Non ci fidiamo l'uno dell'altra. Potremmo stare ore qui a giustificarci, ma la verità è che tu avrai sempre il dubbio che io ti abbia usato per ottenere lo scoop, anche se posso dimostrare che le foto non sono mie, mentre una parte di me penserà sempre a te come all'amante segreto di Tori, il ragazzo che non vuole legami e che un tempo mi ha sedotta per gioco. Mi sono illusa due volte, non credo di poterne sopportare una terza».

David fece un passo indietro. «Quindi è tutto qui?».

Heaven alzò su di lui uno sguardo vuoto. «Che altro potremmo aggiungere?».

Gli vennero in mente mille altre cose, ad esempio ciò che era nato tra loro, i bei momenti passati insieme, le loro promesse regalate al mare. Ma non riusciva a parlare, non davanti a quegli occhi privi di calore.

La rabbia era svanita e al suo posto era rimasta l'amarezza per l'ennesima delusione.

La guardò un'ultima volta, poi si volse e tornò alla macchina, ripartendo a tutta velocità.

Non sapeva cosa provare, né cosa pensare. Voleva solo stare solo e capire cosa fare di quel cuore che sentiva pesargli, quasi inerme, nel petto.

Capitolo 15

Due mesi, otto giorni, quattro ore e una manciata di minuti.

Erano un tempo infinito, in cui una persona normale avrebbe dovuto sentirsi meglio. E invece lei non si era ancora ripresa.

Vagava come un'ombra in casa di suo padre, cercando di ritrovare la voglia di sorridere, di lavorare, di sognare, ma era più dura di quanto avesse immaginato.

Dunque era questo l'amore? Il cuore spezzato, gli occhi tristi, una costante apatia?

Bella fregatura. Non voleva innamorarsi mai più.

"Ma ci ricascherai", dicevano tutti, o almeno quei pochi con cui si era confidata. Sua sorella, suo padre, i suoi nonni: erano tutti al corrente della sua relazione finita ancor prima di iniziare davvero, e nessuno di loro pensava che sarebbe morta di infelicità. Forse avevano ragione, forse un giorno sarebbe guarita, ma nel mentre… Be', nel mentre stava da schifo.

Sdraiata sul divano, le gambe ripiegate sotto di sé e il viso poggiato sul bracciolo, Heaven fissava la televisione senza nemmeno vederla. L'estate era ormai finita, il cielo fuori era plumbeo e le metteva tristezza, e non aveva nient'altro da fare se non guardare un vecchio film in bianco e nero.

Da quando si era ritrasferita nella casa della sua infanzia, le sembrava di essere tornata la ragazza di un tempo, sempre annoiata, sempre silenziosa. Non usciva la sera, lavorava part-time come cameriera in un ristorante poco distante da casa, andava in chiesa la domenica e sopportava stoicamente i malumori del padre. Un tempo, almeno, aveva avuto i propri sogni a mantenerla viva, mentre adesso niente sembrava avere importanza.

Si era spenta nel momento esatto in cui David Cooper l'aveva guardata per l'ultima volta.

Ricordare il periodo passato a Los Angeles le sembrava quasi strano, come se non fosse successo a lei. Per quattro anni era stata una ragazza attiva e ansiosa di migliorare, di crescere, di realizzarsi e diventare qualcuno di cui poter andare fiera. Dopo aver incontrato David si era sentita quasi l'eroina di un romanzo, in balia delle emozioni e delle avventure più incredibili. E adesso era nuovamente Heaven, la figlia del reverendo. Noiosa, scialba e inutile.

Aveva fatto due passi avanti e mille indietro.

Se non altro, tornare a casa aveva avuto il vantaggio di non salassare più il suo conto in banca, anche se le occhiate rassegnate di suo padre, che sembravano dire "te lo avevo detto", erano difficili da digerire. Aveva quasi la sensazione che lui considerasse la sua sofferenza come una punizione equa per aver sfidato la sua autorità, per aver pensato di saperne più di lui.

«Io ci sono passato, so cosa si prova a fidarsi della persona sbagliata. Per questo ho sempre cercato di tenervi al sicuro, non volevo che soffriste», le aveva detto, dopo aver saputo tutta la storia.

Forse aveva ragione lui: rischiare per amore era stupido e non portava mai a nulla di buono. Si era innamorata, aveva lasciato il proprio cuore nelle mani di una persona che immancabilmente lo aveva buttato via come fosse spazzatura. E adesso che le era rimasto?

Un bel niente.

Dopo il tradimento e il divorzio, suo padre si era rifugiato nella fede. Ma lei? In cosa poteva rifugiarsi, ora che perfino le sue passate velleità giornalistiche sembravano non interessarle più?

Quando il cellulare squillò, guardò distrattamente il display, pensando quasi di non rispondere: non era dell'umore adatto per fare conversazione. Tuttavia, una parte di lei sperava sempre di sentire una voce profonda e familiare all'altro capo del telefono, e questo la spinse a reagire all'apatia.

«Pronto?»

«Heaven Taylor?»

«Sì. Chi parla?»

«Sono Victoria... Tori Scott».

Doveva essere uno scherzo. Di tutte le persone che avrebbe voluto *non* sentire, quella era in cima alla lista!

Fissò il telefonino, poi lo rimise all'orecchio, la curiosità che prevaleva sulla voglia di mandarla al diavolo. «Come ha avuto il mio numero?»

«Immagino possa arrivarci da sola».

David!

Il suo cuore si svegliò dal letargo in cui era caduto nelle

ultime settimane, mentre si rizzava a sedere. «Che cosa vuole?»

«Vorrei parlarle. Possiamo vederci questo pomeriggio?»

«Proprio non so di cosa mai potremmo parlare, noi due».

La modella non si scompose. «Ho una proposta da farle. Se vuole incontrarmi, scoprirà di che si tratta».

Troppo incuriosita per rifiutare, Heaven accettò e presero accordi affinché lei raggiungesse Tori a casa sua, di lì a due ore.

Ora che il torpore era sparito, prese a camminare avanti e indietro per il salotto, provando a immaginare cosa potesse volere quella donna. E allo stesso tempo si chiese perché Tori fosse ancora in contatto con David mentre lei, che impazziva di nostalgia, non aveva più sue notizie da tempo.

Sapeva che per giorni, dopo lo scoop che aveva tenuto milioni di persone incollate alla tv, era stato assediato dai giornalisti: anche lei aveva seguito l'intera vicenda con macabra avidità. Nel marasma di indiscrezioni emerse in seguito alla notizia, David aveva rilasciato un'unica intervista, in cui affermava che le foto scattate dal reporter della «L.A. Rumors» erano carta straccia. Aveva ammesso di essere stato fidanzato con Victoria ai tempi dell'università e aveva affibbiato a quel bacio in copertina un significato praticamente nullo, dovuto a "un bicchiere di troppo durante una festa", un gesto che non avrebbe avuto nessun seguito.

Victoria aveva dato pressappoco la stessa versione, pochi giorni dopo, chiedendo pubblicamente scusa al pittore per averlo trascinato inconsapevolmente in un gioco al massacro nel quale non sarebbe mai dovuto entrare.

«Era il mio compleanno, io ero ubriaca e triste all'idea di avere già trent'anni, e mi sono lasciata travolgere da vecchi ricordi, provando a riafferrarne la spensieratezza. Ma tra me e David Cooper non c'è niente, il paparazzo infiltrato alla mia festa ha preso un sonoro granchio».

Meghan McCoy, Cal Parker e l'intera redazione della «L.A. Rumors» erano stati denunciati e, con tutta probabilità, avrebbero dovuto spendere i soldi guadagnati con il loro articolo in anteprima per pagare gli avvocati della Scott. Heaven non provava il minimo dispiacere per quelle persone.

Si era chiesta spesso se quel bacio da copertina fosse stato davvero solo un errore momentaneo legato al passato della coppia, o se David e Victoria avessero concordato quella strategia di difesa per nascondere la loro relazione segreta, ma non era venuta a capo del dilemma. E in realtà aveva ben poca importanza, dal momento che David non si era più fatto vivo, segno inequivocabile che l'aveva rimossa dalla sua esistenza con estrema rapidità.

Scoprire che quei due si erano tenuti in contatto le suscitò un pizzico di gelosia, ma la tenne a bada. David era un uomo libero e poteva fare ciò che voleva della sua vita. L'unica cosa che ora le premeva sapere era il perché il suo numero di telefono fosse finito in mano a Victoria. E per scoprirlo poteva solo recarsi a Beverly Hills.

Giunse a casa della Scott alle tre in punto, come concordato. Diede il proprio nome al cancello, che venne spalancato per lei, per poi essere richiuso immediatamente alle sue spalle. La calca di giornalisti dei primi giorni era sparita, ma qualche reporter determinato era ancora appostato nei paraggi, in attesa di nuove emozionanti avventure.

Tori la aspettava in un salottino del secondo piano, irriconoscibile. Con indosso un paio di jeans, una maglietta e i capelli legati in una coda di cavallo, non era poi così diversa da una ragazza qualunque. Era sempre bellissima, certo, ma molto meno sofisticata e impressionante di quando sfilava sulle passerelle o dava feste super lussuose indossando abiti firmati.

Vestita esattamente come lei, Heaven non si sentì inferiore nell'averla di fronte, questa volta. La donna pareva stanca e triste, e gli occhi ambrati erano segnati sotto il trucco. Non sembrava stare molto meglio di lei.

«Grazie di essere venuta», disse Tori, alzandosi e indicandole una poltrona. «Vuole qualcosa da bere?».

Heaven scosse la testa, prendendo posto. «Voglio solo sapere perché sono qui».

«Bene», acconsentì la modella, tornando a sedersi. «Come anticipato al telefono, ho una proposta da farle. Più di una, in realtà».

«Di che si tratta?».

Tori si chinò su un tavolino, afferrando quello che sembrava un plico di fotografie legate con un nastro. «Questo è lo scoop che stava cercando e che potrebbe valerle un posto alla "Star's Magazine"».

Sbigottita, Heaven afferrò le fotografie che la donna le stava porgendo. «Non capisco».

«So che è una giornalista e che da tempo spera di entrare a far parte di quella redazione. So anche che, la sera della mia festa di compleanno, David ha accettato di venire qui solo per aiutare lei ad avere un contatto con me».

Heaven alzò su di lei uno sguardo colpevole, ma Tori non sembrava arrabbiata.

«Soprattutto so che non è stata lei a scattare le fotografie che sono uscite su quella merda di rivista, ci siamo già occupati a dovere di tutti coloro che hanno permesso a quella donna di entrare in casa mia indisturbata e spiarmi per tutta la sera».

«Questo cosa ha a che vedere con me?»

«A suo modo, ce l'ha. A causa mia e del mio gesto sconsiderato, lei ha sofferto, e non parlo certo del mancato scoop. Era qui con David ed era evidente quel che c'era tra voi. Io mi sono messa in mezzo, per puro egoismo, e ho rovinato tutto».

Al solo ricordo di Tori e David abbracciati, Heaven strinse le mani sul plico di foto. «Si spieghi meglio».

«Ero gelosa. Non per sentimento, solo per presunzione. David è stato il mio ragazzo per sei anni, devoto e dolce, e io l'ho fatto soffrire per seguire una chimera. Mi sono accorta subito di aver fatto un grosso errore e ho cercato di rimediare, ma lui non mi ha mai voluta indietro. E quando siete arrivati alla festa, e ho visto come lui la guardava… mi sono sentita sola». Victoria distolse lo sguardo. «Nessuno mi guarda più così. Soprattutto colui che vorrei lo facesse. Perciò ho costretto David a seguirmi, sperando di dimostrargli che poteva esserci ancora qualcosa tra noi: volevo ritrovare quello sguardo sul volto di qualcuno che mi aveva voluto bene. Ecco cosa ha visto su quella terrazza: il patetico tentativo di una donna depressa. David non ha colpa, ha solo subito il mio egocentrismo».

Adesso Heaven aveva voglia di piangere. E dire che credeva di aver versato tutte le sue lacrime...

Chinò lo sguardo sulle foto che teneva tra le mani, e che Victoria la esortò a guardare.

«*Quello* è il mio amante misterioso. O meglio, lo era. Perché so per certo che, dopo ciò che sto per fare, lo perderò per sempre».

Heaven slegò il nastro e sfogliò le foto, una per una: raffiguravano attimi di vita di Victoria insieme a un uomo alto e bruno; un tipo affascinante, con gli occhi verdi, un serpente tatuato su un polpaccio e la sigaretta sempre in bocca. Il suo viso le parve familiare, ma non riuscì a stabilire dove lo avesse visto.

«Chi è?», chiese.

«Mark Harper, il chitarrista dei Deep Hole. Lo conosco dai tempi del college; io, lui e David frequentavamo lo stesso istituto d'arte ed eravamo amici... Almeno fino al giorno delle mie mancate nozze. In quell'occasione, David è stato tradito due volte». Fece una pausa, amareggiata, poi tornò a spiegare. «Quelle foto sono state scattate da una persona di fiducia nell'ultimo anno, naturalmente di nascosto. Mark non ha mai voluto farsi fotografare insieme a me, nemmeno per gioco. All'inizio l'ho assecondato, credendo che fosse solo una questione di privacy – essendo due personaggi che iniziavano a muovere i primi passi nel mondo dello spettacolo –, ma speravo che un giorno si sarebbe deciso a uscire allo scoperto, per amor mio. Invece non lo ha mai fatto, anzi, ha iniziato a sparire per periodi sempre più lunghi, senza mai una spiegazione, facendosi beffe della mia sofferenza. È stato allora che ho capito che non gli importava niente di me. A quel punto mi sono sposata, credendo ingenuamente di farlo soffrire come lui faceva soffrire me, ma non ho sortito l'effetto desiderato. Non si è nemmeno arrabbiato: è tornato, mi ha riavuta in pugno, e l'unica cosa che mi ha detto è che avremmo dovuto essere ancora più discreti, di lì in avanti. Sembrava quasi che la cosa gli piacesse, abbiamo perfino iniziato a frequentarci più di prima, ed è stato... eccitante. Ma dentro di me sapevo che non mi amava, che per lui ero solo un passatempo, e ho iniziato a pensare che prima o poi si sarebbe stancato di quel giochino e mi avrebbe lasciata. Così ho pagato qualcuno per immortalare quei momenti: volevo avere qualcosa da poter usare contro di lui».

Heaven la guardò. «Cosa vuole ottenere con queste, di preciso?»

«Il suo odio. Dal momento che il suo amore mi è precluso, e che la sua indifferenza mi fa male, mi prenderò almeno quello. Lo costringerò ad ammettere con il mondo intero che qualcosa tra noi è realmente esistito», fu la risposta mortalmente lucida della donna. Si strinse nelle spalle, l'aria stanca ma decisa. «Andrà su tutte le furie, quando queste foto finiranno in mano ai giornalisti e la sua privacy verrà bruscamente invasa, e non mi vorrà più vedere. E per quanto l'idea mi spaventi, è l'unica cosa che mi resta da fare per provare a disintossicarmi da quell'uomo». D'improvviso, Tori fece calare un sipario di imperturbabilità sul proprio volto. «Ma torniamo a noi. Per farmi perdonare di aver distrutto sul nascere ciò che c'era tra lei e David, le offro questo scoop. Porti le foto alla "Star's Magazine", loro l'aspettano. Ho autorizzato la diffusione del materiale solo a patto che dessero a lei l'opportunità di firmare l'articolo. A dire il vero volevo costringerli a darle un posto fisso, ma David era convinto che lei volesse guadagnarselo e dimostrare che lo meritava, e non ottenerlo grazie a me».

Heaven sentì un nodo alla gola, e annuì. «Aveva ragione».

«Allora le auguro buona fortuna. Se comunque il suo progetto non dovesse andare a buon fine, ho un altro incarico da proporle».

Sempre più allibita, Heaven mise le foto in borsa e la osservò. «E sarebbe?»

«Sto pensando di far scrivere a qualcuno la mia biografia. Sento il bisogno di fare il punto della mia vita, di ripercorrere le tappe più importanti e capire dove ho sbagliato, di chiarire a tutti il perché delle mie scelte. So che scrivere le piace, quindi, se le interessa...».

A quanto pare, David doveva averle detto anche questo.

Sempre più incredula, Heaven annuì. «Sì, mi piacerebbe».

«Bene. Quando sarà pronta a farlo, lascerò che lei scriva la storia della mia vita. Penso che non incontrerà difficoltà a trovare un editore che voglia acquistare il manoscritto. Dopo quello che è successo, la gente sarebbe disposta a pagare perfino per la mia carta igienica usata», sbuffò Tori, con aria disgustata.

Heaven si lasciò sfuggire una risatina, poi tornò seria. «È stato David a chiederle di fare tutto questo per me?»

«No. Anche se mi ha parlato a lungo di lei, ed è chiaramente amareggiato per come sono andate le cose, pensa che ciò che è successo abbia solo portato alla luce dei problemi già esistenti tra voi, e che nessuno abbia qualcosa da farsi perdonare, in questa vicenda. Tuttavia, io mi sono messa nei suoi panni, Heaven. E al suo posto non sarei magnanima, vorrei qualcosa in cambio per la sofferenza subita. Ecco perché ho pensato di proporle tutto questo. Ne ho parlato con David, e lui mi ha dato il suo numero».

Pensa che ciò che è successo abbia solo portato alla luce dei problemi già esistenti tra voi…

Quella frase la intristiva, nonostante fosse reale.

Il bacio di Tori era stato solo un escamotage. David non si fidava delle donne, a causa dei suoi trascorsi, e lei aveva già subito la delusione di sentirsi solo un passatempo divertente. Si erano appena ripromessi di vivere la loro storia giorno per giorno, di non affrettare nulla; ma, nonostante le buone intenzioni, forse era ancora troppo presto per entrambi. Al primo ostacolo, erano crollati come un castello di sabbia.

«Lui non… non ha detto…?», balbettò.

«Non ha detto molto e non lo sento da un pezzo. Ma mi ha fatto recapitare una cosa per lei, in previsione di un nostro incontro», disse Victoria, alzandosi. «Torno subito».

Heaven si alzò a sua volta, le mani sudate per l'agitazione.

Cosa poteva averle fatto recapitare, David? E perché non aveva chiamato lei?

"Che stupida, non ti chiama perché non vuole più riaprire questa storia, è ovvio! Qualunque cosa stia per portarti Victoria, non può essere niente di impegnativo".

Tori tornò poco dopo con una cesta piuttosto grande, che posò ai suoi piedi. Al suo interno, due cuccioli bianchi e neri stavano uggiolando, muovendo le loro corte codine scure.

«Da quel che ho capito, la cagnetta di David ha avuto sei cuccioli. Lui li chiama "i figli della colpa", anche se non ho idea di cosa voglia dire...».

Heaven ridacchiò tra le lacrime, mentre si chinava sulla cesta ad accarezzare i figli di Jeanne e del cane selvaggio dell'isola.

«Ecco perché non stava bene. Non era malata, era in dolce attesa!».

Victoria prese in braccio uno dei due cuccioli e lo cullò tra le braccia. «È riuscito a piazzarli tutti, sono rimasti solo questi due. Uno è mio, e l'altro è suo se lo vuole. Ha scelto proprio quello, per lei, perché è l'unico nato con gli occhi azzurri».

Heaven si inginocchiò accanto alla cesta, accarezzando il pelo morbido del cagnolino. «Certo che lo voglio», mormorò, lasciandosi leccare le dita. Era di una dolcezza disarmante, le stringeva il cuore.

Moriva dalla voglia di vedere David e ringraziarlo personalmente per quel dono.

«Io sono convinta che sia ancora innamorato di te», disse gentilmente Victoria, facendole battere forte il cuore. «Se vuoi un consiglio, non lasciartelo scappare. È un uomo fantastico».

«Oh, lo so», mormorò Heaven, prendendo in braccio il

cane e stringendolo a sé. «Ma non dipende tutto da me, lui per primo deve essere convinto dei suoi sentimenti».

«Spero che le cose possano risolversi».

Heaven non rispose. Lo sperava anche lei, ora più che mai, ma non voleva farsi nessuna illusione in proposito.

Quando lasciò la villa di Tori, con la promessa di farsi viva non appena avesse firmato l'articolo per la «Star's Magazine», tornò a Pasadena con il cuore gonfio di emozioni contrastanti. Fissava il cagnolino che riposava nella cesta accanto a lei, chiedendosi quale significato dovesse attribuire al gesto di David; se considerarlo un dono d'addio, per concludere con un sorriso ciò che avevano vissuto, o un modo come un altro per riallacciare i rapporti.

Dopo mille elucubrazioni, decise di telefonargli e chiedere spiegazioni direttamente a lui, ma il cellulare risultò staccato e il telefono di casa suonò a vuoto.

Rassegnata, rientrò da suo padre, consolandosi con il pensiero di poter avere una piccola parte di David e Jeanne sempre con sé, d'ora in avanti.

«E tu mi vorrai bene per sempre... Vero, piccolo Amedeo?», disse, dando un bacio alla testolina pelosa dell'animale.

La redazione della «Star's Magazine» era come l'aveva sempre immaginata. Ariosa, colorata, ordinata e piena di vita. Il lavoro era tanto, ma le persone lo svolgevano con entusiasmo, il clima che si respirava era molto diverso dal caos isterico delle altre redazioni con cui aveva collaborato, e l'ambiente era giovane e positivo.

Anche se doveva ringraziare Victoria per quell'opportunità, spettava solo a lei giocarsi bene le proprie carte e non trasformare quell'occasione in un fallimento.

Per la prima volta da giorni, sentiva scorrere nelle vene la stessa voglia di lavorare che l'aveva portata a Los Angeles in cerca di successo, e desiderava godersi il momento, abbandonando la tristezza che l'aveva avvolta negli ultimi due mesi.

Aveva passato tutta la notte a scrivere l'articolo su Tori Scott e Mark Harper, e pensava fosse davvero buono. Sua sorella lo aveva letto con avido interesse, trovandolo avvincente e ben scritto, il tipo di gossip elegante che avrebbe divorato volentieri durante la pausa pranzo. E Grace era un'esperta in frivolezze da rivista patinata.

In quel momento, il capo redattore Paul Gilmore lo stava leggendo in religioso silenzio, mentre Heaven attendeva che le desse un responso.

Quando l'uomo sollevò gli occhi dal foglio, trattenne il fiato.

«È molto buono, signorina Taylor. Davvero».

«Grazie, signor Gilmore. Ci tenevo a fare un buon lavoro e a dimostrare che non sono qui solo perché conosco le persone giuste, ma che posso fare bene questo mestiere, se mi verrà concessa una possibilità», sorrise Heaven, sollevata e determinata. «Non voglio trattamenti di favore a causa di questo articolo o della persona che vi ha consigliato di assumermi. Voglio avere l'occasione di provarci davvero».

«Questo le fa onore. Allora le farò un colloquio classico».

Rimase nell'ufficio di Gilmore per venti minuti. Quando ne uscì, aveva in mano l'indirizzo di una galleria d'arte dove era in attivo una mostra pittorica.

«Ha una settimana di tempo per recarsi alla galleria, informarsi sull'artista e recensire l'evento. Mi faccia vedere cos'altro sa fare, e dopo potremo parlare di quel posto a cui tiene tanto», le aveva detto il capo redattore, con un sorriso gentile.

Finalmente aveva un'opportunità! Non le sembrava vero.

Con il cuore più leggero, uscì dalla sede della rivista e salì in auto, indecisa se tornare immediatamente a casa o farsi un giro. Era una bella giornata, aveva un piano per il futuro, un'occasione vincente da sfruttare, e voleva godersi il momento, ricominciare a sentirsi viva, se non propriamente felice. Avrebbe tanto voluto afferrare il telefono e chiamare David, condividere con lui la gioia di quelle novità, ma purtroppo lui sembrava sparito nel nulla.

"Concentrati su te stessa, adesso", si disse, stringendo le mani sul volante. Non poteva rovinare il suo buonumore con pensieri tristi.

Il foglietto con l'indirizzo della galleria d'arte, che spuntava dalla borsa, attirò la sua attenzione. Non era troppo distante, poteva fare una piccola deviazione e andare a vedere di cosa si trattava, informarsi sull'artista e le sue opere, per poi provare a buttare giù qualche idea carina per la recensione. Senza contare che si sentiva molto professionale, con i pantaloni eleganti e la camicetta azzurra con cui si era presentata al colloquio di lavoro, perciò era il momento perfetto per iniziare a entrare nei panni della giornalista seria.

Decisa, mise in moto e si diresse verso Fairfax, l'umore propositivo.

La ragione non se lo aspettava, ma forse il suo cuore aveva intuito fin da subito di chi fosse la mostra che avrebbe dovuto recensire.

Non appena parcheggiò davanti al palazzo che ospitava la galleria, e lesse il nome di David sul cartellone esposto fuori dalla porta, Heaven sentì il sangue congelarsi nelle vene, per poi riprendere a scorrere come un fiume in piena.

Lui era lì? In quel momento? Si sarebbero finalmente rivisti dopo più di due mesi?

Cosa le avrebbe detto? Sarebbe stato felice di rivederla, o le avrebbe riservato un saluto gentile e niente di più?

Con i palmi umidi per il nervosismo, controllò il proprio aspetto nello specchietto retrovisore e scese dall'auto, prendendo un profondo respiro per calmarsi. La coda di persone all'ingresso aumentò a dismisura il tormento dell'attesa, e una volta dentro si sentì ancora più agitata.

Per un attimo pensò di fare dietrofront e andarsene: non era preparata a quell'incontro, non dopo aver parlato con Victoria il pomeriggio precedente. Doveva ancora metabolizzare ciò che aveva saputo, rivedere ogni cosa successa alla luce dei nuovi dettagli. Le mille volte in cui ci aveva ripensato quella notte non erano bastate a darle un quadro preciso della situazione.

Ma la voglia di rivedere il suo viso superò qualunque paura, perciò si costrinse ad andare avanti, cercandolo tra la folla.

Un istante più tardi rimase inchiodata al parquet, gli occhi fissi sulla parete che aveva di fronte.

Lei era *ovunque*. Ogni tela la raffigurava in un momento diverso della sua vita quotidiana, catapultando l'attenzione dell'osservatore sulle emozioni racchiuse nei suoi occhi, dipinti con una tale maestria e dovizia di particolari da risultare vividi e reali.

Si riconobbe sulla spiaggia di Santa Monica, giovane e sorridente, seduta sulla sabbia dopo il bagno di mezzanotte; si rivide piena di meraviglia sulla prua della *Fairytale*, mentre osservava l'arcobaleno e i delfini; stesa sul pelo d'acqua del piccolo lago che David aveva scovato tra gli alberi; seduta tra le lenzuola del suo letto, nel famoso dipinto per cui aveva posato a casa sua...

Dopo il primo momento di choc, Heaven prese a camminare per la grande sala, studiando ogni tela. Le sembrava di vedersi riflessa allo specchio, ora divertita, ora maliziosa, ora serena. Comunque, sempre felice, e totalmente se stessa. I colori dello sfondo erano meno brillanti rispetto alla sua immagine; il blu dei suoi occhi, in particolare, spiccava su tutto, come se David avesse voluto focalizzare l'attenzione proprio su quelli.

Un quadro su tutti ebbe il potere di sommergerla come un'onda.

Era il più grande, occupava un'intera parete e aveva richiamato un capannello di persone ammirate. La raffigurava con indosso il bellissimo abito arcobaleno che aveva comprato insieme a lui, i piedi immersi nell'acqua bioluminescente dell'isola, i capelli svolazzanti al vento e uno spicchio di luna a sorriderle dal cielo.

Il quadro aveva un titolo: *My Heaven*. Il mio paradiso.

Con gli occhi pieni di lacrime, fece un passo indietro, pronta a correre via per sfogare le proprie emozioni al riparo da sguardi indiscreti. Nella foga, finì addosso a una signora, che la fissò con attenzione.

«Come le somiglia... Ma, aspetti: è lei?», chiese, indicando la tela alle sue spalle.

Alcune persone si voltarono, incuriosite, ed Heaven non rispose, in imbarazzo.

«Che cosa romantica!», esclamò una ragazza alla sua destra. «Ha dedicato una mostra intera alla sua donna!».

«Come le muse dei grandi artisti del passato», disse un'altra, guardandosi intorno con aria sognante. «Dev'essere davvero innamorato!».

«Mai che capitasse a me», sospirò una voce, poco distante. «Il massimo dell'arte che ispiro è in mio figlio, che mi dipinge sul muro di casa con il sugo!».

Heaven lasciò le persone a dibattere sul gesto dolcissimo di David e si mise a cercarlo per tutta la sala, ansiosa di vederlo.

Di colpo ricordò una loro conversazione sui sentimenti, e le parole di David risuonarono in lei, facendo vibrare il suo cuore già in tumulto.

Mostrare ciò che si ha dentro è difficile. Ti esponi e rischi di venir giudicato, deriso, rifiutato. Chi riesce a farlo ha un enorme coraggio, o una cieca fiducia nei propri sentimenti... così tanta da aver voglia di mostrarli al mondo intero.

Be', lui aveva iniziato mostrandoli a tutta Los Angeles.

Chiese al gallerista dove fosse David, ma questi le rispose che, dopo l'inaugurazione, il pittore si era preso qualche giorno di vacanza.

«Ha lavorato duramente per circa due mesi, per realizzare questi quadri, si meritava un po' di riposo», disse, con un sorriso. Poi i suoi occhi si spalancarono, mentre ricollegava il suo volto a quello presente su tutte le venticinque tele esposte. «Ma lei...?»

«Sa dove posso trovarlo?», gli chiese.

«A dire il vero, no. Aveva bisogno di stare solo. Sa come sono gli artisti... Sì, penso lo sappia, dal momento che deve conoscere bene Cooper».

Heaven lo ringraziò e corse via, estraendo il cellulare dalla tasca. Provò a chiamare David, sia a casa che sul cellulare, ma continuò a non ottenere risposta. Allora si infilò in auto e mise in moto, correndo verso Hermosa Beach.

Bussò più volte alla porta di casa sua, senza successo, e dopo dieci minuti si lasciò cadere con rassegnazione sugli scalini, la testa tra le mani.

«Dove diavolo sei?», sussurrò, gli occhi chiusi strettamente. Non sapeva a chi chiedere sue notizie, non aveva idea di come rintracciarlo, e quella forzata immobilità la stava facendo impazzire.

Aveva bisogno di stare da solo...

Heaven si alzò di colpo, il cuore in gola.

«So dov'è!», esclamò, correndo poi verso l'auto.

Due mesi, dieci giorni, due ore e qualche minuto. Praticamente un'eternità.

Sì, l'aveva vista ogni giorno nella sua mente, non aveva fatto altro che dipingere il suo viso, ripercorrere i momenti passati insieme a lei, vivere di ricordi. Ma non poterla toccare, baciare e stringere, sentire il suono della sua voce e il profumo della sua pelle era stata un'agonia.

Non si era mai sentito tanto solo in vita sua.

Dopo essersi crogiolato nell'autocommiserazione per qualche giorno, essersi occupato dei giornalisti, dei problemi di Vicky e della gravidanza di Jeanne, si era messo al lavoro e, in meno di due mesi, aveva tirato fuori dal suo studio abbastanza materiale da allestire un'intera mostra.

Non sapeva neanche perché lo avesse fatto, se non che ne sentiva il bisogno. In quel lungo lasso di tempo aveva pensato ad Heaven in ogni momento, chiedendosi come stava, che faceva delle sue giornate, se pensava a lui o sentiva la sua mancanza. Aveva riflettuto sui propri sentimenti ed era arrivato a comprendere che erano forti, veri, troppo intensi per poterli soffocare. Allora aveva pensato di telefonarle e provare a convincerla a riprovarci, a dargli una seconda possibilità, ma gli era mancato il coraggio.

Heaven non si fidava di lui, glielo aveva letto in faccia, nei suoi splendidi occhi che lo ossessionavano giorno e notte. E questo faceva male, ancor più male della sua assenza.

Allestire la mostra dedicata a lei, il suo paradiso personale, gli era venuto istintivo. Non sapeva se Heaven l'avrebbe mai vista, né cosa ne avrebbe pensato, ma in fondo non aveva importanza. Non l'aveva fatto per un tornaconto personale, ma solo perché ne aveva sentito la necessità, per gridare al mondo intero quello che provava.

Terminato di preparare ogni dettaglio inerente alla mostra, ecco che il buio era tornato a sommergerlo. Una volta svuotato dalle emozioni sfogate nei suoi quadri, si era sentito perso, senza una meta, e il silenzio della sua casa aveva rischiato di farlo impazzire.

Per questo era partito. Aveva desiderato lasciarsi alle

spalle tutto quanto e ritrovare un po' di serenità. Nell'unico posto in cui poteva ancora pensare a lei.

Questa volta era giunto sull'isola di proposito. Aveva noleggiato un'altra barca, l'aveva rifornita di tutto il necessario per star via a lungo, aveva preso con sé Jeanne e aveva attraccato a pochi metri dalla spiaggia deserta.

Era lì da cinque giorni, ormai. Passava le ore esplorando i dintorni, facendo lunghe nuotate e dipingendo. Il soggetto era quasi sempre lo stesso, ma che poteva farci: ormai era come posseduto.

Per questo, quando vide una figura che nuotava verso di lui, nella luce accecante dell'ora di punta, pensò a uno scherzo della sua mente.

Distolse lo sguardo e lo puntò sull'orizzonte, dove vide un'imbarcazione in attesa. Non era la prima che vedeva, da quando era lì, ma nessuna si era mai spinta così vicino prima d'ora.

I suoi occhi vennero nuovamente catturati dalla figura che nuotava verso riva, il cuore gonfio di speranza.

"Dio, fa' che sia lei...", pregò, muovendo qualche passo in quella direzione.

Al suo fianco, Jeanne abbaiò, scodinzolando felice. Evidentemente, lei non aveva nessuna paura di dar voce alle proprie speranze.

Quando la donna fu abbastanza vicina da essere riconoscibile, David ringraziò mentalmente il cielo. Gli era stata concessa una seconda opportunità e per questo giurò di non sprecarla in nessun modo.

Heaven si mise in piedi, nell'acqua che le arrivava ai fianchi, stupenda come una sirena in costume e zainetto sulle spalle. Arrivò a un metro da lui e si fermò, le mani sulle ginocchia per riprendere fiato.

«Oddio, menomale... Sei davvero tu! Per un attimo ho temuto di fare tutta questa faticaccia per niente e rimanere sull'isola insieme a uno sconosciuto, mentre la Guardia Costiera se ne andava, lasciandomi al mio infausto destino».

David avanzò nell'acqua fredda fino ad averla di fronte. Ogni terminazione nervosa gli urlava di prenderla tra le braccia e stritolarla, ma si impose di rallentare.

«Che ci fai qui?»

«Be', non mi hai lasciato molta scelta. Non rispondi al telefono, a casa non ci sei, diserti la tua stessa mostra... Mi hai *costretta* a venire».

Lui si lasciò sfuggire un sorriso. «Come hai capito che ero qui?»

«Perché è l'unico posto in cui anch'io ho desiderato essere negli ultimi due mesi», rispose lei, seria, gli occhi fissi nei suoi.

«Anche a te mancavano le palme?», scherzò David, il cuore tremante.

«Mi mancavi tu», mormorò lei, gettandogli le braccia al collo e baciandolo con impeto.

David la strinse tanto da sentirsi mancare il fiato, mentre la divorava di baci. Riversò nei suoi gesti ciò che sentiva nel cuore, e avvertì ogni singolo sentimento ricambiato con eguale passione.

Adesso sì che poteva rilassarsi, che tutto sembrava bello e perfetto. Nella sua vita non era mancato altro che lei.

«Stavo cercando il coraggio di venirti a riprendere»,

mormorò, tra un bacio e l'altro. «Non ce la facevo più a starti lontano».

«Saresti dovuto venire molto prima», ribatté lei. «Ma adesso non ho voglia di litigare».

Rimasero avvinti per quella che parve un'eternità, poi David la portò a riva, sfilandole lo zainetto e abbracciandola ancora, mentre Jeanne uggiolava felice, saltellando intorno a loro.

«Cosa ti ha spinto fino a qui? Perché proprio adesso?», le chiese, accarezzandole i capelli.

Heaven sospirò, il viso contro il suo collo. «Avrei voluto farlo cinque minuti dopo averti visto andare via, due mesi fa, ma non ero certa che tu lo volessi. Poi Victoria mi ha spiegato tutto, e mi ha consegnato il cucciolo...». Alzò gli occhi su di lui, sorridendo. «Il piccolo Amedeo è adorabile! Se n'è innamorato persino quel musone di mio padre. Penso che se la spasseranno un mondo, mentre sarò via».

«Usare un cucciolo per ingraziarsi una ragazza funziona sempre, ma quando te l'ho fatto avere non credevo di poter conquistare anche tuo padre», scherzò David.

«Quindi era il tuo modo per blandirmi?»

«Solo un primo tentativo. Le avrei provate tutte».

Heaven si sollevò sulla punta dei piedi per rubargli un altro bacio, poi tornò seria, mentre con una mano accarezzava distrattamente la testa di Jeanne.

«Ho provato a chiamarti subito dopo aver portato il cucciolo a casa, ma non mi hai risposto. Mi stavo quasi rassegnando all'idea che non volessi più vedermi, quando sono capitata alla tua mostra...». Strinse il suo braccio più forte, gli occhi lucidi. «Non so dirti quello che ho provato guardando quei quadri. Sei riuscito dove io ho fallito miseramente per anni. Ho provato in tutti i modi a sentirmi speciale, cercando l'approvazione altrui, sforzandomi di essere una brava figlia, una buona cristiana, una valida giornalista... E poi mi è bastato guardarmi attraverso i tuoi occhi per capire di esserlo già, senza aver fatto nulla per meritarlo».

«Né dovrai mai farlo, tesoro, perché io ti amo proprio per ciò che sei. Paranoie comprese», mormorò David, scostandole i capelli dal viso, prima di chinarsi a baciarla ancora. «Dimmi che puoi fermarti qui con me a tempo indeterminato», sussurrò sulle sue labbra.

«In realtà ho a disposizione solo una settimana, prima di consegnare alla "Star's Magazine" una recensione interessante sulla tua mostra». Heaven ammiccò, uno sguardo malizioso. «Ecco perché sono qui. Devo carpire tutti i segreti del pittore, per poter fare un buon lavoro e ottenere quel posto».

«Non vedo l'ora di svelarteli tutti», sorrise lui.

Heaven venne distratta da qualcosa alle sue spalle e si staccò da lui, facendo un passo verso la spiaggia. David si voltò, incuriosito, poi capì: aveva appoggiato alcune tele ai tronchi delle palme per farle asciugare, e su tutte spiccava il suo viso.

«Ok, questa cosa ti sta sfuggendo di mano», borbottò lei, le guance sfumate di rosa per l'imbarazzo e il piacere.

David rise. «Decisamente! L'unico rimedio per questa ossessione è saperti al mio fianco il più a lungo possibile, così da smettere di riprodurre cloni bidimensionali».

Allungando una mano per stringere la sua, Heaven gli sorrise con amore. «Direi che possiamo parlarne».

Epilogo

Tre anni dopo.

A svegliarla fu il suono del telefonino, qualcosa di stonato nella pace che si respirava a bordo di un'imbarcazione nel bel mezzo del Pacifico.

Stava sognando di essere cullata dalle onde del mare, illuminata dai raggi del sole e sfiorata dai baci leggeri del suo uomo; un sogno che, con molta probabilità, si sarebbe realizzato non appena entrambi avessero ripreso a connettere dopo le vicissitudini del giorno prima. Ma il trillo del cellulare aveva infranto la magia.

Heaven si mise a sedere, il lenzuolo stretto al petto, i capelli davanti al volto. Sentiva la testa pesante e le membra liquide, il che rendeva sorprendente il suo riuscire a stare seduta in posizione eretta. Ma nonostante lo stato confusionale in cui si trovava, era felice come non mai.

Si passò le mani sul volto, cercando di svegliarsi e provare a connettere. Il telefonino suonava ancora, in modo insistente; tuttavia, non ricordava assolutamente dove lo avesse messo.

Chi poteva essere, poi? Non avevano forse detto a tutti,

amici e parenti, di non disturbarli per almeno una settimana?

«Te lo avevo detto di lasciarlo a casa», bofonchiò David, coprendosi il viso con il cuscino.

Heaven sbuffò, divertita. «Mi stai già rimproverando?»

«Te lo meriti. Avrei voluto svegliarmi con un bacio, non con *Don't Worry, Be Happy* a strillarmi nelle orecchie».

Heaven gli tolse il cuscino dalla faccia e si sporse a dargli un bacio leggero come una piuma. «Così va meglio?».

Per tutta risposta, David le circondò il collo con un braccio e la strinse a sé, baciandola più a fondo. «Adesso sì», mormorò.

Il cellulare smise di suonare, strappando a entrambi un sospiro di sollievo. Heaven ricadde tra le lenzuola, il viso sul petto di David, una mano sul suo cuore. Un raggio di sole proveniente dalla parete di vetro illuminò l'anello di fidanzamento e la fede nuziale che brillavano al suo anulare, strappandole un sorriso estatico.

Da meno di ventiquattr'ore era la signora Cooper. Ancora non riusciva a crederci!

Aveva immaginato quel finale mille volte, da quando lei e David erano tornati insieme, ma la felicità era così immensa da suscitare sempre un po' di incredulità nell'assaporarla appieno.

Il loro amore era cresciuto a dismisura, negli ultimi anni; erano diventati quasi inseparabili. Avevano vissuto nella casa di David a Hermosa Beach, insieme a Jeanne e al piccolo Amedeo, godendosi le giornate in totale armonia. Non avrebbe potuto desiderare di più.

Tuttavia, sapere di essere sua anche davanti a Dio era un'emozione senza eguali. Senza contare che suo padre era decisamente più felice, adesso che la loro unione era ufficialmente benedetta.

Chiuse gli occhi, riandando con il pensiero al giorno in cui, entrando nello studio di David, aveva visto il quadro che lui stava dipingendo. Raffigurava le loro mani intrecciate, con due anelli inequivocabili che brillavano ai rispettivi anulari. Il cuore le aveva fatto una capriola nel petto, nell'intuire il significato di quel dipinto.

Entrato subito dopo di lei, David aveva fugato ogni dubbio facendole capire che quello era il suo modo per chiederla in moglie.

«Non è ancora finito, mi hai bruciato sul tempo», aveva borbottato, vagamente in imbarazzo, sfregandosi la nuca. Ma Heaven gli si era gettata tra le braccia, ebbra di felicità.

«Considerato che aspetto questo momento da sempre, non sono minimamente pentita di averti rovinato la sorpresa».

David aveva sorriso, più tranquillo. «Quindi è un sì?»

«Assolutamente. E non cambierò idea sull'altare, quindi puoi rilassarti!», aveva riso Heaven, ben sapendo quanto sforzo fosse costato a David farle quella proposta, dopo le vicissitudini del passato.

Vicissitudini che lo avevano fatto vacillare perfino il giorno delle nozze, quando, in fremente attesa sull'altare, aveva guardato l'orologio finché non era arrivata.

Robert e Peter le avevano raccontato tutto, a cerimonia conclusa.

«Sudava freddo! Continuava a guardare l'ora e ad allentarsi il colletto della camicia, temendo di fare la figura dell'idiota una seconda volta!», aveva riso Harris.

«Ripeteva "Lei verrà, lei verrà", ma ogni volta che fissava l'orologio e vedeva che non arrivavi, sbiancava un po' di più», aveva continuato Peter. «Se volevi tenerlo sulle spine, ci sei riuscita alla perfezione, piccola Taylor».

In realtà, Heaven non aveva avuto nessuna intenzione di arrivare così tardi il giorno del suo matrimonio, era stato tutto un disguido. Il comandante della barca che avrebbe dovuto portarla sull'isola del loro naufragio – il luogo in cui lei e David avevano deciso di sposarsi – aveva sbagliato rotta, portandola a San Miguel, una delle Channel Islands, facendole perdere quasi un'ora di tempo. Quando finalmente era giunta all'isola giusta, era stata tentata di buttarsi in mare e nuotare fino a riva per arrivare più in fretta, ben sapendo cosa poteva passare per la testa di David mentre la aspettava. Solo il pensiero di rovinare il vestito da sposa l'aveva trattenuta dal farlo.

Non avrebbe mai dimenticato l'espressione di puro sollievo che si era dipinta sul volto del marito quando finalmente l'aveva vista arrivare, né la bruciante ammirazione con cui l'aveva guardata.

Heaven aprì gli occhi e guardò il vestito bianco che David le aveva sfilato quella notte, e che ora riposava su una sedia ai piedi del letto. Corto davanti e con un lungo strascico che brillava sotto il sole, aveva un'allacciatura a corsetto composta da nastri color arcobaleno, le stesse tonalità dell'ormai famoso vestito che David aveva scelto per lei anni prima, e con il quale l'aveva raffigurata in quello che era diventato il suo quadro più famoso.

Il mare, l'arcobaleno e quell'isola facevano parte della loro storia, e per lo stesso motivo avevano deciso di passare la luna di miele in quel luogo, che ormai consideravano come una seconda casa. Stavolta, però, lo avevano fatto in grande stile, su uno yacht immenso a loro completa disposizione, dotato di ogni comfort – servizio di roaming compreso – e un equipaggio discreto che andava e veniva a seconda delle loro necessità.

Avevano solo due settimane di tempo per godersi quel piccolo paradiso, prima di rientrare a Los Angeles e rimettersi al lavoro. Perciò, tutto sommato era un bene che il telefonino l'avesse svegliata. Voleva godersi ogni più piccolo istante di quella luna di miele.

Aveva appena finito di pensarlo, che il telefono riprese a suonare, strappando un borbottio a David.

Con una risatina, Heaven sgusciò fuori dal letto e si mise a rovistare per la suite, finché non trovò il cellulare. Il numero dal prefisso sconosciuto la incuriosì.

«Pronto?»

«Oh, salve! Lei è Heaven Taylor?», disse una voce femminile dal vago accento inglese.

«Sì. Chi parla?»

«Mi chiamo Emily Warren, e la chiamo dall'Inghilterra. Ho trovato una bottiglia con un suo messaggio, sulla spiaggia, proprio poco fa e… Be', è una cosa davvero romantica, così ho pensato di contattarla, come richiesto nel biglietto. Spero di non averla disturbata!».

«No, affatto!». Incredula, Heaven si sedette sul letto, cercando di richiamare l'attenzione di David. «Non ci posso credere… Ne ha fatta di strada!».

«Da dove è partita?»

«Da Los Angeles!».

David la fissò, incuriosito, ed Heaven mise la telefonata in vivavoce per renderlo partecipe.

All'altro capo del telefono, Emily Warren sembrava entusiasta. «Adoro queste cose! Stavo proprio iniziando a chiedermi se il romanticismo non fosse troppo sopravvalutato, oggigiorno, ed ecco che mi imbatto in questa bottiglia. Che dire... è pazzesco! Ora suppongo di doverle chiedere se le promesse che ho appena letto sono state mantenute».

«La parte che mi riguarda, senza dubbio. Ma non sono sicura di quella inerente a David».

«No! Che disdetta!».

Heaven inarcò le sopracciglia, guardando il marito sorridente con aria incuriosita. «Non è che può dirmi cosa c'è scritto? David non me lo ha mai voluto confessare», chiese alla sconosciuta.

«Ha scritto quello che ogni donna vorrebbe sentirsi promettere dall'uomo dei suoi sogni», sospirò Emily.

«E cioè?»

«"Prometto solennemente di amarla... finché lei lo vorrà"».

Con il cuore traboccante d'amore e gli occhi lucidi, Heaven si chinò a posare un bacio sulle labbra del marito. Al telefono, Emily sembrò intuire le sue emozioni.

«Lui è lì, vero? Ha mantenuto la promessa».

«Mi ha sposata ieri. E, lei mi è testimone, io non mi stancherò mai di farmi amare da lui, perciò direi che si è fregato con le sue stesse mani», sorrise Heaven, commossa.

«Ok, ora piango», mormorò la ragazza. Ma la sua voce tornò subito allegra. «Grazie davvero per questa storia. Voi non mi conoscete, ma non avete idea del peso che mi avete appena tolto. Iniziavo a credere che solo nelle favole si potesse respirare tanto romanticismo. Ora, invece, so che l'Amore esiste davvero… e suppongo valga la pena di cercarlo».

«Oh, sì», rispose Heaven, lasciandosi baciare il palmo della mano dal marito. «Ne vale assolutamente la pena».

Indice

CASSANDRA ROCCA

TUTTA COLPA DI NEW YORK

Volume rilegato di 288 pagine,
euro 5,90

Fare un regalo non è sempre facile. Lo sa bene la giovane Clover O'Brian, che in qualità di personal shopper aiuta i suoi clienti nell'ardua impresa di scovare doni speciali. Natale è alle porte, New York è in fermento e Clover, da sempre innamorata dell'atmosfera natalizia, si gode il periodo dell'anno che preferisce. Cade Harrison è un uomo molto fortunato. È un attore di Hollywood bello, ricco, famoso e amato. Anche il successo, però, ha i suoi lati negativi: appena uscito da una relazione disastrosa con una collega, Cade sente il bisogno di rifugiarsi in un luogo poco frequentato dalle star, lontano da occhi indiscreti e soprattutto dai paparazzi! E allora accetta volentieri di trascorrere le feste a New York, nella casa che gli presta un amico. Ma il caso vuole che la villetta in questione si trovi proprio di fronte a quella dove vive Clover che, fino a quel momento, gli attori hollywoodiani li ha visti solo sul grande schermo. E così due vite, apparentemente inconciliabili, inciamperanno l'una nell'altra nel periodo più romantico dell'anno. Basterà la magia del Natale a far scoccare la scintilla?

CASSANDRA ROCCA

MI SPOSO A NEW YORK

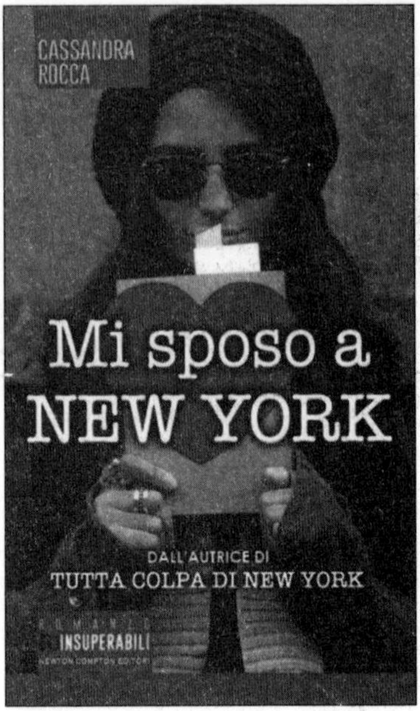

Volume rilegato di 320 pagine,
euro 5,90

È possibile rinunciare per sempre a un sogno? Liberty Allen non ha dubbi: la risposta è sì. Dopo aver provato il dolore cocente di continue delusioni, ha deciso di trasformarsi in una donna razionale e controllata, ben lontana dalla ragazzina romantica e affamata d'affetto che era in passato. Adesso è serena, ha un lavoro soddisfacente ed è in procinto di sposarsi con un uomo perfetto, o almeno è quello che crede. Ha detto addio a tutto ciò che può incrinare la sua determinazione: i legami troppo profondi, le emozioni incontrollabili, il romanticismo. E il cibo, che per tanti anni è stato per lei un surrogato dell'amore. Ma quando Zack Sullivan riappare nella sua vita, ogni certezza inizia a vacillare. Perché Zack rappresenta tutto ciò che lei vuole evitare: è diventato un pasticciere di successo, è peccaminosamente attraente ed è determinato a riportare alla luce la Liberty di un tempo…

NEWTON COMPTON EDITORI